TODO ESTÁ HECHO CON ESPEJOS
CUENTOS CASI COMPLETOS

TODO ESTÁ HECHO CON ESPEJOS
CUENTOS CASI COMPLETOS

Cabrera Infante

ALFAGUARA

© 1999, Guillermo Cabrera Infante
© De esta edición:
   1999, Grupo Santillana de Ediciones, S. A.
   Torrelaguna, 60. 28043 Madrid
   Teléfono 91 744 90 60
   Telefax 91 744 92 24
   www.alfaguara.com

- Aguilar, Altea, Taurus, Alfaguara S. A.
Beazley 3860. 1437 Buenos Aires
- Aguilar, Altea, Taurus, Alfaguara S. A. de C. V.
Avda. Universidad, 767, Col. del Valle,
México, D.F. C. P. 03100
- Distribuidora y Editora Aguilar, Altea,
Taurus, Alfaguara, S. A.
Calle 80 N° 10-23
Santafé de Bogotá, Colombia

ISBN: 84-204-2296-7
Depósito legal: M. 21.184-1999
Impreso en España - Printed in Spain

© Diseño de colección:
   José Crespo, Teresa Perelétegui y Rosa Marín
© Cubierta:
   Luis Pita
© Fotografía del autor:
   Daniel Mordzinski

Todos los derechos reservados.
Esta publicación no puede ser
reproducida, ni en todo ni en parte,
ni registrada en o transmitida por,
un sistema de recuperación
de información, en ninguna forma
ni por ningún medio, sea mecánico,
fotoquímico, electrónico, magnético,
electroóptico, por fotocopia,
o cualquier otro, sin el permiso previo
por escrito de la editorial.

Índice

Aviso	11
Mi personaje inolvidable	13
La voz de la tortuga	51
Josefina, atiende a los señores	59
Visita de cumplido	65
Oceanía	89
Cuando leyendo a Catalina Ana Portera sobre la gran Gertrudis Piedra	101
Un día de ira	105
Darle vueltas a una ceiba	113
La duración del tiempo	117
Madre no hay más que una	125
Historia de un bastón y algunos reparos de Mrs Campbell	129
Muerte de un autómata	141
Delito por bailar el chachachá	147
Listas	175

El fantasma del Cine Essoldo	185
Un jefe salvado de las aguas	215
La soprano vienesa	231

A Miriam Compiladora

Aviso

Todos los cuentos fueron escritos entre 1952 y 1992 y han sido levemente retocados (unos: sintaxis) y copiados (otros: *verbatim*) en 1998. Los doy a la publicación como *Cuentos casi completos* porque al releerlos los he encontrado lo suficientemente (odio los adverbios terminados en mente) divertidos como para que otros (el lector, la lectora) los lean. Ojalá que encuentren el mismo placer en unos y otros que yo encontré al escribirlos. La ordenación es arbitraria y de ninguna manera indica el orden en que deben ser leídos.

Aquí están presentes o creo que están presentes mis preocupaciones por el lenguaje cubano llevadas a su último límite en el cuento titulado «La duración del tiempo». Los cuentos todos están unidos por la primera persona del singular y por la garrulería, esa virtud o vicio de los *hablaneros,* antes de que su universo locuaz cayera en el laconismo. Mis versiones son pobres reflejos del relato oral que se ha llamado en Cuba relajo real. Quiero advertir finalmente que ninguna de las voces es la del autor. Sus únicas palabras atribuibles son las de este aviso que los cuentos quieren hacer inútil.

GCI

Mi personaje inolvidable

Parece nepotismo (pero no lo es) cuando digo que mi personaje inolvidable es mi tío Pepe. José Castro Espinoza fue siempre un hombre singular, un genuino contradictorio y mi tío. En mi pueblo lo conocía todo el mundo y todo el mundo lo conocía como Pepe Castro. Para algunas personas sin embargo Pepe Castro era el loco Castro.

No recuerdo la primera vez que lo vi pero sí la última. Llegó dos días tarde al entierro de mi madre y demasiado sensible para admitir una pérdida que su materialismo militante convertía en irrecobrable, no hacía más que dar vueltas por la casa, como buscando algo que no quería encontrar (el alma de mi madre, supongo), exclamando en alta voz: «¡Era una heroína! ¡Una verdadera heroína! ¡Una HE-RO-Í-NA!» en su estilo que no era declamatorio sino enfático.

Sé que él quiso más a mi madre que a sus dos hijas juntas y que me veía a mí como el hijo mayor de su hija única. Por mi parte yo siempre lo consideré más un abuelo que un tío. Un abuelo ágil aunque en realidad era mayor que su hermana, mi abuela y que mi verdadero abuelo materno, su marido, que era a la vez primo segundo de mi abuela y de mi tío Pepe y primo hermano de mi bisabuela, la madre de ambos. Todos ellos están muertos: Caridad Espinoza, Cándido Infante Espinoza y Ángela Castro. Aunque Ángela Castro, mi abuela materna, los sobrevivió a todos, incluso a mi madre, por lo menos cinco años, para morir antes que su hermano Pepe Castro. Pero lo que es una gloria para muchos, la supervivencia, es para otros un purgatorio. Para mi abuela fue un infierno, condenada a sobrevivir diez años (ella debió haber muerto del corazón cinco años antes que mi madre), para morir más vieja, amargada y enferma por mucho tiempo de artritis maligna y lo que es peor sufrimiento: deambulando después de la muerte de mi madre de una casa a otra, de un extremo de la isla al otro, sin encontrar la acogida que siempre le dio mi madre y reducida finalmente a un sillón, atacada por la invalidez más dolorosa y la parálisis progresiva, sin perder hasta el último momento su lucidez atea. Nunca me perdonaré haberle salvado la vida diez años antes, llevándola insistente al médico cuando le faltaban, según éste, apenas días para sufrir una crisis cardíaca fatal que habría sido misericordiosa. Por culpa de este médico excepcional, al rescatarla de la muerte la condené a sufrir un destino aún más terrible.

Pero no es de mi trágica familia (todas las familias terminan por ser trágicas) de la que quiero hablar ahora sino de mi singular tío, Pepe Castro, mi personaje inolvidable: un inolvidable personaje de tragicomedia.

Alto, flaco, tostado por el sol sempiterno de la isla parecía un profeta afeitado. Con una cabeza grande (casi siempre rapada), la frente abombada y limpia y un mentón débil que desmentía todas las leyes de la fisiognomancia pues era un hombre de una voluntad de hierro y de una testarudez implacable en sus diversos y opuestos fanatismos. Los rasgos dominantes en su cara eran la enorme nariz ganchuda y los grandes ojos claros y líquidos, llenos de lágrimas nada sentimentales, de párpados pesados: ojos redondos, protuberantes y adormilados pero siempre dispuestos a animarse ante una discusión cualquiera con un fulgor fanático y, cosa curiosa, al mismo tiempo inteligente.

No heredó sin embargo sus facciones semitas de mi bisabuela, sospechosamente apellidada Espinoza, sino de su padre, Sebastián Castro, que vino de Almería a los diecisiete años («de quinto voluntario a pelear contra los cubanos», en sus palabras) y que murió en Cuba a los ciento cinco años, más cubano que nadie en la familia, afiliado al partido Conservador, convertido en partidario rabioso de quien en el siglo anterior debió ser su enemigo mortal, el Mayor General Mario García Menocal, héroe de las guerras de independencia y caudillo de la República, que comandaba hordas políticas de menocalistas y, a juzgar por mi bisabuelo, tenía muchos seguidores entre sus antiguos adversarios españoles, mientras sus enemigos estaban ahora todos entre sus viejos compañeros de armas, libertadores convertidos en furibundos liberales. Con los años, olvidadas las antiguas rencillas, mi legendario abuelo español se convirtió en la atracción de las fiestas patrióticas celebradas en el pueblo con su cañoncito de salvas, disparado desde el brazo flaco y fuerte, sus fuegos artificiales, siempre peligrosamente experimentales, y su barba blanca y el largo pelo canoso bajo el sombrero de yarey a la mambisa: extraña mezcla de los símbolos del guerrillero criollo de las guerras de independencia y de su propio oficio de soldado colonial, cuerpo en que alcanzó, peleando «contra los cubanos» en las tres guerras, el grado de teniente de artillería del Real Ejército Español de Ultramar, los galones ganados junto al cañón que lo dejó sordo de por vida.

Conocí a mi abuelo, mi bisabuelo en realidad, poco tiempo: nuestra emigración y su muerte impidieron una larga amistad. Pero sé bien que de haber nacido yo antes, él sería mi personaje inolvidable ahora, con sus largas caminatas (aun después de haber sido tumbado por un caballo a los noventa, caída que le dejó inválido cerca de cinco años), su suciedad entrañable, sus esporádicos y exóticos lavados de barba y cabeza con dos huevos crudos, y sus innumerables puros a medio fumar regados por toda la casa, dejados «a ver si los termino luego», terminación que invariablemente olvidaba: era como si no quisiera separarse nunca del objeto del placer de fumar. Para mucha gente del pueblo —que lo conocía bajo el espurio nombre de Don Castro— mi bisabuelo fue el verdadero personaje inolvidable. Madrugador sempiterno y peripatético, que se iba a la cama con el sol, bebiendo limonadas calientes al acostarse y al levantarse, como si no viviera en el trópico, que soñaba a veces con una España reducida a la imagen recurrente de un olivo y una parra detrás de una casa blanca y unas mozas recogiendo aceitunas, para hacerle el sueño un día de nostalgia insoportable a todos —y sin embargo nunca habló de volver a España. Mi bisabuelo de Almería que tenía la cortés costumbre de preguntar invariablemente a los vecinos de enfrente de qué color querían que pintara su casa cuando la repintaba, ya que ellos y no él eran quienes estaban obligados a ver la fachada cada día.

También heredó mi tío Pepe Castro la elevada estatura y el cuerpo magro de su padre, mi bisabuelo, tanto como el carácter irascible, pero su tez oscura y su fanatismo los heredó de su madre, mi bisabuela Mamacita, a quien a pesar de su apellido de judío converso y del deleite de casar a su hija única con su primo hermano pobre antes que con un ajeno rico, tenía más sangre siboney que sefardí y se pasaba el día entero rezando. Pero había algo curiosamente atávico, anterior al catolicismo y a España, en la visión de mi bisabuela encerrada siempre en su cuarto a oscuras aun en pleno mediodía soleado afuera, arrodillando su cuerpo corto y rechoncho frente a un altar colmado de una profusión de imágenes sagradas a las que apenas iluminaban las velas y las lamparillas votivas siempre encendidas. Parecía una india mexicana devota. Otra de las peculiaridades de mi bisabuela —una verdadera excentricidad en el pueblo— era acostarse pasada la medianoche, después de haber estado rezando toda la noche, y levantarse casi a mediodía, con lo que las mañanas eran de silencio impuesto en la sala y alrededor de su cuarto. Peculiar era también su indiferencia soberana a su constante pedorrera pública, que tiendo a explicar hoy por la sordera «de cañón» de mi bisabuelo, su marido, alrededor del cual estallaban los pedos como granadas amigas, en silencio. Mi bisabuela mascaba tanto tabaco como fumaba mi bisabuelo. No es extraño entonces que sus dos hijos odiaran intensamente la religión católica y el uso del tabaco, y que, su hijo sobre todo, padeciera una enfermiza obsesión con las buenas digestiones y la limpieza del vientre.

Todos, mis bisabuelos y sus hijos, compartían un apasionado interés por la lectura de periódicos, locales y habaneros, a los que estaban suscritos y que mi bisabuela y mi bisabuelo leían con el auxilio de sendas lupas.

Dos de mis recuerdos más antiguos de mi tío Pepe tienen que ver precisamente con el arte de leer periódicos. El primero fue la lectura memorizada de un suelto en la página de entretenimientos (llamada «Amenidades») y el segundo fue un cintillo de primera plana leído por mí y comunicado a mi tío enseguida, convencido de su urgencia y de mi importancia como mensajero, después de una corta carrera hacia el taller de carpintería donde estaba él de visita, seguramente mejorando con sus consejos el arte de tornear el poste de una cama. Mi tío recibió la noticia primero incrédulo, luego alborozado y finalmente extático, según la información pasaba de su cerebro a su corazón. El entrefilet era un refrán —que me parecía entonces un trabalenguas o lo que luego conocería como un palíndromo— que él me leyó y yo me aprendí de memoria junto con su explicación adjunta y que repetía a petición suya para su sorpresa renovada y eterna: «*Abad de zarzuela, comisteis la olla y pedís la cazuela* —refrán que reprende a los que, no contentos con lo necesario, piden lo superfluo». El titular del periódico *Información* (o tal vez fuera *El País*) lo leí y memoricé yo solo y decía:

PACTO DE PAZ NAZI-SOVIÉTICO

Von Ribbentrop y Molotov Firman
Un Pacto de No Agresión Entre
Alemania y Rusia. Stalin Presente

La primera lealtad de mi tío Pepe Castro fue para el ejército profesional cubano, conocido popularmente entonces en el interior como la Guardia Rural. Para ese ejército fue también su primer desprecio. Se enroló, como su padre, de soldado. Por aquella época muy pocos guardias rurales (la mayoría reclutada entre campesinos) sabían leer y escribir y no le fue difícil el ascenso. Pero más fácil le fue el descenso. Siendo sargento ocurrió lo que se llamó en la Historia de Cuba la «Guerra de las Razas», que no fue guerra ni fue de razas, sino una sublevación de varios militares y políticos negros, la mayor parte veteranos de las guerras de independencia y de alta gradación, justamente agraviados por la poca participación negra en «los destinos de la nación». La revuelta fue sofocada enseguida por el ejército profesional, no sin antes haber fusilado, sin siquiera celebrarles juicio, a millares de civiles y militares negros sin otra culpa que el color, ligeramente más oscuro, de su piel, y todos los jefes de la rebelión, entre ellos el general mambí Quintín Banderas (hombre de una ferocidad legendaria contra el enemigo pero que nunca mereció su muerte miserable), decapitado mientras dormía en su campamento, por un antiguo compañero de armas.

Pero no es esta anécdota infame la que me interesa (toda la historia humana, bien mirada, resulta siempre una crónica de infamias) sino saber cómo mi tío Pepe se las arregló para jugar en ella un papel de héroe contradictorio. Al estallar la revuelta estaba de guarnición en el cuartel del pueblo, donde no hubo un solo soldado sublevado porque no había un solo soldado negro. Trajeron sin embargo dos civiles negros, aparentemente peligrosos pero realmente más muertos que vivos de miedo. El coronel jefe de la guarnición dio orden de que se les aplicara a los prisioneros la ley de fuga, y la orden comenzó a descender de grado hasta que recayó en mi tío, quien pudo a su vez haber comisionado a un cabo que ordenaría a algún soldado que la cumpliera. Pero Pepe Castro insistió en aplicar la ley de fuga él mismo, sin siquiera hacerse acompañar por una escolta —para admiración de sus subordinados que no lo consideraban especialmente sanguinario ni particularmente valiente. Diligente y marcial, Pepe echó a caminar por la carretera (el cuartel estaba a la salida del pueblo, posición considerada estratégica) escoltando a los prisioneros a los que debía dejar escapar primero para poder darles muerte en su intento de fuga forzado. Al poco rato se oyeron unos disparos de fusil en dirección de la carretera y todavía más tarde se vio regresar a mi tío solo (con su rifle). Cuando le preguntaron si había cumplido la orden dijo que sí, pero cuando le preguntaron si sus prisioneros estaban muertos dijo que no. ¿Heridos entonces? Tampoco. Cuando un capitán lo interrogó sobre si había cumplido la orden volvió a responder afirmativamente, pero cuando aquél precisó si había ejecutado la ley de fuga, respondió que a medias solamente. «¿Cómo a medias!», quiso saber el capitán extrañado. Mi tío Pepe explicó que había dejado escapar a los prisioneros, como le ordenaron, pero que no había podido alcanzarlos con sus disparos porque ellos corrían mucho y él no tenía muy buena puntería que digamos. El capitán estalló furioso y con una sola orden puso preso a mi tío y envió una patrulla detrás de los fugitivos sin ley. No dieron con ellos pero trajeron de vuelta dos auras muertas por disparos de Springfield. Mi tío no pudo explicar cómo tirando a dos hombres en fuga mató a dos buitres en vuelo. O por lo menos su explicación no pudo nunca ser considerada suficiente por el consejo de guerra que lo juzgó. El fiscal militar, un teniente, no pudo evitar una pregunta sarcástica: «¿Corrían tan alto los fugitivos?». Fatalmente mi tío no supo reprimir una respuesta adecuada: «No, las auras volaban bajo».

Afortunadamente el escándalo nacional comenzó a hacerse internacional y la amenaza de una nueva intervención americana impuso una cierta cordura y mi tío Pepe escapó con una baja deshonrosa del ejército —que se convirtió en mi familia en una alta honrosa. De aquella época queda un documento altanero. Sabiendo que de una manera o de otra sus días en el ejército estaban contados, mi tío se hizo retratar por el fotógrafo del pueblo. Todavía recuerdo la foto en tonos sepia y el gesto de soberbia y desprecio en la cara de Pepe Castro, dirigido me parece no tanto al lente de la cámara como a la imagen del perfecto soldado que ella quería reproducir.

Mi tío Pepe Castro tenía una buena voz y un mejor oído musical y un amor desmedido por la ópera. No sé si pensó dedicarse alguna vez al bel canto pero sí sé que llegó (ocurrió años después) a construir él solo un fonógrafo para oír sus discos favoritos, que emitían arias de Verdi, Rossini, Puccini. Entre sus cantantes preferidos estaba, por supuesto, Caruso y cuando éste vino a cantar a La Habana, Pepe Castro emprendió lo que era entonces una aventura azarosa y se fue a la capital a oír a Caruso, quien, según la leyenda musical, era capaz de hacerse oír a cuadras de distancia del teatro en que cantaba. Lo que, está de más decirlo, habría hecho salir sobrando al teatro, a la taquilla que cobraba la entrada y al mismo cartel de cantante. Pepe Castro pagó su entrada y se sentó en una butaca del Nacional (o tal vez fuera en una banqueta del paraíso) a oír cantar a Caruso. Pero más ruido que el tenor italiano hizo una bomba habanera que un terrorista o un enemigo de la ópera italiana tuvo la desgracia de poner en el vestíbulo. El estallido de lo que los periódicos de la época describieron como una máquina infernal, se oyó más lejos en la realidad que la voz de Caruso en la leyenda. Pero a mayor distancia llegaron los quejidos de mi tío Pepe, todavía asustado por la explosión del petardo ya de regreso en el pueblo. De ahí en adelante todos sus contactos con la ópera se hicieron por poder: discos («La Voz de su Amo», «Celebridades», «Columbia»), la lectura de gacetillas en los periódicos y algún aria cantada por él mientras trabajaba, con una admirable *sotto voce* que a mis oídos de niño siempre sonó como un encantador falsete, no por cómico menos fascinante. Su murmullo musical se hizo con el tiempo tan íntimo que en ocasiones llegaba a la voz incorpórea del ventrílocuo.

(Pepe Castro no volvió a La Habana hasta 1940, en que hizo el recorrido desde Gibara a pie, por una apuesta hecha con Narciso Cabrera después de una discusión sobre el efecto del régimen vegetariano sobre la locomoción. No llevaba más dinero en el bolsillo que trece centavos. Como Pepe no era supersticioso sino todo lo contrario: enemigo de las supersticiones, calculó que la cifra es obra de la casualidad. Lo que fue obra del cálculo fue regresar todavía con diez centavos. Pepe juraba que no había aceptado que ni camioneros ni autistas lo llevaran y que había hecho todo el trayecto hasta La Habana a pie en veintinueve días. Nunca explicó cómo realizó la vuelta.)

Otro interés contemporáneo fue el deporte. No sé si Pepe Castro llegó a practicar alguno con mucha o poca pericia, pero sí sé que de muchacho solía hablarme con entusiasmo de los «grandes del deporte». Muchas de sus opiniones estaban ya contaminadas por la germanofilia o por el naturismo y cuando hablaba de boxeo prefería a Max Schmelling a cualquier oponente que no fuera alemán. También denostaba a los boxeadores que sabía que fumaban y bebían, como Kid Chocolate, reciente campeón peso pluma del mundo y habanero degenerado, según Pepe, aunque fuera «un coloso del cuadrilátero». Pero al hablar de pelota, tema que era entonces para mí el más apasionante, sus opiniones no sólo tenían una mayor libertad sino que su admiración debió coincidir forzosamente con su época de pasión pro americana, ya que siempre los héroes del *baseball* eran americanos por abrumadora mayoría, con excepción de «algunos brillantes solitarios del patio». Hablaba de Ty Cobb, de Tris Speaker, de Babe Ruth, que para mí tenían el prestigio de la prehistoria. Pero también mencionaba algunas de las «glorias cubanas»: Martín Dihigo, Méndez (apodado el Diamante Negro), Adolfo Luque, que fue lanzador estrella en las Grandes Ligas, junto con Mike González, ambos los cubanos que más sabían de la teoría del juego. También mencionaba a menudo a un misterioso atleta, a caballo en mi imaginación entre los peloteros cubanos y americanos, pues si su nombre sonaba a Encio o Enzo nunca figuraba entre los campeones cubanos. Durante años me debatí tratando de adivinar la nacionalidad de este atleta superior. ¿Sería tampeño, de origen cubano pero nacido en La Florida? ¿O tal vez cubano emigrado a Nueva York o a Nueva Orleans con sus padres cuando las guerras de independencia? ¿O es que sería, cosa improbable, mexicano? Me hacía esas innúmeras preguntas sin atreverme nunca a interrogar a Pepe Castro, para quien la autoridad del disertante venía tanto de su conocimiento del tema que trataba como de la decisión inquebrantable de no dejarse interrumpir por sus oyentes. No fue hasta años más tarde que, al decidirme a preguntarle, mi tío Pepe me reveló la oscura nacionalidad junto con el verdadero nombre del misterioso Ensio. Se trataba de un pelotero americano llamado Earnshaw, tan impronunciable para él como intrigante para mí.

Si Pepe Castro, por razones desconocidas, no pudo militar en las filas del deporte, sí casi logró que lo consiguiera su único hijo varón, Gildo, a quien entrenó desde niño para convertirlo en pugilista. Gildo Castro tenía todo lo necesario para dar la talla: valor físico, músculos, sentido de la disciplina corporal, agilidad y ganas de pelear. No le faltaba nada para ser boxeador pero le sobraba algo: había heredado de su padre una nariz demasiado profética. Esta vulnerabilidad no fue fácil preverla: era difícil verla mientras Gildo fue niño. Pero su carrera de boxeador duró el tiempo que le tomó crecer a su nariz, que no fue tan previsible como el cambio de voz pero igualmente de inevitable naturaleza. Su nariz era ya excesiva para un adulto cuando su poseedor no había cumplido quince años —más adecuada para encarnar a Cirano en la escena que para emular a Kid Chocolate en el ring. Sin embargo este fracaso no disuadió a Pepe Castro, quien intentó adiestrar para el pugilato a varios condiscípulos de Gildo, sin éxito porque como decía él: «No se puede tornear donde no hay madera». Todavía, casi veinte años después, convenció al hijo de su más fiel compañero de discusiones (nunca pensé en los amigos de mi tío Pepe como sus amigos: eran sus contendientes verbales), llamado Narcisín, un muchacho grande y fuerte como un peso pesado, para que se dejara convertir en boxeador. Desgraciadamente (o afortunadamente, según se mire) el primogénito de Narciso Cabrera (sin parentesco con el autor) era no sólo lento física y mentalmente, sino que más que pacífico resultaba pasivo y hacerlo subir al ring (imaginado por Pepe Castro pero no menos real, como todas sus creaciones) era como trasladar del gimnasio vecino un *punching bag:* nunca pudo nadie convencerlo a Narcisín de que no sólo debía recibir golpes sino devolverlos también.

    Quizá fue su afición al deporte lo que llevó a Pepe Castro a admirar la cultura física y de ahí al naturismo no hubo más que un paso natural. Pero cuando yo lo conocí se interesaba más en la vida vegetariana de los atletas que en sus proezas físicas. Si un corredor, por ejemplo, era notorio que fumaba, nada importaban los récords que estableciera o rompiera: ése era ya un hombre marcado para mi tío Pepe, quien lo condenaba al fracaso futuro —y tal vez a un infierno más terrible. Una vez le oí contar que Johnny Weissmuller (según él un atleta perfecto) había ido al médico no porque se sintiera mal sino para un examen de rutina y al decirle Weissmuller al médico que se sentía sano como una manzana, éste había respondido: «Pues está usted podrido por dentro». El diagnóstico era tan fulminante como la prognosis: intoxicado por la vida moderna. El veredicto de Pepe Castro era por supuesto condenatorio, tan definitivo como el médico: «¡Weissmuller está acabado!». Recuerdo haber visto poco después *Tarzán y su compañera* y aunque las formas perfectas del hombre mono del cine eran evidentes a lo largo del film, al regreso a casa me sentí obligado a estar de acuerdo con mi tío al decirle: «Tienes razón, Pepe. ¡Johnny Weissmuller está acabado!».

(Nunca pude explicarme por qué tuve esta necesidad desde muy niño de dar siempre la razón a mi tío Pepe. Por mucho tiempo me pareció que no era más que la búsqueda de la aprobación de quien consideraba un maestro mágico. Ahora tiendo a verlo casi como una manifestación divina: el rasero de Pepe Castro era uno de los accesos al camino de perfección: conformar sus standards era una forma de comunión.)

Lo asombroso de la anécdota sobre Johnny Weissmuller no es su conclusión sino su compañía: mi tío Pepe parecía tener libre acceso a esta clase de información inusitada y la acumulaba. Sabía, por ejemplo, el secreto de las escapadas prodigiosas de Houdini (quien por otra parte había muerto hacía años pero vivía todavía en las anécdotas de Pepe) y definía el escapismo no como un arte sino una pericia posible. Había entrenado Houdini tan concienzudamente cada músculo de su cuerpo que podía recoger una aguja del suelo, mientras estaba sostenido por los pies amarrados, con las manos y los brazos atados a la espalda y la boca amordazada. «¿Cómo podía hacerlo entonces?», preguntaba yo, el interlocutor (asombrado) de turno. «Con los párpados», respondía mi tío Pepe y añadía, como si aquel resultado sensacional fuera el de una simple relación de causa y efecto: «Control muscular: educación física más voluntad». Terminaba la lección con una de sus frases favoritas: *«Mens sana in corpore sano»*.

Pepe Castro era un cúmulo de información fascinante no sólo para mí que era un niño y fácil de fascinar sino para gente ya mayor, como el viejo Crecencio Pérez, carpintero excepcional, su hijo Pedrito (un hombre hecho y derecho, a quien llamaban el Risueño porque tenía un rictus nervioso que era indiscernible de una sonrisa sardónica que molestaba a Pepe porque parecía que Pedrito se riera burlón de su sabiduría seria) y hasta Miguez el Paracaidista (apodado así porque tenía una giba que de veras parecía el bulto de un paracaídas a punto de abrirse) que venía del centro del pueblo a nuestro extremo a oír disertar a Pepe. Todos quedábamos paralizados frente a aquella enciclopedia oral, admirados de las cosas que sabía Pepe Castro. Sabía por ejemplo que el boxeador más pesado que existió fue Primo Carnera, que hacía honor a su título de campeón de peso pesado, aunque de paso breve. Paulino Uzcudún era un campeón vasco que se entrenaba cargando enormes piedras redondas y lanzándolas al aire, para recogerlas de nuevo, como si fueran globos de colores. Jess Willard fue el más alto de los campeones pesados y medía seis pies siete pulgadas. Como se sabe, Willard fue la Gran Esperanza Blanca que derrotó al campeón negro Jack Johnson en la famosa por controversial pelea en el Oriental Park de La Habana en 1915. Siempre que Pepe Castro hablaba de boxeo y llegaba, por cualquier camino, a este combate y alguien le preguntaba si la pelea estuvo de verdad arreglada de antemano, respondía con una extraña combinación exclamatoria, mezcla de fastidio ante una cosa sabida, aburrimiento por una pregunta repetida y escepticismo total, dirigida a ninguna y a todas las partes: «¡Oooh!». De manera que quien hizo la pregunta (que no era yo ciertamente) nunca sabía qué clase de respuesta recibía y, mucho menos, cuál era en definitiva la opinión de Pepe.

(Sobre el uso singular y extraordinario de la exclamación, el énfasis y la hipérbole en la conversación de Pepe Castro se hablará más adelante.)

Sospecho que su molestia ante la pregunta sobre si el extraordinario boxeador negro y la mediocre Gran Esperanza Blanca era una manifestación de su odio al racismo y sé que detestaba la noción de que la mayor parte de los habaneros que presenciaron ese combate apostaron por Jess Willard y contra Jack Johnson, estúpidos racistas para Pepe, que una vez declaró que Jack Johnson era el más grande boxeador que había existido nunca. Sin embargo cuando Joe Louis boxeó por primera vez contra Max Schmelling su simpatía absoluta fue para Schmelling y se regocijó en su triunfo. Cuando Schmelling, en la revancha, fue prácticamente destrozado por Louis, Pepe lo atribuyó a la presión de pelear fuera de su casa, con el público en contra del campeón y tal vez a un pobre entrenamiento. «Probablemente», concluyó, «ha caído en el nefasto vicio de fumar». Pero no dejó de apreciar que Joe Louis era un boxeador excepcional, tal vez el mejor desde Jack Johnson.

Entre los conocimientos extraños y fascinantes que Pepe Castro me regalaba estaban que la mujer más fuerte del mundo era, inevitablemente, una alemana («A-le-ma-na», decía enfatizando cada sílaba como si la hiciera con ello más fuerte), capaz ella de levantar un peso de trescientas libras sobre su cabeza, que el luchador apodado El Ángel (bautizado el hombre más feo del mundo) era un fraude acromegálico (fue la primera vez que oí esta palabra y Pepe la repitió a petición y explicó lo que quería decir con una frase aún más oscura: «Un desorden de la pituitaria»), que Ty Cobb había logrado ser el más grande bateador de todos los tiempos no por su fuerza de brazos sino por su «juego de muñecas» (un concepto de mecánica corporal que me costó mucho tiempo y no poca reflexión comprender), que los peloteros zurdos eran invariablemente superiores a los derechos (nunca explicó verdaderamente por qué, pero apoyaba su argumento con números y nombres), que los *pitchers* eran más veloces mientras más altos fueran. Además de decenas de anécdotas y pedazos de información que cuando hablaba de deportes terminaban siempre con la expresión de su desprecio por la lucha libre, a la que llamaba pancracio como si fuera un insulto griego y expresaba una admiración desmedida por la natación, que consideraba el deporte perfecto, ya que lo practicaban con igual habilidad hombres y mujeres y su práctica nunca conllevaba injuria o daño físico ni en las competencias más reñidas.

(Años más tarde hablaría con igual pasión del naturismo, de la ciencia en general y en particular de la ciencia aplicada —daba mucha más importancia a los inventos tecnológicos que a los descubrimientos científicos—, de la filosofía, de la historia y, sobre todo, de la política. Con idéntico interés que lo oíamos todos al principio, lo hacía yo solo entonces.)

No sé exactamente cuándo comenzó la obsesión de mi tío Pepe con la cultura, si fue en ese interregno entre la expulsión del ejército y la explosión de Caruso o si ocurrió todavía antes, siendo militar, pero no hay duda de que, como decía un amigo años más tarde en La Habana, en un momento de su vida había decidido montar al tren de la cultura cuando corría a toda velocidad y, al hacerlo demasiado tarde, había resultado literalmente aplastado, hecho trizas no físicamente pero mentalmente. Para este amigo, como para mucha gente, Pepe Castro era un loco, pero no para mí. No para mí. Tal vez escribiendo estas notas necrológicas descubra la razón de su aparente sinrazón —y creo que ése es el primer motor que me impulsó a escribirlas tanto como la admiración. (Abundan aquí las metáforas motrices, propias del siglo, pero creo que Pepe Castro pertenecía no a otro tiempo ni a otra época sino que era un primitivo, un sabio primitivo, de la manera que, por ejemplo, Pitágoras fue un filósofo primitivo. No que mi tío fuera un filósofo, pero había en él un amor por la sabiduría que era más que un cúmulo de erudición inútil o una cultura.)

Mi tío debió casarse cuando estaba todavía en el ejército, ese ejercicio de infamia. Su mujer era una belleza local que todavía a los sesenta o setenta años cuando la vi por última vez conservaba un perfil perfecto y unos ojos verdegrises a los que unas cataratas incipientes no empañaban su belleza. Tuvieron cinco hijos, pero dos murieron niños (uno de viruelas, a las que Pepe, negando los microbios, llamaba una erupción maligna) y yo sólo conocí a los tres que crecieron hasta hacerse adultos: Noelia, la hija mayor, Gildo y Nereyda (hasta en escoger el nombre de sus hijos mostraba Pepe su inconformismo y fue él quien bautizó a su primer nieto con el nombre de Diógenes: «Para que busque la filosofía de la familia»), la menor, que aunque me llevaba unos años jugaba conmigo y los otros muchachos del barrio a la pelota cuando ya era casi una mujer y nos ganaba a todos fácilmente, por lo que era considerada un marimacho, para deleite de Pepe. Hasta que un día dejó de jugar a la pelota de repente y era que se había enamorado. Tuvo novio por un tiempo y se casó y creó otra familia. Noelia, por su parte, estuvo recibiendo la visita de su novio Manolito Escalona durante siete años todas las noches, sentados conversando en sendos balances en la casa que había construido Pepe Castro (que no aprobó a los dos novios de sus hijas pero jamás interfirió) y parecía que nunca se casarían. Pero al cumplir los ocho años de noviazgo se casaron. Siempre pensé que lo que pospuso este matrimonio por tanto tiempo fue no solamente la costumbre (Nereyda se casó a los dos años de llevar relaciones, pero ella era una original: los noviazgos en el pueblo solían durar décadas entonces), sino que estaban siempre de luto, ella y su madre. Luisa Ortega, la madre de ellas y mujer de mi tío Pepe, estuvo vestida de luto durante la mayor parte del tiempo que la conocí. Guardaba luto completo por un año y después llevaba dos años de medio luto y en este período siempre se le moría un hermano o una hermana, pues venía de una familia tan grande como propensa a la mortalidad.

Lo más curioso de mi tía Luisa no era el luto constante ni su carácter agrio, indomable (de niño yo la odiaba a veces por su negativa renuente a devolver las pelotas que caían en su patio o en el tejado de su casa que parecía ser el *catcher* absoluto: todas las bolas iban a dar allí), sino la extraña relación que tenía con mi tío Pepe: para mí era inusitada. Hacía años que se habían separado y aun cuando Pepe vivía todavía en la casa o en la caseta que construyó al fondo del patio detrás del aljibe o en los diversos talleres de mecánica que montó su hijo Gildo (el primero estuvo en la caseta del patio), nunca se hablaban directamente sino por intermedio de uno de los hijos al alcance, a quien en ese momento y estando presente la otra parte, trataban los dos de usted, como si se convirtiera en un intérprete respetable, estableciendo un diálogo enrarecido por el silencio del tercero en discordia, quien pensándolo bien no era un traductor sino mero micrófono mudo.

Luisa Ortega (a su hija Noelia o a la otra hija, Nereyda): Dígale a su padre que los calderos tienen las asas rotas y una de las ollas se sale.

Silencio de Noelia o Nereyda, que duraba un momento y era roto por:

Pepe Castro (a Noelia o Nereyda): Dígale a su madre que ya me lo dijo muchas veces antes.

Luisa Ortega: Sí, pero dígale que se lo dije para que los soldara, no para que tomara nota.

Pepe Castro: Dígale usted que lo haré cuando tenga lugar.

Luisa Ortega: Que es que no hay en qué cocinar en esta casa. Dígale eso.

PEPE CASTRO (dando término al diálogo por poder): ¡Oh coño! ¡Dígale que no me joda más!

LUISA ORTEGA (que siempre tenía la última palabra): Dígale que con malas palabras no se van a soldar los calderos.

A veces estos monólogos a dúo (sé que el término es contradictorio en sí) terminaban en grandes discusiones y peleas a gritos que se oían perfectamente desde la casa de mis abuelos, contigua a la casa de Pepe y Luisa —o de Pepe contra Luisa. Pero con el tiempo Pepe dejó no ya de vivir en su casa sino de visitar a Luisa Ortega, quien sin embargo siguió siendo siempre su esposa legal. Ninguno de los dos tuvo nada que ver con otra persona —y aquí llegamos a la vida sexual de Pepe Castro.

Fue extraña, remota y breve. Todavía años después, cuando yo ya era un hombre, atribuía mi neurosis a mi desordenada vida sexual —cuando tal vez fuera al revés. Apasionado del naturismo (fue una de las primeras personas que conocí que no usaba calzoncillos) y del nudismo, no tenía nada de la rijosidad, al menos verbal, corriente en los cubanos de todas las edades, que cuando no hacen el sexo, usan el sexo o hablan de sexo. Pepe Castro hablaba siempre de la mujer como compañera del hombre, pero nunca aludía siquiera a sus funciones sexuales —aunque Pepe era todo menos un pacato. Recuerdo que cuando se refería a las enfermedades venéreas (fue a él a quien primero oí usar este término), señalaba la higiene individual como principal culpable y decía que el hombre debía lavarse las partes antes de cada coito. Por otra parte, como no creía en los microbios, mucho menos en los bacilos y en los virus, sostenía que las enfermedades todas eran el resultado de la descomposición de la materia. Pero no veía contradicción en su insistencia en la higiene sexual. (Luego, recientemente, esta opinión científica ha sido repetida por médicos eminentes y parece que hay efectivamente una relación entre la limpieza del pene y el cáncer del útero, causa del hombre con efecto en la mujer. ¿De dónde sacó Pepe Castro esta información temprana? El misterio, una vez más, rodea sus opiniones.) Feminista antes de tiempo, Pepe aceptaba a las mujeres siempre y cuando estuvieran en paridad con el hombre, sin separación biológica ni histórica. Nada de afeites ni de remilgos ni coqueterías para él, que odiaba la feminidad tanto como el *flirt,* que se sabía con nada más oírle expulsar esta palabra de sus labios como una partícula perversa. Por otra parte admiraba a las grandes mujeres de la historia, entre las que colocaba, por supuesto, a Safo (aunque nunca le oí mencionar el lesbianismo) y creo que ya he hablado de que su admiración por mi madre no tenía límites. O sí los tenía: los límites estaban en el hecho lamentado de que ella no hubiera sido hija suya.

    Debo hablar, brevemente, de Pepe Castro y la higiene corporal, de la que era, como de casi todas las cosas que le interesaban, un verdadero fanático. Se bañaba dos veces al día pero no usaba nunca jabón porque decía que este producto artificial hacía daño a la piel. En lugar de jabón usaba un trapo, un pedazo de yute (cortado de un saco de azúcar) y se friccionaba todo el cuerpo debajo de la ducha, una de las tantas que construyó, ingeniosas construcciones hidráulicas. Un día hizo una apuesta (tal vez fuera con Crecencio Pérez o con el siempre incrédulo Pedrito el Risueño) de que se podía bañar sin agua, empleando solamente el retazo de yute y quedaría más limpio que cualquiera de los presentes. No hay que decir que se bañó —es un decir— los brazos con yute y después, al frotarlos con los dedos, no sacó ninguna mugre. Sin embargo todos los otros competidores, que usaron jabón, tenían entre sus dedos restos del churre del cuerpo. Fanático de los baños de mar (aunque, cosa curiosa, nunca aprendió a nadar), declaraba que éstos no debían exceder jamás los quince minutos de inmersión, pues más tiempo aceleraba peligrosamente la hipotermia. (Lo extraordinario es que Pepe nunca tuvo reloj y jamás pude descifrar cómo medía el tiempo en el agua.) Con él íbamos mi hermano y yo a bañarnos a la playa que quedaba cerca del taller de mecánica de Gildo, muy temprano en la mañana. En esa playa ocurrió un incidente gracioso (para nosotros) y enojoso (para Pepe). Cuando entraba en el mar, mi tío siempre le daba la espalda a la playa y se mantenía vigilante de posibles tiburones (de los que había muchos en la bahía abierta), advirtiéndonos que no entráramos muy adentro, aventura que consideraba en extremo peligrosa: el agua al pecho ya era suficiente para un ataque de los escualos. Un día mi hermano aprovechó que Pepe estaba vigilando particularmente atento las olas bahía adentro y fue hasta la playa, arrastró un tronco largo y oscuro hasta echarlo al agua, luego lo llevó sumergido para llegar casi junto a Pepe y de pronto le dio un empujón, logrando que el tronco emergiera súbitamente, negro y amenazador. Mi tío Pepe lo tomó por el temible tiburón que siempre esperaba y dio un gran salto mientras corría hacia la playa protectora, arrastrándonos a mi hermano y a mí cogidos de cada brazo. Fue solamente cuando vio la carcajada en la cara de mi hermano (yo también me reía pero disimuladamente, divertido oculto) que se dio cuenta de que era un madero muerto y no un tiburón mortal lo que salió a flote a su lado. No le gustó nada la broma y después de ese día no volvió con nosotros a la playa en la mañana temprano, cuando era tan agradable ver salir el sol sobre la bahía en calma. Su único comentario *post facto* fue decir en casa de mis abuelos que la compañía de mi hermano era perjudicial para mí, que aunque mayor me contagiaba y perdía entonces mi seriedad de niño modelo. No lo dijo con esas palabras pero fue lo que quiso decir: yo era su discípulo, el encargado de recibir y transmitir su mensaje.

Pepe Castro ejercía a veces el oficio de detector de supercherías. Nadie lo había nombrado en este cargo local pero con la misma autoridad extendía su radio de acción a los alrededores. Así si había una casa encantada, Pepe desprestigiaba a sus habitantes del otro mundo con tal vigor que acababa para siempre con su encanto. Abundaban en el pueblo los espíritus, que mi bisabuelo llamaba arcaico ensalmos. Pero espíritus o ensalmos no había uno que pudiera resistir no ya el asedio sino la visita de Pepe. En Gibara había una iglesia católica, suntuosa, y otra protestante, más modesta, pero como apenas había negros no cundía la brujería ni mala ni buena y todo se iba en espectros. A la iglesia íbamos el domingo y tal vez el sábado de gloria o a la misa del gallo en Nochebuena pero los espíritus pululaban y abundaban los espiritistas, que llamaban a los espíritus seres y ellos mismos se hacían conocer como médiums, aunque sus espíritus eran almas en pena, encarnaciones benignas y seres queridos. Pero los malos espíritus no descansaban: rondaban toda la semana. Había un fantasma particular que no se contentaba con ser un solo ser sino que se componía de un jinete y su caballo, ambos no menos espectrales. A veces, tarde en la noche, cuando las luces se apagaban y la luna brillaba llena, desde la portada que se abría al campo rumbo al pueblo galopaba un jinete —decapitado. Esta leyenda del jinete sin cabeza tuvo su origen remoto en un duelo irregular que ocurrió en el pueblo a principios de siglo. Sucedió que dos rivales amorosos se retaron en plena Calle Real a batirse a machete, apero que se convertía en arma. Ambos galoparon uno hacia el otro desde el campo y desde el pueblo. Cuando se enfrentaron uno, más certero o con mejor machete, cercenó la cabeza al otro —que siguió cabalgando sin cabeza rumbo al pueblo. Desde entonces este jinete decapitado recorría la Calle Real (donde vivíamos) pero su capricho era hacerlo tarde en la noche, para aterrar ocasionalmente a algún vecino tardío o un espectador que salía solo del cine. Creo que hasta yo lo oí venir desde la portada hasta mi sueño, jinete condenado a montar sin cabeza toda una eternidad. Pero por un tiempo a este fantasma familiar le dio por cabalgar cada noche y ahora los vecinos vivían —o dormían— aterrados. Pepe al saber que el jinete decapitado cabalgaba de nuevo dio su veredicto que era el mismo para toda superchería: «¡Paparruchas!», dijo. «No hay fantasma que valga» y haciendo un inesperado juego de palabras, «mucho menos que cabalga». Para terminar con el imperio del miedo al jinete sin cabeza, se apostó solo en la esquina de la casa. (Del grupo de casas que construyó él con dinero de mi bisabuelo, estaba la suya de matrimonio, pegada a la de Crecencio Pérez, la de mis bisabuelos y abuelos quedaba en el centro y en la esquina había una casa larga dividida en tres: una tienda, la casa-trastienda y una casilla carnicería, que siempre se alquilaban. Había otro terreno al cruzar la calle lateral que perteneció a Pepe Castro pero un íntimo amigo le dio la mala, lo ocupó y por no acudir a los tribunales —Pepe siempre consideró a los jueces y abogados con el mismo desprecio que a los médicos— se quedó con su poder y hasta construyó una tienda rival.) En esta esquina, bajo el poste del alumbrado, apenas iluminado por su pobre luz, esperaba cada noche Pepe al fantasma desvelador. Varias noches estuvo en su vigilia, hasta que al fin una madrugada vio venir una aparición desatada desde el campo y en la oscuridad sólo se veía el pálido caballo y las ropas del jinete. ¿Sería de veras el decapitado? Pepe Castro no se hizo esta pregunta sino que se lanzó a la calle y con sus manos en alto (no en cruz: Pepe era ateo) logró detener al caballo casi desbocado. El jinete enarboló enseguida su machete pero Pepe pudo ver que tenía cabeza o al menos ojos bajo su sombrero de yarey. Trabajo le costó a Pepe convencer al aparecido de que él mismo no era una visión malvada, ya que el jinete también temía al fantasma sin cabeza. «¿Cómo voy a ser el jinete decapitado?», trató de convencerlo Pepe. «¿No ve que tengo cabeza y ni siquiera voy a caballo?» El jinete quedó convencido ante la doble pregunta más que ante la simple evidencia: el poder de las palabras. Pepe pudo desvelar el misterio. Sucedía que los galopes que se oían cada noche eran producidos por este campesino que de visita clandestina a su novia en el pueblo, corría Calle Real abajo porque su miedo mayor no era la realidad del padre de su amante ni siquiera la aparición de su formidable madre sino la leyenda del jinete sin cabeza. Aun en el campo, totalmente a oscuras, jamás corría por temor a que se hiciera daño su cabalgadura, pero en cuanto llegaba al pueblo, escenario del duelo repetido para siempre, ya en la misma portada, se desmandaba, casi desbocando el caballo calle abajo. Desde esta extraña entrevista de Pepe pudo todo el mundo dormir en paz en el barrio y el jinete amoroso de la carne a la espera y temeroso del alma en pena consiguió bajar al pueblo a trote tranquilo.

En otra ocasión un cliente confesó en el taller de Gildo que tenía una casa de campo con una buena finca que no podía vender a ningún precio porque los fantasmas no dejaban habitarla. «Salen de noche ¿no?», fue el comentario interrogador de Pepe Castro. «Sí», aseguró su dueño, «siempre de noche» y añadió intrigado: «¿Cómo lo sabe?». «Un barrunto», fue todo lo que dijo Pepe, pero se extendió para prometerle al terrateniente, al que apenas conocía, que le haría la casa habitable —y se fue a la finca, que estaba lejos en Loma Roja, sin decirle nada a nadie. Durmió allí dos días y regresó calmo al pueblo. A la semana siguiente se encontró con el terrateniente que venía a recoger los aperos que Gildo le había reparado. «Ya pueden ir a vivir tranquilos los compradores de su casa», fue todo lo que dijo Pepe, a manera de saludo. Efectivamente el propietario logró vender la casa y la finca y nadie volvió a mencionar esos fantasmas. Nunca supe qué hizo Pepe los dos días —y las dos noches— que se pasó en la casa encantada para exorcizarla. Cuando le pregunté todo lo que dijo fue: «¡Esos fantasmas que salen nada más de noche!», se sonrió sardónico y agregó final: «Cuando te digan que hay fantasmas a mediodía, empieza a creer en ellos».

Si Pepe Castro era inspector de supercherías también solía ser detector de mentirosos, a los que aborrecía. Hubo un caso en que presencié su método, que consistía en la detección y el desprecio. A la tienda de la esquina solía venir un guajiro pobre que siempre compraba fiado. «Al fiao», decía sonriendo sin dientes pero con menos vergüenza. Montaba una mala yegua y su sombrero tenía el ala eternamente rota, mostrando que era el mismo viejo yarey de siempre. Su ropa eran unos pantalones blancos y una chambra del mismo color, aunque decir blanco es una vaguedad pues estaban siempre teñidos de tierra roja. Le llamaban Vicente el Venezolano, entre otras cosas porque él decía que era venezolano. Era oscuro sin ser negro (hay pocos campesinos negros en Cuba) y hablaba con un canto extraño. Vicente el Venezolano, antes y después de las compras fiadas, se detenía a conversar con los habituales, las más veces meros visitantes, a quienes entretenía con sus cuentos de viajes por los siete mares, los cinco continentes y los dos hemisferios —por supuesto que no lo decía con estas palabras sino entre anécdotas analfabetas, ilustrando cómo había navegado el globo entero. Un día coincidió con Pepe en la tienda (cosa extraña pues el habitual de Pepe era el taller) y Vicente comenzó a hablar de sus viajes en barco. Pepe lo miró una vez como interesado y Vicente siguió hablando, contando una extraña historia que le ocurrió en Japón. Era un cuento más bien verde de geishas y marineros y Vicente cometió el error de transgredir una de sus leyes: había difamado una de las tierras sagradas para Pepe: habló crudamente de las putas japonesas envueltas en seda, «como caramelos». Al terminar, Pepe lo miró intensamente y le dijo: «¿Así, Vicente, que usted ha recorrido el mundo en barco?». Vicente atendió a la pregunta y cometió su segundo error al declarar enfático: «Sí señor. To el mundo entero». «¿En barco siempre?» «Sí señor, embarcao», respondió Vicente seguro de su pasado. Pepe muy lentamente le preguntó entonces: «¿Ha estado usted en Suiza por casualidad?». Vicente no lo pensó dos veces para cometer su tercer error fatal y contestar: «Sí señor, en su Suiza también estao». «¿En barco?», insistió Pepe preciso. «Sí señor, embarcao he tocao puerto en Suiza.» Pepe lo miró con sus ojos medio dormidos y despertó los ojos de los demás al decir suavemente palabras muy duras: «Es usted un mentiroso, señor mío». Vicente no sabía qué mosca había picado a Pepe. «Suiza queda tierra adentro, en el centro de Europa, a cientos de millas del mar. De manera que si no llevaba usted el barco en los hombros nunca pudo estar en barco allí.» La sorna de Pepe no escapó a los habituales, ni siquiera al tendero. Pero Vicente no pudo decir nada y se quedó callado, confuso, mientras Pepe dejaba definitiva la tienda, habiéndole tapado la boca una vez más a un mentiroso. Al poco rato Vicente recogió sus mandados y se fue —no digo que para siempre pero sí se tomó su tiempo en regresar al pueblo montando su mala yegua. Cuando lo hizo ya no era conocido por Vicente el Venezolano sino por Vicente el Suizo: doble ironía la del mote pues el principal café del pueblo que estaba Calle Real abajo, frente al Parque García, el más céntrico y más caro, se llamaba El Suizo y era tan inaccesible a Vicente como la Suiza de sus viajes fantasiosos.

  Pepe Castro tenía un lenguaje propio, que nadie más usaba en el pueblo, y en esta lengua era notable el uso que hacía de las exclamaciones. Por ejemplo, la letra *o* se convertía en una palabra, en muchas palabras. Era oh simple de asombro fácil, ooh de asombro mayor, oj cuando estaba molesto, exclamación que hacía seguir siempre de la palabra coño, convirtiendo las dos exclamaciones en una sola, eliminando su obscenidad en el énfasis extraño. Solía decir mucho «Me cago» pero sonaba a macago, con el peso de la frase en la primera palabra, que le llenaba la boca. También el lamento ay era muy usado por él, usualmente seguido de la frase mi madre. Pero cuando decía «¡Ay mi madre!» le daba diferentes entonaciones, ninguna patética. Se cagaba en Dios a menudo, pero no le daba importancia al nombre de Dios, que era para él otro monosílabo exclamado. A veces usaba términos sorprendentes. Así cuando visitaba el taller (de conversación y discusiones más que de mecánica) Joseíto Morón, el gerente del teatro del pueblo (que se hacía llamar a sí mismo empresario), que tenía un poderoso mal aliento, Pepe ponía una posdata al terminar su visita (durante la cual casi siempre guardaba un inusitado silencio) diciendo: «¡Oj coño! ¡Este hombre me anula!». Se refería a su personalidad estólida, a su conversación imbécil pero sobre todo a su halitosis. Cuando discutía (que era a menudo) una de sus armas argumenticias era el uso de idiomas extranjeros (de los que no hablaba ninguno), sobre todo del alemán —ningún otro idioma podía ser más exótico en Gibara que el alemán, ni siquiera el latín que Pepe citaba a veces. En su conversación sobre temas alemanes Hitler se convertía propiamente en Hitla en su boca y aunque pronunciaba el nombre de Nietzsche casi Nieche y no Nische o Niche, se las arreglaba para que esta pronunciación asumiera el máximo de autoridad ante su auditorio, compuesto por pueblerinos y a veces por campesinos, siempre asombrados ante la erudición de Pepe. Un día Pepe produjo pasmo al pronunciar la palabra esperanto, que nadie había oído nunca, ni siquiera yo. ¿Qué palabra prohibida sería esa que Pepe decía casi como si revelara un secreto? «Es un idioma», explicó. «Es el idioma del futuro» y añadió con su énfasis usual ante lo magnífico: «¡Del fu-tu-ro!». Explicó que era el latín del año 2000. «Para entonces lo hablaremos todos.» A mí me recomendó privadamente que lo aprendiera: «Se puede entender en veinticuatro horas». Me mostró una gramática en esperanto de la que recuerdo sólo dos nombres: *flugilo*, que quiere decir pájaro y *corktirilo*, tirabuzón o sacacorchos. Pero para la galería íntima ese día Pepe se explayó: «Es el único idioma inventado por un solo hombre», para precisar: «Todos los idiomas están creados por el pueblo, pero el esperanto es un idioma inventado por un individuo». Pepe era más un pedagogo que un pedante y así sus explicaciones no tenían como objeto exhibir sus conocimientos sino impartirlos: «El esperanto fue inventado por el Doctor Esperanto y quiere decir el que espera. El Doctor Esperanto es en realidad un genio ruso, el lingüista Lazarus Ludwig Zamenhoff. Un lingüista es uno que sabe idiomas, que no sólo los habla pero los conoce. Todos los lingüistas aspiran a ser intérpretes pero el Doctor Zamenhoff es un inventor», aquí miró de derredor y después dijo: «Podría ponerle nombres nuevos a cada instrumento en el taller». Hizo una nueva pausa y preguntó: «¿Ustedes saben lo que hizo el Doctor Zamenhoff?», pero no esperó la posible respuesta, tal vez no esperaba ninguna. «Cuando se inventó la primera cámara fotográfica portátil le pidieron a Zamenhoff un nombre nuevo que se pronunciara más o menos igual en todas las lenguas. El Doctor Zamenhoff no tuvo que pensar dos veces en la palabra Kodak, que se pronuncia igual en todos los idiomas civilizados. El Doctor Zamenhoff era un sabio pero no era un genio como Nietzsche, que fue un superdotado, un superhombre.»

Hablando de Nietzsche Pepe insistía en que más que un filósofo era un filólogo —y aquí hacía una pausa para continuar explicando: «Fi-ló-lo-go, que es un grado más alto del filósofo», declaración con que derrumbaba a sus oyentes, pobre gente. También acudían a la boca de Pepe los nombres de Sócrates, Platón y Aristóteles para sustanciar cualquier argumento en duda, aplastando con autoridades remotas, añadido al peso del hombre el peso del tiempo. Asimismo era aficionado a convocar a Epicuro y a Demócrito, declarándolos los primeros materialistas. Esta erudición no es extraordinaria porque cualquier culto de pueblo puede usar estos nombres casi comunes, aun los últimos griegos. Lo que sí es inusitado era oír a Pepe Castro, que no estudió más allá de la escuela primaria, invocar el nombre de Porfirio, un oscuro filósofo neoplatónico, para decir con él que alimentarse de carne es contrario a toda filosofía. «Esto quiere decir», explicaba Pepe, «que la carne no deja pensar». Pero su aprecio por Porfirio venía también del anticristianismo del filósofo, que compartía totalmente. Es más, llegaba a negar absolutamente la existencia histórica de Cristo. «De haber existido», decía casi con soberbia, «lo mató Nietzsche, que fue el anticristo». Insistiendo: «¡Sí señor, el an-ti-cris-to!». Para Pepe Hitler era grande, entre otras cosas, porque era una versión actual de Nietzsche y del anticristo.

Fue precisamente en su época germanófila en que lo conocí mejor. Sabía, sí, que antes, por los días de mi nacimiento y tiempo después fue muy pro americano, pero cuando yo lo frecuenté con conocimiento de su causa su gran pasión política era el nazismo y su nación preferida la Alemania de Hitler. No sé decir exactamente por qué este hombre oscuro, de facciones semitas, admiraba al nazismo. Tal vez el origen de su pasión estaba en el vegetarianismo de Hitler. (¿Qué diría Pepe hoy de saber que Hitler se hizo vegetariano no por creer en las virtudes morales de no comer carne, Porfirio prúsico, sino como medio para vivir más tiempo y gobernar el Tercer Reich durante su milenio?) De esa preferencia venía mi alegría al llevarle la noticia de la unión de Hitler y Stalin, en la que yo conciliaba la pasión de mi tío Pepe por la Alemania hitleriana con la devoción de mis padres al comunismo stalinista. Aquel día fue un día luminoso para Pepe y no se cansaba de pregonarlo en todo el barrio: «¡Por fin Stalin ha visto la luz!».

No recuerdo su reacción ante la invasión de Rusia por el ejército alemán, aunque ocurrió cuando yo todavía vivía en mi pueblo y durante ese tiempo en que mi tío Pepe fue la gran influencia de mi vida. Presumo que debieron ser días difíciles y que su reacción más bien apagada ante el espectáculo del choque de los dos colosos totalitarios que para él debían unirse contra la «podredumbre democrática». Luego, cuando la derrota definitiva del Eje, en uno de mis regresos veraniegos de La Habana, recuerdo que su reacción fue no creer en la existencia de la bomba atómica. «¿Bomba atómica? ¿Eso qué quiere decir?», decía. «Todas las bombas son atómicas. No hay bomba sin átomo. Todo es atómico.» Luego saltaba de esta reflexión epicúrea a su causa principal: «No es más que propaganda americana para justificar que el Japón se rinda. ¡Pero el verdadero Japón jamás se rendirá!». Para completar su adhesión al Eje entero (Italia era la patria de la ópera tanto como de Benito Mussolini), sentía una admiración sin límites por el Japón: «El pueblo más limpio del mundo. ¡Del *mundo*!». Siempre que hacía esta declaración la afirmaba con la anécdota del barco japonés que tocaba puerto en Francia por primera vez y al preguntarle un periodista francés al capitán japonés qué era lo que más le asombraba de los franceses, pueblo asombroso, éste exclamaba: «¡Que apestan!». (Para Pepe el hedor era la ofensa mayor de que era capaz el cuerpo humano.) A renglón seguido venía siempre una larga perorata sobre las virtudes higiénicas de los japoneses, los inventores modernos del baño colectivo, la gente capaz de aguantar el baño más caliente del mundo, el pueblo más estoico del Asia, etcétera, etcétera.

De esa época anterior de dejar nosotros el pueblo recuerdo las advertencias que le hacían otros miembros de la familia (mi sensato abuelo, mi padre precavido) acerca de su nazismo demasiado público. (Eran los tiempos en que Cuba comenzaba a alinearse con los Aliados y luego llegaría en su celo antinazi hasta fusilar a un supuesto espía alemán.) Todos le decían que era un riesgo grande el que corría, que cualquier día chocaría con las autoridades locales, que se lo llevarían preso por pro nazi. Su única respuesta era invariable: «Que vengan. Los pondré en su lugar diciéndoles: ¡Señores, en Cuba la justicia está en pañales!».

Pepe Castro se las había arreglado para afiliar al nazismo a no poca gente en el barrio, como Pedrito el Risueño que declaraba con su sonrisa eterna: «Sí señor, soy nazi de nacimiento». O a otra gente como Miguez el Paracaidista, a quien enseñó Pepe a hacer el saludo nazi y al levantar la mano y gritar: «¡Heil Hitler!», parecía que su próxima acción sería tirar de la cuerda invisible y desplegar el paracaídas de su joroba. Convenció hasta gente que vivía al otro extremo del pueblo, como Narciso Cabrera, quien, más culto que los otros, declaraba: «El furor es del Führer». (A todos Pepe enmendó su dudoso acento alemán, mientras que a Pedrito lo corrigió diciéndole que nazi no venía de nacimiento, corrección que Pedrito recibió con su sonrisa de siempre.) Otro de los catequizados para la causa nazi era, increíblemente, un negro estibador de apellido Doce, que era el padre de Ramonín Doce, el hombre más alto del pueblo, que medía seis pies seis pulgadas, para asombro eterno de Pepe que solía decir: «Es un ejemplar perfecto de su raza». Doce padre tenía un radio de onda corta —una rareza en esos años treinta, posible por el buen sueldo que ganaban los estibadores— y con él sintonizaba la emisora de Alemania Nazi, sus programas en español para América Latina. Allí, acompañando a Pepe, oí más de una vez boletines de noticias, todas ellas hablando de campañas militares victoriosas, en todos los frentes leídos por un acentuado locutor que debía de ser medio español y medio alemán o aprendió el español en Madrid. Pero ya a comienzos del año cuarenta dejó Doce de sintonizar Berlín por miedo a la policía. Entonces Pepe no tuvo más remedio que confiar y confinar su información a los periódicos, que no eran según él prensa sino propaganda —adversa por supuesto.

Los años de la Segunda Guerra Mundial me cogieron en La Habana, sabiendo de Pepe Castro a veces por referencias, nunca por una carta, ya que detestaba escribir: su medio —su fin— era la voz hablada. Después de la guerra fuimos pocas veces al pueblo y a partir de 1947 dejamos de ir del todo, volviendo solamente en 1959 (viaje de trabajo) y en 1961, brevemente. En 1959 vi a Pepe, que ya no vivía en Gibara sino a treinta y dos kilómetros de allí, en la ciudad de Holguín (donde había mudado su taller, por fin próspero, su hijo Gildo) y tengo de esa visita el recuerdo de algo más que la memoria falible: una excelente fotografía que es más elocuente que toda esta historia. En ella Pepe parece un gurú indio, la cabeza rapada, el torso desnudo, con algunas canas y mira a la cámara con su mirada directa, los ojos despiertos. En la foto está la tranquilidad de una vida vivida vehementemente a tono con la naturaleza: las pasiones de la juventud, las inquietudes de los años maduros y las angustias de la vejez atenuadas todas por una paz interior a la que el medio no perturba en absoluto. Ya había llegado la Revolución al poder y Pepe Castro se había afiliado a ella con la devoción de su antiguo fanatismo. Pero a veces todavía había oposiciones, aunque se notaba que le faltaba el círculo de Gibara —aun Joseíto Morón y su halitosis anulante. Estaba con él su nieto, el hijo mayor de Gildo, que era ya un muchacho, que miraba con ojos semejantes a los de Pepe y estaba también desnudo de la cintura para arriba. Era Diógenes pero Pepe me dio en esa ocasión otra versión de su nombre, tal vez olvidando la explicación anterior, tal vez modificando sus medios al cambiar sus fines. «Se llama Diógenes para que pueda buscar la luz del saber entre las sombras.» En realidad completaba su retrato y supe que ese muchachito era yo, que me había sustituido, que él era el sucedáneo del discípulo.

Nunca supe cuándo ni cómo se atenuó en Pepe su pasión por la Alemania Nazi. Sí sé cómo sobrevivió a su naufragio: nunca creyó que Hitler había muerto en su búnker. «¿Dónde está su cadáver?», preguntaba y nadie le respondía porque era una pregunta retórica más que indagatoria. «Hitler vive y está entre nosotros», añadía y no se sabía si Hitler vivía en Cuba o en América, aunque dudo que fuera un argumento metafísico. Pero a mediados de los años cincuenta había olvidado al Japón Imperial, pues quería que Gildo fuera a China comunista, eterna enemiga del Japón, para perfeccionar sus considerables conocimientos de mecánica. Es verdad que siempre hubo en Pepe una gran admiración por los chinos, los que conoció en Gibara, especialmente por el cultivo intensivo de hortalizas. «Los chinos me han hecho conocer la planta perfecta», decía, «el cundiamor». Se llevaba admirablemente con los chinos de la fonda del pueblo, justo al lado del taller de Gildo, donde Pepe ayudaba —y a veces perturbaba— a su hijo, perfeccionando sus inventos, discutía con sus amigos y dormía, en una tarima de madera convertida en estrecho *mezzanine* sobre tornos y tornillos. En esta cama rígida se acostaba Pepe con los pies más altos que la cabeza y sin almohada ni colchón sobre la dura madera. «La única manera natural de dormir», aseguraba. «Así duermen los chinos.» Había un chino especial que vivía varios kilómetros río Cacoyuguín arriba, que era su amigo íntimo. Una vez de vacaciones fuimos en bote con mi padre y Pepe en busca del chino remoto como una expedición a una avanzada en la selva: allí donde antes hubo cocodrilos y manatís y ahora solamente quedaba la leyenda animal. Al vernos arrimar a la orilla desde su bohío un chino corrió a encontrarnos, casi llorando de contento por ver a Pepe, quien lo saludó en chino, idioma del que había aprendido una o dos palabras, entre ellas la que nombraba misteriosa al cundiamor. El chino, nada inescrutable, emotivo, exuberante casi, desmintiendo su raza por la amistad, mató un pollo y un puerco para festejar nuestra visita, cena y celebración. Pero nunca entendió que Pepe no probara sus delicadezas culinarias, convencido de que mi tío era un gourmet exigente o él un cocinero pobre —o ambas cosas. Para consolarlo Pepe pronunció una palabra en chino y nuestro anfitrión, atento a los oídos cubanos, dijo: «No cundiamol, no cundiamol».

Fue en ese viaje que comenzó por mar, embarcados dentro de la bahía y luego por el Cacoyuguín que desembocaba al fondo, que Pepe me dio muestra, por una sola vez, de sentido del humor. Alguien, un muchacho en la playa, insistía en preguntar estúpidamente si el bote prestado en que nos disponíamos a embarcar hacía agua. Repetía: «¿Hace agua?» y volvía a decir: «¿Hace agua?», finalmente Pepe se volvió hacia él y respondió: «No, la coge ya hecha».

Su pasión por los nazis la transfirió íntegra Pepe Castro a la Revolución —y ahora me asalta el convencimiento de que debió odiar siempre a la democracia, que aun en su período de adhesión americana no admiraba en los Estados Unidos el ideal democrático sino su realidad tecnológica. Al llegar a este adjetivo hago un descanso y pienso que la tecnología era la Gran Diosa, el Dios de Pepe Castro, ya que siempre hubo dentro de él un inventor horadando para salir a tierra técnica. Aparte de ser muy hábil como mecánico, aunque autodidacta, era dado a construir aparatos para facilitar las labores manuales (como una máquina de cortar caramelos, un simple rodillo aspado que se corría sobre la masa de melcocha caliente, para una pequeña industria dulcera doméstica que inició en los años treinta y luego traspasó a su hermana, mi abuela: de la fabricación y venta de pirulís vivimos nosotros durante los duros fines de esos años treinta que culminarían en la emigración de mi padre). Pepe era un inventor nato. He aquí algunos de los inventos que se le ocurrieron que entonces parecieron locos y que más tarde tuvieron aplicación por quienes hoy pasan por ser sus inventores originales y son para mí meros plagiarios de mi tío Pepe.

Aunque aborrecía matar animales más que comerlos, Pepe —y después su hijo Gildo con mayor éxito: además de su genio nato tenía la educación que le dio Pepe— construía escopetas de caza para vender a campesinos cazadores. A Pepe se le ocurrió que el largo tubo de cañería que empleaba como cañón del arma sería más efectivo y daría mayor velocidad al proyectil si lo estriaba por dentro. No tenía medios mecánicos con que hacerlo y la invención se quedó reducida a la especulación, pero éste es un perfeccionamiento posterior de las armas de fuego. También inventó en teoría un bote con mayor estabilidad que ningún otro y su condición estable venía dada por dos quillas en lugar de una sola habitual. Hoy día el principio del catamarán (que Pepe, viviendo en las antípodas, no conocía) ha sido adoptado por veleros de regatas demostrando la estabilidad soñada por Pepe cuarenta años atrás. Pepe inventó también una hélice sinfín, que era un largo tornillo propulsor bajo la quilla hueca del bote. Su sinfín partía del principio, observado por él que no tenía conocimientos de topología, de que la hélice es en realidad una sección de la espiral de un tornillo. Esta invención está aún por poner en práctica. Inventó (y esta vez la práctica siguió su teoría) un calentador solar, hecho con planchas de hojalata que recogían el calor del sol y lo proyectaban sobre un tanque de metal lleno de agua. Así consiguió que su última ducha, construida en el patio del taller de Gildo, tuviera siempre agua caliente —menos de noche. (Es verdad, como le objetó Narciso Cabrera, su adversario eterno, que solamente había agua caliente cuando menos falta hacía: en el calor del día tropical.) Había otros inventos memorables, algunos sumamente ingeniosos, pero desgraciadamente los he olvidado y así han pasado al olvido total, pues Pepe jamás se ocupó de registrar sus invenciones: ni siquiera las anotaba y solamente las enunciaba al pasar, como si en realidad no fueran creaciones suyas sino la conclusión lógica de una observación accesible a todo el mundo. No sé qué despreciaba más, si la gloria o el dinero. Tal vez despreciara la combinación de ambas que trae el reconocimiento del inventor.

Como con todas las instituciones cubanas (casi digo humanas), también con la Revolución tuvo Pepe Castro su enfrentamiento, el entusiasmo seguido por la desilusión y culminando en el desprecio. Sucedió durante la campaña de alfabetización nacional, a la que se entregó en cuerpo y mente, en su afán por compartir sus conocimientos, ya fueran la mecánica o la filosofía (¡de Nietzsche!). Como se sabe, la campaña de alfabetización en que se empeñó la dirección del Gobierno cubano y especialmente Fidel Castro fue una de las piezas de propaganda mejor montadas por la Revolución y al mismo tiempo uno de sus fracasos secretos. Para revelarlo se apareció Pepe Castro en La Habana.

Venía vestido de miliciano y con botas —él que odiaba los uniformes. Fue a verme al periódico porque quería llegar directamente al jefe de la campaña de alfabetización y creía que yo desde el periódico *Revolución* (la magia de un nombre) podría ayudarlo. Me dijo que había lidiado (ésas fueron sus palabras) primero con el comité municipal de la alfabetización en Antilla, que era donde lo habían destinado, en las sierras de Bijarú (yo no sabía dónde demonios quedaba Bijarú y él me informó que era cerca de Banes, en la misma zona en que habían nacido Batista y Fidel Castro), en el corazón de la campiña. (Por un momento pensé que había dicho campaña.) Ese comité local no quiso saber nada de su argumentación. Lo mismo pasó en el centro regional de Holguín primero y luego con la comisión provincial en Santiago. Le pregunté que si él había ido a todos esos lugares. Me miró como diciendo que ésa era una pregunta ociosa. Ahora venía a La Habana como último recurso. Pepe Castro por exponer sus ideas era capaz de subir al cielo y de bajar al infierno —de haber creído en ambos. A mí, su sobrino, me explanó su queja: querían dar por terminada la alfabetización de su grupo (estaban alfabetizando cerca de veinte analfabetos, todos serranos, al mismo tiempo aunque vivían a kilómetros los unos de los otros en la escarpada sierra) y él protestaba de que no podía darse por terminada su labor así de pronto, que los alumnos apenas acababan de aprender el alfabeto y podían formar sílabas pero nada más, por lo que no podían considerarse alfabetizados sino meros lectores de letras. Comprendí la futilidad de su misión: la campaña de alfabetización *tenía* que terminar en la fecha acordada. Ésa era la consigna. Hasta ya estaba lista la primera plana del periódico anunciando victoria total en la batalla contra el analfabetismo.

«¡Es un fiasco!», dijo Pepe con su vieja vehemencia. «¡Sí señor, un fiasco!» Me preguntó sin bajar la voz si yo conocía la cifra probable de alfabetizados. Le dije que ya conocía hasta la cifra exacta de alfabetizados: un millón con todos sus ceros. Se quedó callado un momento y luego me preguntó si sabía el total de analfabetos antes de comenzar la campaña. «Es una cifra secreta», le dije. «La conozco porque el Ministerio de Educación la proporcionó al periódico con el compromiso de que no se hiciera pública hasta terminar la campaña.» Pepe me preguntó que si podía decírsela. «A ti sí, por supuesto», le dije. «Un millón y medio.» Me preguntó si ésa era la del censo nacional. «No hubo ningún censo nacional», le dije. «Simplemente se tomó un índice de analfabetos en Pinar del Río.» «¿La ciudad?», me interrumpió. «No, claro que no», le dije. «Toda la provincia.» Hizo una mueca que era muy suya, que mezclaba la duda con la irrisión. Le dije que la elección de Pinar del Río no era mala. Se trataba de la provincia más atrasada de Cuba aunque paradójicamente era la mejor cultivada y más rica en términos agrícolas gracias al tabaco. «¿Cuál fue la cifra media de analfabetos?» Pepe había pasado de la alteración a una precisión fría, como cuando trabajaba en el torno. «Un veinte por ciento», le dije. «Ésa no fue la cifra que se declaró al pueblo», me comunicó Pepe como si yo no lo supiera. «La cifra publicada fue de un cuarenta por ciento en toda la isla.» Traté de darle una explicación que en ese momento descubrí que era absurda: «Hubo una proyección nacional de las cifras de Pinar del Río». Pepe Castro, que no se había sentado, que había permanecido junto a mi mesa, mirando siempre a mi máquina, tal vez fascinado por su complejidad: era una enorme Olympia nueva. Por decir algo le dije: «Se llama como la nieta». Pero me dijo en alta voz, casi gritando: «¡Falso!». Por un momento pensé que aludía al nombre de la máquina. «¿Cómo?» «¡Es una falsedad! No hay un cuarenta por ciento de analfabetos en toda la isla y si los hay al alfabetizar sólo a un millón y declarar la campaña terminada, falta todavía medio millón por alfabetizar», y añadió una de sus frases favoritas: «¡Es una superchería!». ¿Qué podía hacer yo? Me quedé callado, confiando que la soledad de la redacción no tuviera oídos invisibles. «¡Pura patraña!», dijo final al tiempo que parecía a punto de irse. «¿Qué piensas hacer?», le pregunté como si Pepe Castro fuera capaz de desenmascarar en público toda una fachada de propaganda —y tal vez lo fuera. «Bueno, ¿y qué puedo hacer? Tengo que regresar a mi gente y decirle que gracias a la Revolución ya saben leer oficialmente. Ésa es la consigna ¿no?» «Más o menos», admitía incapaz de decirle que me acababa de revelar otro secreto, como en los días infantiles en que era un devorador de todas las esfinges. Pero no era una comunicación alegre. Fue triste ver irse a Pepe. Sé que se debía sentir de nuevo en el ejército, obligado a cumplir órdenes, inhumanas o humanitarias pero igualmente arbitrarias. Pepe Castro regresó a su provincia, a su tierra, a sus analfabetos que sabían leer letras solamente, descorazonado con la Revolución: una desilusión más en su vida política que era decir su vida.

Ésa fue la penúltima vez que vi a Pepe vivo. La última fue cuando murió mi madre, que se apareció en silencio en La Habana, como a los dos o tres días de enterrada la sobrina que él quería como una hija —una hija única. Como dije antes no hizo más que dar vueltas desconsoladas por la casa y exclamar una y otra vez: «¡Era una heroína! ¡Una verdadera heroína!», en su mejor voz exclamatoria, pero no tenía el aire heroico de los últimos años treinta sino más bien el tono de protesta ante la derrota de cuando se negaba a admitir la existencia de la bomba atómica que rindió al Japón, su reducto final. A los pocos días se fue tan silencioso como había venido, tal vez a Gibara o a Holguín. Recuerdo que antes de irse vino a verme, estando yo sentado en la terraza de la que era ahora la casa de mi padre no de mis padres y me enseñó su calzado; reconocí mis viejas sandalias suizas: mi madre se las había regalado cuando yo viajé a Bélgica. Al mostrármelas me dijo: «No hay nada mejor para la higiene del pie». Ésas fueron, creo, sus últimas palabras y me asombra su trivialidad final. Aunque de cierta manera son un compendio de lo que era Pepe Castro: naturista hasta la muerte. Había llevado su pasión por la vida natural no sólo a rechazar la carne muerta sino todos los alimentos cocinados. «El hombre es un animal crudívoro», solía decir. Luego se hizo vegetariano vegano, que no comía más que ciertos alimentos crudos, rechazando a los demás vegetales por impuros. «No todos los vegetales son buenos», decía. «El tabaco es un vegetal. También el opio y la cicuta y todos matan.» Observaba además el método de la compatibilidad, que había perfeccionado para uso propio y no comía muchas cosas porque había comido otras antes. Durante un tiempo sólo comía cundiamor. Finalmente llegó a alimentarse nada más que de raíces y a lo último, de entre las raíces comestibles escogió la raíz del boniato, de la batata, como su único alimento. En ocasiones dejaba de comer un día o dos y después hacía largos ayunos. Fue esta renuncia voluntaria de todo alimento lo último que supe de Pepe Castro —hasta que mi padre me llamó por teléfono.

Era por supuesto una llamada de larga distancia desde Cuba y no se oía bien. Su voz tenía un eco que repetía cada palabra hasta hacer ininteligibles las siguientes: un fenómeno inexplicable. Además el sonido iba y venía en ondas, como si la llamada fuera un radiofonema y no hecha por teléfono a través del cable atlántico. Pero entendí lo suficiente: la tragedia siempre se abre paso. Pepe Castro había muerto en Cabo Catoche, frente a la isla Mujeres y sólo comprendí bien cuando pronunció la palabra México (repetida). Resultaba que Pepe murió no lejos de la isla Hellbox y la geografía se me hizo más impenetrable al añadir otros nombres, igualmente mexicanos, todos exóticos. Mi padre pasó de la extrañeza del mapa mal dibujado con palabras al movimiento menos comprensible que los nombres. Iba a iniciar una expedición, debidamente autorizada por el Gobierno (¿cuál Gobierno?), para determinar las causas de la muerte misteriosa de Pepe y encontrar al culpable o culpables y llevarlos ante la justicia. Mi padre tenía razones (que no detalló) para sospechar que la muerte de Pepe había sido violenta y cometida por una mano homicida oculta. Pensé en una conspiración y como si pudiera adivinarme el pensamiento pese a la mala comunicación, añadió que había descartado el móvil político. Pero nunca me explicó qué hacía Pepe en Yucatán (¿tal vez buscando nuevas raíces?), tan lejos de Gibara, y de dónde provenía toda su información (la de mi padre). Mi asombro no se hizo verbal y él siguió hablando en lo que era para mí a veces una ecolalia extraña. Yo debía (si quería, agregó, como si ambos verbos fueran complementarios) reunirme con él en Mérida, en dos días. (Mérida está, luego vine a saberlo, a buena distancia del cabo Catoche.) Mi pasaje de ida y vuelta estaba depositado en British Airways y había una fácil combinación aérea entre Ciudad de México y Mérida. Le dije que sí, claro, porque creía mi deber ayudar a esclarecer la muerte de Pepe Castro, que había sido no sólo mi tío sino mi mentor. Quedamos, entre ecos, en encontrarnos en Mérida. Él se hospedaría en el hotel Madero Madero Madero.

Pero al llegar a Mérida mi padre me estaba esperando en el aeropuerto. Hacía un calor no sólo insospechado (para mi verano de Londres en el que a veces me veo obligado a llevar impermeable) sino insoportable, con un vaho ardiente que venía de la selva enfrentado a los vapores que subían de la olla hirviente que es el golfo al mediodía. Se me nublaban los espejuelos, tenía la boca abierta en un asombro termal y casi no atendía a lo que decía mi padre, ocupado como estaba en buscar la brisa del mar a toda costa. Al no poder encontrar el aire fresco enfrenté a mi padre, a quien recordaba más alto, más joven: hacía siete años que no lo veía (desde la muerte de mi madre) y era ahora un viejito arrugado (aunque no tenía una sola cana) y más que un canario o un cubano parecía otro yucateco que ignoraba que estábamos sobre el asfalto derretido, lava malva, que era el material de que estaba hecha la pista de aterrizaje, magma en que maniobraban los aviones como si no hubieran terminado todavía su vuelo, sobre el que caminaban indiferentes los indígenas y los incautos como nosotros nos deteníamos más tiempo que el prudencial para pisar sobre ese chicle oscuro, malsano, masticado por una boca enorme y perversa. Hablando de perversidades locales, ya mi padre sabía cómo murió Pepe. Había sido capturado por los lacandones, que todavía practicaban restos de ritos mayas, y sacrificado a sus dioses atávicos. Después comieron su cadáver. Me imaginé la horrorosa ceremonia, con el cacique ordenando el sacrificio y el sacerdote empuñando la daga de obsidiana, filosa y fatal. Pepe acostado a la fuerza sobre un túmulo, altar de la misa pagana, los oficiantes vestidos todos con largas batas coloreadas, en la cabeza cascos de plumas de colores y de los lados del atrio subían leves columnas de sahumerio, ardiendo lentamente en botafumeiros tal vez de oro. Pero mi padre me interrumpió con los detalles macabros; después de sacarle a la víctima (¡Pepe Castro, mi tío!) el corazón latiendo el sacerdote había ofrecido el órgano vivo a sus dioses y entregado al cacique el cadáver todavía tibio. El jefe indio había comido de su carne la mejor parte, repartiendo el resto entre su tribu. «Ahora la expedición no es ya indagatoria», informó mi padre, «sino parcialmente punitiva». Había que ajusticiar (antes mi padre habló de jueces, ahora con un simple verbo hablaba de verdugos) a esos asesinos que habían matado a Pepe Castro. Reflexioné entonces que Pepe había muerto sirviendo de animal de sacrificio del que se alimenta el hombre —como una de las miles de bestias que había salvado durante su larga vida vegetariana. ¿Es Dios otro nombre para la ironía cósmica?

Cuando llegamos a Catoche encontré que el sofoco de Mérida era un suave céfiro comparado con el calor del cabo. Viajamos por una carretera desolada, lo que fue un rodeo no sólo innecesario sino inexplicable. Mi padre manejó todo el tiempo, incansable, inexorable. Contrario a su carácter y a sus hábitos iba a gran velocidad, con violentos cambios de rumbo. Seguimos dando tumbos por carreteras secundarias que eran más bien caminos prácticamente intransitables y sin señales. Nunca me expliqué cómo mi padre pudo encontrar su derrotero, él que antes tenía tanto sentido de la dirección como yo que soy un topo. Finalmente nos dirigimos a las inmediaciones de Holbox (fue entonces que entendí el correcto nombre de esta isla) buscando a la tribu culpable entre tantos indios indiscernibles, ninguno con caras inocentes. Sobornando a unos, atemorizando a otros (mi padre estaba provisto de cartas autorizadas tanto como autorizantes y tal vez por estos papeles escritos —que los nativos no sabían leer—, tal vez por su sed de venganza, tal vez por su odio mortal había convertido los poderes en un argumento amenazante, casi en un arma) y tiranizando a los más infelices, mi padre implacable, dimos por fin con los indios que habían participado en la ceremonia. Llegamos a su asiento ya de noche y a la luz de una hoguera imprecisa parecía ser parte no ya de una tribu ni una escisión de un movimiento ortodoxo ni siquiera un grupo religioso: eran menos que eso, eran una banda. Su jefe —que se hizo evidente enseguida por su estatura— era un indio minúsculo (era mucho más pequeño que mi padre que es más pequeño que yo y ya yo parezco un indio recortado) y demacrado, en cuya cara mi padre detectó de inmediato las marcas del horrible vicio de comer carne y añadió: «Humana». Logramos, con algún esfuerzo, separarlo de su grupo, de su banda, a cuyos componentes habíamos emborrachado convenientemente repartiendo ron a pasto (un ron barato mexicano que mi padre había comprado de antemano) y nos lo llevamos a tierra adentro por entre un manglar espeso. Lo más duro fue atravesar la barrera de mosquitos que nos esperaba entre los mangles. Siempre he tenido curiosidad por saber de qué se alimentan los mosquitos sin la presencia humana, muchas veces azarosa. (Es curioso que Robinson Crusoe no menciona a los mosquitos que seguramente lo esperaban en la costa, aguardando ávidos su naufragio después de siglos de soledad.) El jefe (o lo que fuera, ya que no parecía soberbio ni imponente sino lastimoso aunque asombrosamente inmune a las picadas de los mosquitos) también estaba borracho y no cesaba de llamarnos hermanos con esa manera tierna peculiar a los mexicanos. Pero jamás nos llamó *manos,* apócope íntimo. Con todo y su ternura nunca olvidó retirar la mano del cabo de su pequeño y filoso machete.

Con esta arma tosca le dimos muerte, a sangre fría, de repente. Fue una tarea larga y laboriosa y, sobre todo, sangrienta. Nunca imaginé que un hombre tan pequeño pudiera sangrar tanto. Cuando estuvo bien muerto cortamos su cuerpo en pedazos, en largas tiras magras (era un indio flaco) que repartimos entre las grandes iguanas —sacramentales, explicó mi padre— que parecía poseer la tribu, grupo o banda o lo que fueran estos asesinos. No quedaban del indio más que los huesos reflejando la luz pálida de la luna, y ya casi amanecía cuando dimos por terminada nuestra misión. Pepe Castro había sido vengado. Pero era inútil tratar de buscar sus restos mortales. Para aquellos indios, degenerados descendientes de los antiguos mayas, su muerte no había sido más que un sueño colectivo que ya habían olvidado. En el mejor de los casos Pepe descansaría en un osario común a los sacrificados, al fondo de una aguada, según coligió mi padre, quien aparentemente se había hecho una autoridad en usos y costumbres mayas en pocos días.

Regresamos a la costa libre de mangles y mosquitos y ninguno de los indios (dos o tres) se atrevió siquiera a preguntar dónde estaba su cacique o jefe o lo que fuera. Además de adormilados por la borrachera, que habían continuado, hablaban, creo, muy poco español. Tal vez los dejamos ocupados en elegir un nuevo líder, pues nunca nos molestaron. Ni siquiera nos persiguieron cuando iniciamos precipitados el camino de vuelta, que como todos los regresos fue más rápido que la ida. Yo volví enseguida a Londres, después de lavarme la sangre seca en el hotel. Mi padre debió de haberse ido directamente a La Habana. Lo sé por un cable suyo que recibí días después. Decía:

JTS 609 TSE 042 CGL 152 2-054089014
LA HABANA CUBA 23 22 03 09876
(VÍA WUI)
LT GUILLERMO CABRERA INFANTE
53 GLOUCESTER ROAD LONDON SW7
PEPE MURIÓ AYER CORAZÓN EN GIBARA

GUILLERMO

La voz de la tortuga

> *Caguama.* Es la especie que alcanza mayor tamaño entre las tortugas marinas. Llegando a pesar veinte arrobas, pero su carne no es muy deseada.
> *Cuba en la mano,* 1936

Siempre me pareció una extraña casualidad que conociera a mi suegra en La Habana cuando éramos del mismo pueblo, de donde ella salió niña para vivir al otro extremo de la isla. Es eso andar derecho por caminos torcidos.

Cuando conocí a mi suegra se llamaba Carmela, pero no había nacido con ese nombre. A los cuatro años estuvo perdida varios días y su madre hizo una promesa a la virgen del Carmen: si la encontraban viva la llamaría Carmen. Al tercer día encontraron a la niña en una isla al otro lado del río, donde había caimanes entonces. En ese mismo río, de niño, yo había visto manatís y todavía era salvaje. Carmela jura ahora que cruzó el río cargada por un hombre alto y flaco, de pelo largo, que caminó sobre el agua. Toda la familia creyó que quien la puso a salvo en la isla era nada menos que Jesús en persona. Desde entonces mi suegra se llama Carmen, Carmela.

Ella me contó otra historia no menos increíble. Ocurrió cuando ella no tenía aún diez años. Un muchacho del pueblo se había enamorado de una belleza local y ella también se enamoró. Querían casarse pero él era muy pobre. Ella también era pobre. Todo el mundo en el pueblo era pobre. Pero él ni siquiera tenía trabajo. Desesperaban pero como toda gente joven esperaban. No sabían qué esperar pero tenían esperanzas. Un día él supo que no había futuro en el pueblo donde todo era pasado y decidió, junto con su mejor amigo, buscar fama y fortuna. Ironías del destino encontró una pero no la otra aunque por un momento creyó que había encontrado ambas. La única fuente de vida del pueblo, se sabía, era el mar —y al mar se fue.

Pero no se hizo a la mar sino que propuso a su amigo explorar la costa y juntos se dirigieron a Los Caletones, en dirección opuesta a la bahía y al río. En la costa de Los Caletones, entonces desierta, había aparecido un día un enorme cachalote que se varó en la playa y allí murió. Cuando lo descubrieron ya estaba podrido (supieron de su existencia por una gran concentración de auras, extraño porque los buitres no se aventuran al mar) y los emprendedores del pueblo, a pesar del hedor, lograron sacar de la carroña una gran cantidad de esperma que vendieron a buen precio en la capital. Los Caletones, pues, parecían promisorios.

Pero recorrieron toda la playa y no encontraron más que estrombos y escombros. Derrotados decidieron regresar al pueblo, el muchacho que se quería casar más derrotado que su amigo que no se quería casar. (O en todo caso no enseguida.) Camino del pueblo, tratando de salir de entre dos dunas, vieron una caguama y ya ellos sabían de las caguamas lo que ustedes no saben.

La caguama es un reptil y como el caimán se mueve muy bien en el agua (ríos, los mares) pero muy mal en tierra. El mar es su verdadero elemento, donde puede pasar horas sumergida y sólo sube a respirar de tarde en tarde. Una vez que una caguama, que es el nombre indio para las tortugas gigantes, alcanza el mar, a poco de surgir torpe del huevo, sólo vuelve a tierra la hembra para desovar. Los machos, se sabe, no vuelven nunca. La caguama es lenta en tierra porque sus patas se han convertido en aletas natatorias y por su enorme peso, que a veces alcanza las dos mil libras. Otras pueden medir dos varas de ancho por tres de largo. Dice un zoólogo, «llevando consigo su armadura, que es su refugio» la caguama no necesita ser tan veloz como Aquiles para surcar los mares como Ulises. Pero la caguama sigue nadando aun cuando sale del mar para recorrer aleteando los pocos metros de playa que la separan de su nido. Así hace su viaje de ida y vuelta al mar. Como todos los reptiles la caguama practica la fertilización interna y no es siempre fácil detectar su sexo. En muchas especies, sin embargo, es posible distinguir el sexo de un animal ya adulto. Cuando la caguama acaba de desovar su sexo adquiere un aspecto curiosamente humano.

Siempre se ha creído que la caguama ve mal y no oye nada, aunque algunas especies tienen voz, sobre todo en época de celo. Quienes han estado en contacto estrecho con una caguama dicen que posee una inteligencia sólo posible a un mamífero.

La vieron los dos al mismo tiempo y al mismo tiempo pensaron lo mismo. Los dos muchachos eran de veras muy parecidos, sólo que uno era bien parecido y el otro no. Pero los dos eran igualmente fuertes y a menudo pulsaban con brazos idénticos, luchaban libres y ejecutaban otras hazañas de fuerza para deleite de ambos. Eran, de hecho, los muchachos más fuertes del pueblo, sólo que uno era listo y el otro no. Ahora el más listo de los muchachos concibió una idea que no tuvo que decirla a su amigo (a menudo los dos pensaban lo mismo al mismo tiempo) sino que decidió ponerla en práctica y su amigo lo secundó en segundos. Se trataba de apoderarse del enorme animal que avanzaba con gran trabajo hacia el mar. Venderían en una fortuna su carne (que era poco comestible), sus conchas de carey (aunque no era un carey) y la grasa almacenada debajo del carapacho, que se sabe (sólo ellos lo sabían) que es mejor que el unto de gallina. «Grasa de caguama, todo sana», decía un refrán que ellos conocían y tomaban por un verdadero axioma —aunque no supieran qué es un axioma.

Ahora la caguama se detuvo alarmada no porque distinguiera siquiera a uno de los muchachos sino porque había sentido a través de las patas la vibración de los pies calzados corriendo en su dirección. Como a menudo en su trayecto la caguama exhaló un suspiro, no porque presintiera su fin (la caguama llega a vivir cien años), sino porque este animal marino siempre suspira en tierra. (Algunos creen que es la exhalación del resto de energía que han necesitado para moverse en la arena, cuando detienen su marcha.) Sea como fuere en su excitación ninguno de los dos muchachos oyó este sordo canto de sirena en tierra. (O tal vez uno de ellos sí lo oyó.) Cuando llegaron junto a la caguama gritaron de excitación y de entusiasmo y enseguida se pusieron a la tarea de voltear a la tortuga paralizada por la confusión. Se sabe que una caguama volteada más que inerme queda inerte y no puede recobrar su estado cuadrúpedo sin ayuda. Una caguama vuelta es una caguama muerta. Mejor que muerta para los dos muchachos:

era una fortuna inmóvil. Con gritos de ánimo y mucha fuerza, más de la que habían malgastado juntos, lograron voltear al animal, que se quedó patas arriba y aleteando, como si ese otro elemento, el aire, fuera agua. Las caguamas, pensaron, no son tan inteligentes como nosotros. Aunque sólo uno de ellos fuera inteligente.

Uno de los muchachos o tal vez el otro (eran indiscernibles) propuso ir a pedir prestada la rastra de su tío que vivía en el monte vecino. Ya ustedes saben lo que es un monte (cuando no es una montaña), pero tal vez pocos sepan qué es una rastra. Es un vehículo usado por los indios, de Norte y Sudamérica, para suplir la rueda que nunca conocieron. Es, aunque simple, una gran invención. No hay más que buscar tres varas largas, dos sirven de ejes convergentes donde se aplica la fuerza, y de la tercera vara se hace una traviesa pero también puede llevar un armazón. Al extremo opuesto se tira de la rastra que puede soportar un peso considerable. El tío propietario de la rastra vivía aparentemente cerca. El otro muchacho se fue por entre las dunas.

Mientras tanto el primer muchacho se quedó vigilando la caguama. Sabía que estaba inmovilizada para siempre y no temía que se volteara, pero no estaba seguro de que alguien pudiera robarla en ese estado estático. Mientras vigilaba el muchacho pensaba en la cantidad innúmera de peines, peinetas, estuches y otros objetos de lujo que podrían hacerse de semejante ejemplar. La caguama sería fuente de incontables riquezas en el pueblo. Llevarla hasta allá no precisaba ahora más que de fuerza, pero vender la caguama demandaba cacumen. Su amigo solo podría arrastrarla pero sólo él sabría venderla y hacerse rico y casarse.

En estas consideraciones en cadena estaba cuando, aburrido, decidió examinar la caguama de cerca. La piel del pecho y del vientre parecía dura pero era pálida, casi blanca, lo que le daba al animal ya vulnerable un aspecto suave y sedoso que desmentía su carapacho oscuro. La cobertera inferior terminaba en las aletas, que eran muy fuertes y remaban todavía en el aire, como si el animal supiera que estaba inmóvil sobre su coraza. Las caguamas son estúpidas, pensó el muchacho.

Ahora la caguama detuvo su pataleo y exhaló un soplido que era otro suspiro más fuerte. El muchacho se alarmó ante el sonido casi humano, mezcla de desespero y de resignación. Pero la curiosidad fue más fuerte que la alarma y siguió examinando al animal. Estúpida, estúpida. Fue entonces cuando hizo un descubrimiento que creyó maravilloso.

  El sexo de la caguama se había hecho visible de pronto. Después del desovo, dice un naturalista, es frecuente que, debido al esfuerzo de poner decenas de huevos en muy poco tiempo o tal vez por una manifestación natural, la vagina de la caguama quede expuesta al aire —y en este caso a miradas indiscretas. Ahora la caguama exhibía su sexo, que parecía virgen (las tortugas, al revés del manatí, no tienen pelos en el pubis) y el muchacho sintió que la curiosidad cedía a lo que no era más que duro deseo. Decidió (o intuyó) que tenía que penetrar a la caguama, una hembra dispuesta. Ahí mismo, ahora mismo. Miró con un último pudor a todas partes. No vio a nadie. Los Caletones estaban siempre desiertos y a su amigo le tomaría todavía algún tiempo en traer la rastra arrastras. El muchacho dio otra vuelta alrededor de la caguama y el animal al sentirlo se agitó un poco, pero volvió a quedarse tranquilo. El muchacho se acercó de nuevo a la pudenda que se movía con lo que le pareció una segura succión. El sexo depilado (o de niña) exhibió un temblor en sus partes más suaves. Movido por su propio sexo, el muchacho se abrió la rústica bragueta (no tuvo que bajarse los calzoncillos que por pobre no usaba) y extrajo su pene, que era grande y gordo y contrastaba en su color oscuro con la blancura de la hembra. (Aunque junto al animal su pene no parecía tan grande.) Se acercó hasta encimarse, casi acostarse, sobre la caguama. Con una mano (la izquierda: era zurdo) se agarró al carapacho y con ayuda de la otra mano introdujo el pene ansioso en la vasta vagina, que lo aceptó entero. Sintió un placer que le pareció descomunal, tal vez porque hasta entonces no conocía más que la masturbación, pero también porque era un placer animal: estaba cometiendo el pecado nefando de bestialismo pero era feliz porque no lo sabía. El éxtasis ocurrió segundos antes de que a su vez lo penetraran, al parecer, por todas partes al mismo tiempo.

Cuando una caguama está en celo (y la combinación del desove seguido por la penetración súbita había creado ahora en ella condiciones semejantes al celo) está sometida a fuerzas contrarias pero igualmente perentorias. Una fuerza es la parálisis: la pasividad de la hembra ante el ataque del macho. La otra fuerza es una actividad para asegurar el coito una vez que se inició. La fornicación ocurre siempre en alta mar, donde la pareja está ingrávida y al mismo tiempo bajo una presión marina superior a varias atmósferas. A veces las caguamas se aparejan en la misma corriente del Golfo visible desde la playa. La cópula está, pues, amenazada a menudo por elementos adversos. Pero la naturaleza, la evolución o lo que sea ha dotado a la caguama con un mecanismo de unión que supera todas las contrariedades. La hembra de la especie cuenta con un apéndice hecho del mismo material que su coraza, pero curvo y agudo en la punta, que sirve para retener al macho en firme durante el coito. Este gancho es un verdadero espolón que se mantiene oculto cuando el macho se encima a la hembra y trata de mantenerse en posición penetrante sobre el resbaladizo carapacho y entre las aguas, posición precaria que la hembra hace segura enseguida. El garfio (o más bien el arpón) se dispara desde su escondite en el interior de la hembra para hacer presa. Literalmente la hembra clava al macho debajo y por detrás. Sólo la dureza del carapacho (quelonio quiere decir coraza) impide que el caguamo sea, como la mantis macho, muerto por la hembra durante el coito.

El otro muchacho, mientras tanto, regresaba a la playa arrastrando alegre su pesada rastra, demostrando lo fuerte que era. Casi cantaba. Cuando dejó detrás el monte y se abrió paso alegre por entre los matojos de la costa, vio de lejos lo que era ahora una pareja que se hacía más íntima cuanto más se acercaba. De pronto se detuvo, no por recato sino por miedo. Lo que vio no lo olvidaría nunca. Se acercó más. Sabía que una caguama es un animal pasivo (manso diría él) y aunque no sabía lo que ustedes saben, vio lo que vio. El otro muchacho, su amigo, estaba yerto sobre la tortuga y sangraba por todas partes por encima y por debajo de su pantalón: por las nalgas, por las piernas, por los pies y fuera de los zapatos de vaqueta. Un examen somero revelaría que el otro muchacho se había desmayado (no había muerto todavía aunque había causa para que muriera varias veces) y al acercarse todo lo que el miedo, el horror permitían al otro muchacho, vio por fin la inusitada arma (o un pedazo de ella) con que la caguama había ensartado a su amigo. Una autopsia, de haberla habido, habría mostrado que el aguijón del animal había penetrado al fornicador intruso poco más arriba del cóccix, pero la acción curva del espolón había traspasado el ano de arriba abajo para dirigir después el garfio hacia el recto hasta perforarlo en sección transversal, más adentro había hecho trizas la próstata y finalmente había obliterado los dos testículos (o uno solo) hasta quedar la punta de la espuela como otro meato dentro del pene que estaba doblemente rígido.

El otro muchacho comprendió que su amigo estaba herido de extrema gravedad y que moriría con certeza de quedarse en la playa. No trató de extricarlo ni siquiera de moverlo. No por una inhibición inteligente o por misericordia sino porque estaba cada vez más asustado. Ahora no sabía si temer a la segura muerte de su único amigo o la peligrosidad de la caguama, que le pareció una manifestación espantosa. Se le ocurrió una idea que en otras circunstancias habría sido salvadora: la rastra serviría para lo que había sido hecha y arrastraría a su amigo y a la caguama hasta el pueblo.

Con más fuerza que pericia empujó los dos ejes de la rastra por la arena suelta y suave y los insertó lateralmente por debajo de la bestia. Cuando colocó bien el artefacto, lo aseguró con las sogas que había traído. Ató bien juntos a la caguama y su amigo que se veía lívido, pálido como la muerte. La palidez había acentuado sus rasgos perfectos que ahora parecían dibujados sobre su cara campesina. Comenzó a tirar de su carga feliz, infeliz.

Cómo el otro muchacho logró arrastrar a la pareja las ocho leguas que lo separaban del pueblo es tan extraordinario como la tragedia que motivó esta hazaña. Llegó por fin al pueblo después del mediodía en medio de la indiferencia de siempre. Pero, como en todos los pueblos, la extraordinaria presencia congregó enseguida un público demasiado asombrado para reaccionar ante el horror de inmediato. Podía parecer una feria. Pero entre los que acudieron últimos, estaba la pretendida novia por un día cuyo horror tuvo un límite. Claro que reconoció enseguida a su novio. Lo que no vio es que ahora, ante la algarabía, había entreabierto él los ojos.

Nadie lo vio porque en ese momento la caguama, que, como todas las tortugas, era inmortal, exhaló una especie de alarido que no pareció salir de la boca de la bestia sino de entre los labios abiertos de la novia ante su pretendiente. El muchacho, todavía sobre la tortuga, cerró los ojos y por un momento creyó que soñaba con su noche nupcial.

Josefina, atiende a los señores

Bueno, la cosa es que cuando uno tiene una casa no puede dejarse pasar la mota, porque ya se sabe que camalión que no muerde. Porque, mire, por ejemplo, esa muchacha Josefina. Es de lo mejorsito. Limpia, asiadita, no arma bronca nunca y vive aquí, con lo que uno la tiene siempre a mano, y nunca anda regatiando que si le ha quedado poco, que si el tanto por siento de la casa, que si es mucho que si esto que si lo otro y lo de más allá. Por ese lado no tiene un defegtico. Bueno, pero sin embargo, no hay quien la haga moverse de la cama. Mire que yo le digo: Josefina, has esto, Josefina, has lo otro. Josefina, esta niña, muévete. Sé más viva. Pues ni con eso. Y le ando atrás todo el bendito día. Porque a diligente sí que no me gana nadie. Si no, ¿cómo cre usté que yo hubiera llegado a montar este localsito? No crea que me he ganado esto con el sudor de mi sintura nada más. Qué va. De eso nada. A fuersa de espabilarme y de trabajar muy pero muy duro. Y no sólo orisontal. Porque, el difunto, que en pas descanse, no me dejó más que deudas. Y ya usté sabe lo que era esto: yo aquí, una mujer sola para atenderlo todo y llevarlo alante. Pero yo ni dormía. (Bueno, igualito que ahora.) A las cuatro o las sinco cuando se iba el último cliente, yo cogía y me ponía a contar el dinero y a repartir lo de cada una (porque eso sí: a repartir parejo lo que con justicia le toca a cada una, no hay quien me gane). Pues después que repartía el dinero, levantaba al chiquito que me limpia y lo hasía ponerse a trabajar a esa hora. Bueno y para no cansarlo, me acostaba dos o tres horas nada más y a las ocho ya estaba yo despertando a las muchachas que tienen el turno de por la mañana para que se arreglaran y resibieran limpias y compuestas a los clientes mañaneros. Porque usté sabe que hay gente que tienen sus manías y vienen aquí al ser de día para coger a las muchachas frescas y descansadas, y otros para evitar lo de las enfermedades. Vea, ¡como si una noche pudiera borrar las cruses! Pero bueno, hijo, hay que complaserlos a todos, porque eso sí: si una fama tengo yo es la de ser complasiente, porque para mí siempre el cliente, como es el que paga, tiene la rasón y no porque éste sea un negosio de andar en cueros, no vaya a pensar que no hay que darle a cada uno lo que pida. Bueno, pero para no cansarlo, le diré... ¿por dónde iba yo? Ah sí.

Pues mire usté, después de las ocho ya no paraba yo: vaya a la plasa a haser los mandados, cáigale arriba a la cosinera, después de comer, a resibir a las que duermen fuera y ponerlas pronto a trabajar (porque usté sabe que si una fama tiene mi casa es la de tener siempre muchachas a disposición del que venga, a cualquier hora del día que venga, hasta las dos o las tres de la madrugada), bueno, pues después de eso, me pongo a sacar lo que hayan ganado las vitrolas de los tres pisos, reviso cómo anda el baresito y mando al chiquito a la bodega, si hase falta cualquier bobería, y luego como ya es hora de la comida, pues a comer; y al acabar ya es de noche y bueno, para no cansarlo, que ya es la hora de empesar el ajetreo de a verdá verdá. Bueno, pues en todo ese tiempo ¿qué cre que ha estado hasiendo Josefina? ¡Durmiendo! Yo la he dejado porque ella lo único que pide es que la dejen dormir y ni siquiera anda peliando por la comida, que si es poco que si es mala, como algunas que yo conosco, y claro, yo la dejo dormir porque tengo que tenerla contenta: porque ella es muy solisitada por la clientela buena, pero rialmente esa muchacha es un dolor de cabesa contante. Yo comprendo que ella tiene proglemias de a verdá, pero ¡por favor! Quién no los tiene. Bueno, y usté me ve a mí detrás de ella: Josefina, vieja, baja que te buscan. Esta niña, ¿por qué no estás en el resibidor, atendiendo a la gente y no aquí tirada en la cama? Pues ella ni caso que me hase y entonses no me queda más remedio que mandar a buscar a Bebo, su marido, y únicamente así es como ella se levanta, se arregla y está dispuesta a trabajar. Yo creo que ella no se da cuenta de cómo la trato, con qué considerasión. Porque bueno, vamos a ver: si ella estuviera en uno de esos guachinches de entra que te conviene, y no en una casa como ésta, de las grandes, respetada, autorisada por la polisía y sin un proglemia nunca, donde no se arresiben menores y hay que tocar para entrar y no entra todo el que quiere; ¡y en la calle que está! Porque usté sabe que eso de tener una calle seria no lo consigue todo el mundo. Pero bueno, para no cansarlo, voy a terminar de contarle lo de Josefina.

Claro que ella no se llama Josefina. Ése es el nombre para el negosio, pero todo el mundo cre que es el de a verdá, y yo creo que le conviene esa crensia. Yo no voy a cogerme las glorias de habérselo puesto. Fue ella misma la que lo escogió, porque no le gustaban nada los de siempre, de Berta, de Siomara, de Margó y los demás. Así que se quedó Josefina. Claro que tampoco es de por aquí. Es de Pinar. Ella vino de allá a trabajar en una casa particular. Por Almendares. Y aunque ganaba poco, estaba contenta porque le daban cuarto y comida y sus ventisinco. Y entonse llegó este Bebo (que tampoco se llama Bebo), que entonse tenía uniforme. Y la enamoró y a la semana se metía en su cuarto de ensima del garaje. Y ya usté se puede imaginar el resto. Bueno, total: que él dejó de ser soldado y ella dejó de ser criada. Ella al prinsipio se resistió y cuando me la trajieron aquí la primera ves, mordía. No hablaba con nadie. Hasta trató de matarse. ¿Usté no ha visto las marcas que tiene en la muñeca? Pero se acostumbró como se acostumbra uno a todo. Yo al principio era igual y ya ve usté. Ahora, que yo después de todo he tenido suerte. Ella no.

Ella se le fue a Bebo un día con un chulo medio alocado, bien paresido él, Cheo, que vino de Caimanera: un verdadero pico de oro. Figúrese que le disen Cheo Labia. Pues no duró mucho. Entonses fue cuando ella se metió en aquello de las carrosas de carnaval y usté recuerda lo del fuego. Bueno, total: que tuvieron que cortarle el braso y el otro la dejó. Entonse yo por pena la fui a visitar al hospital y al salir fue ella la que me pidió que la trajiera de nuevo. Luego volvió con Bebo. Y para que vea usté lo que es la gente, en ves de perjudicarla lo del braso, la benefisió. Y con su defegto y todo, es la que más hase. Porque oiga, hay gente para todo. Dígamelo a mí que a lo largo de mi carrera me he topado con cada uno. Conosí un tipo que no quería acostarse más que con mujeres con barriga y siempre andaba cayéndole atrás a las en estado. Había otro tipo que se privaba por las cojas ¡y cómo las pagaba! Podrá creer que ese tipo no las quería para acostarse, sino que las desnudaba a las pobres y se ponía acarisiarle la pierna mala, hasta que le ocurría y se iba, sin haberse quitado ni el sombrero. Y allá en Caimanera conosí un yoni, marinero él, que no quería más que biscas. Decía *cokay, cokay,* y de ahí no había quien lo sacara. ¡Hay cada uno!

Bueno, para no cansarlo, esta muchachita, Josefina (porque como usté habrá visto es linda sin cuento), se volvió la perla de mi casa. Y es claro, en esas condisiones hay que complaserla y por eso es que yo la tengo como la tengo, que le doy lo que pida. Si no.

¿Esigente? ¿Ella? Si no pide ni agua. Ahora que desde que volvió, después del susedido, tengo que guardarle de su parte para que se compre pastillas para dormir. Sin que se entere Bebo, claro. Porque parese que ella se acostumbró en el hospital, pa dormir y aguantar los dolores y eso, pienso yo, a tomar esas píldoras y ahora no hay quien se las quite. Entonse es cuando lo único molesta, cuando le falta su *sedonal* y no viene rápido el chiquito de la botica con el mandado. Oiga y que eso es como la mariguana y la cocaína. Un visio. Yo digo que con visios sí que no se puede ni trabajar ni vivir tampoco. Porque, diga, bastante tiene uno ya con estar esclavisada a un hombre para que también tenga que estar gobernada por unos frijolitos de ésos. Pero bueno, ése es su único alivio y como a mí no me cuesta ni dinero ni trabajo guardarle su parte y encargarle con el chiquito las píldoras, pues lo hago. Ahora que es una lástima una niña tan bonita como ella. Porque eso sí: ella es un cromo. Un cromito. Pero bueno, resinnasión. Ella nasió con mala pata. Primero lo del camión y ahora lo del niño, no es jarana. Porque eso último sí que no lo quiero ni pa mi peor enemiga. Porque hay que ver cómo se esperansa uno con una barriga. Ya cre usté que va a salir de todos los apuros y que el hombre se va a regenerar y a portarse como persona desente de ahí palante. Aunque luego uno se desilusione, como me pasó a mí. Aunque a Dios grasias, mi hija salió buena. Está mucho mejor que yo. Porque oiga, ahí en Panamá está ganando lo que quiere y es la envidia de todas las que hasen el Canal: desde negras jamaiquinas hasta fransesas. Bueno, para no cansarlo, como le iba disiendo: eso del niño sí que fue un jaquimaso. Porque perder un braso, bueno todavía queda otro para acarisiar y si no, la boca: mientras no se pierda lo que está entre las piernas. Pero ella pasó una. Las de Caíñas, sí señor. Ella que como le dije estaba tan esperansada y va, y la criatura le nase muertesita. Ahora mejor así: porque era un femómemo, un verdadero mostro. Oiga, un femómemo completo. Hasta podía haberlo enseñado en un sirco, que Dios me perdone. Es claro, eso la acabó de arrebatar. Estaba como boba, hubo días que ni salió del cuarto. Pero bueno, se le pasó. Es claro, que si no hubiera sío por las pastillas. Usté ve, ahí sí que la ayudaron mucho.

Bueno, para no cansarlo, que si esa muchacha no estuviera conmigo que soy considerada y hasta me he encariñado con ella, la pasaría muy mal, porque yo sí que no la molesto y con tal que ella me cumpla. Porque si algo tengo yo es que soy comprensible, yo entiendo los proglemias de cada cual y repeto el dolor ajeno, claro mientras no me afette. Ni a mí ni a mi negosio. Porque como disen los americanos bisne si es bisne. Pero esa muchacha Josefina, como le he contado, le tengo afegto de madre de a verdá. Sin motivo, porque mi hija es mucho más joven (y así y todo quién va a decir que yo tenga ya una hija de vente años, eh), es más joven y es más bonita, además que mi hija tiene su apreparasión. Porque eso sí: yo siempre me dije... Usté perdone, con permiso, me va a disculpar un momentico porque por ahí entra el Senador con su gente, siempre bien acompañado el Senador. Quiay Senador. Cómo le va. Enseguida estoy con usté. (Aquí enternós: el Senador está metido con Josefina, dise que no hay quien se mueva como ella, además dise que ese mocho de braso lo ersita como ninguna cosa, me dise el Senador: Esa manquita tuya vale un tesoro, cará, dise. Si no fuera tan dormilona, dise. Ahora que hasta dormida se mueve, dise. Se mueve. Es una anguila la chiquita, dise él. ¡Ese Senador es el demonio!) Bueno perdóneme. Que tengo que llamar a esa muchacha antes que el Senador se me impasiente. ¡Josefina! ¡Josefina!

Josefina, atiende a los señores.

Visita de cumplido

No sé qué idea me dio de ir a visitar a mi tía Luisa, que vive en Virana. No sé qué idea me dio pero mi madre aprovechó para enviarle de regalo un flan de caramelo, que le gustan tanto a ella. Yo no tuve nada que ver con el flan, ni siquiera ayudé a buscar los huevos (racionados) y la leche que ya no le dan más que a la gente que tenga niños menores de siete años. Esa parte de la dificultad de visitar a mi tía Luisa (o a cualquiera) con un flan de regalo no la tuve que sufrir. Los tormentos del viaje comenzaron en realidad cuando busqué un taxi que me llevara hasta la terminal de ómnibus: no aparecía uno por ningún lado y finalmente tuve que caminar durante un rato, cargando el flan con mucho cuidado en una mano y en la otra la maletica con la ropa que me pondría en el pueblo, aunque verdaderamente no debí llevar nada con el poco tiempo que estuve allá. Por fin encontré una máquina de alquiler y llegué a la terminal a tiempo para coger el ómnibus y a tiempo también para esperarlo, ya que salió con más de dos horas de retraso. Menos mal que ya había sacado el pasaje, que si no.

Lo hice el día anterior y fue verdaderamente una lección en la nueva burocracia. Valga que estaba conmigo Chori Gelardino, que me acompañó y lo vio todo y lo oyó todo, si no cualquiera de ustedes pensaría que lo estaba inventando. Llegué (o llegamos) a la terminal y fuimos a la taquilla donde venden los pasajes. Había una cola pero no era muy larga y por fin me llegó mi turno y le pedí a la mujer que atendía un pasaje hasta Holguín, que es la ciudad por donde pasa la carretera central que queda más cerca de Virana.

—No, eso no es aquí —dijo la mujer que atendía.

—¿Cómo? ¿No es aquí donde se sacan los pasajes?

—Sí —dijo ella—, se pueden sacar los pasajes pero primero tiene que pasar por Control, que queda allí —y apuntó con su índice para un extremo del mostrador donde había otra cola delante de otra mujer. Hacia allá nos dirigimos Chori y yo y ocupamos nuestros puestos en la nueva cola, todavía con ánimos de conversar, comentando el silencio que había en la terminal donde antes siempre reverberaban anuncios vocingleros detallando los viajes y el número del andén de salida. Pero Chori tuvo una observación acertada.

—Al menos no han cogido aquí los altavoces de tribuna.

—Sí —dije yo—, es casi una bendición.

Era verdad que resultaba casi milagroso que no hubiera alguien atronando el vestíbulo de espera con algún discurso de ocasión, que se oían ahora donde quiera: el último que oí fue en la General Electric nacionalizada, donde el oculto orador exaltaba la memoria de Stalin, gracias al cual gozábamos del socialismo en Cuba.

Por fin nos llegó el turno en la cola. Hablé con la mujer que se suponía que daba la autorización para comprar el pasaje.

—Mire, compañero —me dijo—, ¿tiene usté la autorización de su sindicato?

—De mi ¿sindicato? —fue lo único que se me ocurrió decir por no preguntar ¿y cuál es mi sindicato? En realidad yo no estaba trabajando entonces, nada más que estudiaba—: Yo soy estudiante —le dije.

—Ah —dijo ella, trabada en su mecanismo, pero nada más que por un momento—, ¿y vive usté en el interior?

—No, yo vivo aquí en La Habana —dije aunque no debía haberlo dicho, aparentemente.

—Entonces tiene que tener un motivo para viajar.

—¿Un motivo? —repetir una pregunta siempre da tiempo a contestar como es debido.

—Sí, un motivo. Una razón, vaya.

Ir a ver a mi tía Luisa debí decirle pero me di cuenta enseguida de que ése no era un motivo suficiente. Alegué uno poderoso.

—Voy a visitar un pariente enfermo grave —dije.

—Entonces tiene que dirigirse a acá la compañera —y señaló para la primera mujer que atendía.

—Pero si fue ella quien me mandó para acá —dije, comenzando a perder la paciencia, que es lo único que no se puede perder ahora en Cuba, porque de perder la paciencia pasas (o puedes pasar) a dar un escándalo y entonces pasas a ser un presunto contrarrevolucionario y puedes oír decirte cerca del oído ciudadano, en vez de compañero, acompáñeme y ya estás lidiando con las leyes revolucionarias.

—Espérese aquí un momento —dijo la segunda mujer y se volvió hacia su derecha, dejando la mano izquierda sobre el mostrador mientras que con la otra mano se dirigía, accionando además de verbalmente, a un hombre gordo que estaba en el otro extremo del mostrador, diciendo ella Oye Pancho, y quitó la mano izquierda del mostrador para ponerla en movimiento en conjunto con la derecha ya accionando, mientras su pierna izquierda se movía en dirección de su llamada. El mentado Pancho dejó lo que estaba haciendo y dijo ¿Qué? a la segunda mujer que ya estaba llegando a donde Pancho trabajaba o parecía que trabajaba. La segunda mujer se encontró con Pancho a medio camino y detuvo sus dos piernas mientras que con una mano (extendida) se dirigía hacia mí. Era obvio que hablaban de mí, de mi problema convertido en dilema, porque Pancho miró en la dirección que apuntaba la mano de la segunda mujer y me echó una buena mirada. Después la segunda mujer daba media vuelta para regresar a su taquilla (o, mejor dicho, a su sección del mostrador) mientras Pancho se quedaba mirándome como para reconocerme, en el pasado o en el futuro.

—Bueno, compañero —dijo la segunda mujer y esto era un buen augurio—, vamos a poner que el motivo del viaje son sus estudios.

Yo que no le hago asco a la mentira cuando no me puedo permitir la verdad le dije que sí enseguida, moviendo también la cabeza hacia arriba y hacia abajo, mientras decía el sí más apresurado que he dicho en mi vida. Luego la segunda mujer casi sonrió al verme acordar con su mentira (o con su excusa, según ella) mientras escribía en una papeleta algo que no pude leer pero sí imaginar y me dijo:

—Déselo a la compañera de la taquilla 3 —señalando para la primera mujer. Salí de la fila para caminar hasta esa sección del mostrador, que era en realidad ir hacia otra cola. Me coloqué al fondo esperando paciente mi turno (Chori me había dejado solo para entonces), que me llegó por fin al cabo de lo que me parecieron horas —y debieron serlo en efecto. Le entregué el papel a la primera mujer quien sin leerlo le puso un cuño y me preguntó de nuevo para dónde era el pasaje y cuando de nuevo se lo dije me dijo:

—¿Ida y vuelta o ida sola?

Le dije que ida y vuelta y ella extrajo su talonario, desprendió el boleto y después de poncharlo convenientemente me lo entregó, diciéndome:

—Son quince con veinte —queriendo decir quince pesos y veinte centavos—, ida y vuelta.

Le di dos billetes de a diez y ella me entregó el cambio. Fue entonces que pude respirar y encontrarme de nuevo con Chori que se había sentado en uno de los bancos de espera, a mirarlo todo desde su barrera.

—¿Todo resuelto?

—Por lo menos ya tengo el pasaje.

—¡Qué increíble burocracia!

—Lo más increíble es saber que antes sacabas tu pasaje en un minuto y sin problemas y las diferentes rutas casi te cargaban de tu casa a la terminal.

—Es que estando nacionalizadas no hay interés ninguno en vender nada —y agregó unas frases finales que valía la pena anotar—. Al eliminarse la competencia, se creó la incompetencia.

Pero todo eso fue ayer. Hoy todo lo que tenía que hacer era conseguir un taxi y llevar mi flan de caramelo y mi maleta hasta la terminal. Ya dije que desde temprano me puse a esperar un taxi y no venía ninguno y me eché a caminar hacia la terminal. El ómnibus se iba a las siete y media y desde las seis que salí no aparecía una máquina. Eran casi las siete y no había encontrado taxi ni adelantado mucho por estar buscando uno, cuando finalmente apareció una máquina que decía se alquila en el manchado parabrisas, pero era tan vieja y estaba tan destartalada que dudé un momento si pararla o no: es probable que primero llegara yo a pie que subido en ella. Pero me decidí a hacerle señas y el chofer me vio: tenía tiempo de sobra para verme a la velocidad que venía. Manejaba un viejo que era contemporáneo de su carro, que se detuvo, poco a poco, con un chirrido. Le dije que a la terminal después de costarme siete intentos para cerrar la puerta que había abierto con casi mayor dificultad. Empezó a dar la vuelta, a dar media vuelta y ya estaba en la calzada cuando me di cuenta de que el vetusto chofer enfilaba hacia el malecón.

—Es a la terminal.

—Para allá vamos —me dijo sin dejarme terminar.

—De ómnibus. No a la de trenes.

—Ah, ¿y por qué no lo dijo antes, compadre?

Era inútil discutir y de todas maneras ya era demasiado tarde para volver a la avenida y ahora tendríamos que dar una vuelta enorme para llegar al ómnibus. Todo este tiempo el viejo resoplaba, añadiendo su respiración asmática a los mil ruidos de su cacharro. Pero, finalmente, llegamos.

Me senté en la sala de espera, que se llenaba por momentos, y se me ocurrió que había más pasajeros que asientos posibles en el solitario ómnibus que veía desde mi asiento. Solamente mi boleto en el bolsillo defendía mi fe de la duda. Allí sentado podía ver el antiguo puesto de revistas que ahora tenía pretensiones de librería, colmado de novelas rusas, entre las que se perdía *Huckleberry Finn* en un mar de *Un hombre de verdad, Los hombres de Panfilov, Así se forjó el acero,* etcétera, etcétera, que por virtud de sus portadas resultaban más visibles. O tal vez fuera de su número, la cantidad y no la calidad lo que determinaba la victoria materialista sobre Mark Twain. Como ya había leído aquélla y no pensaba leer éstas decidí olvidarlas todas y dejé de mirarlas.

De pronto hubo un movimiento que se extendió hasta los confines del salón de espera, era sin duda que el ómnibus para Oriente estaba para salir, aunque me quedé sentado un momento más de la cuenta, esperando la llamada del altavoz que nunca vino: el silencio de ayer no era una política sino un accidente: los altavoces no funcionaban. Decidí levantarme, cargando mi maleta y el flan en sendas manos, un pie delante del otro, produciendo un movimiento de avance constante hacia la salida a los andenes donde me esperaba el ómnibus entre un enjambre de pasajeros que parecían más bien abandonar un barco en un naufragio: tal era su agitación. Me acordé del comienzo de *Horizontes perdidos* al darme cuenta de que había algunos privilegiados que conseguían subir al ómnibus y otros que eran rechazados por el obvio conductor que después mostró ser el chofer. Me costó trabajo comprender que la mayor parte de la gente apelotonada alrededor de la entrada al ómnibus esperaban el azar de un posible asiento vacío, mientras que los que subían al vehículo portaban, como yo, una contraseña que era un privilegio especial: el boleto. Fue así como pude adelantar entre el gentío y llegar hasta la puerta, donde después de coger la caja del flan con la mano que ya sostenía la maleta, pude hacer penetrar mi otra mano por dentro de la chaqueta hasta el bolsillo de la camisa donde estaba mi pasaje. Cuando lo mostré al chofer que era todavía el conductor, me dijo, casi gritando: «¡Arriba!». Al no añadir la palabra compañero a su interjección me di cuenta de que era un veterano.

Ya dentro del ómnibus moví mis piernas con trabajo por entre el pasillo y otras piernas y los consabidos pies, moviéndose o detenidos, ya instalados o todavía buscando asiento. El mío apareció de pronto, entre la duda de otro pasajero y mi decisión demostrada por la asombrosa agilidad de mi pierna derecha que se interpuso ante el asiento con una velocidad pasmosa: me senté junto a un viejo que había obtenido el doble privilegio de la ventanilla y ya miraba para afuera, gozando su fuero. Más me habría gustado sentarme en el asiento delante del nuestro, donde viajaba una delicia de muchacha, lo que Chori Gelardino no habría vacilado en clasificar de caramelo vital. Pero me conformé colocando mi maleta en la parrilla arriba de mi cabeza y luego sentando en mis piernas el flan de caramelo en su caja creada de una caja de zapatos vieja y papel limpio. Ya estaba yo listo para el viaje.

Pero éste se demoraría bastante, detenido el ómnibus por el conductor no convertido en chofer todavía, quien ahora gritaba: «¡Ya no más! ¡Ya no más!», con una agitación de los brazos que convertía su *Rien ne va plus!* en una contención desesperada, al tiempo que amenazaba con cerrar la puerta a los otros posibles (ya imposibles) viajeros. Pero el gentío no cejaba, esperando todavía el milagro de un asiento vacío ideal que se produciría sin duda de un momento a otro. Pero a tantos ideales se opuso el materialismo de la puerta que se cerraba.

Finalmente el conductor ocupó su puesto —tanto cargo como asiento— al timón y ya nos íbamos. El ómnibus arrancó y para iniciar el viaje comenzó por dar marcha atrás al salir del andén que no era más que un espacio de parqueo adjunto a la arcada de la terminal. Luego se detuvo y después de una leve duda del motor avanzó hacia la salida que daba a la avenida, por donde bajaríamos hasta llegar a la carretera central.

Dentro del ómnibus se estaría bien si funcionara su antiguo sistema de aire acondicionado, ahora evidentemente en desuso. Otra alternativa sería pedir al viejo compañero de viaje que tirara de la ventanilla hacia abajo para que entrara el aire. Pero su tos repentina y bronca me impidió pedir nada, y me conformé con el poco aire que entraba por la ventanilla de delante, que a veces venía lleno del perfume, natural o mezclado, de la bella viajera, a quien apenas podía ver —un codo ocasional, la coronilla a veces— por el alto respaldar de su asiento y la escasa luz que daban los bombillos del ómnibus. Pero ese poco aire que Chori Gelardino no vacilaría en llamar embalsamado me hacía soñar con ser el pasajero a su lado (que en la realidad debía ser otra mujer) y me veía cediéndole el puesto de la ventanilla, conversando con ella y luego, al apagarse la luz (señal de que el ómnibus ya había llegado a la carretera) avanzar una mano hasta tomar la de ella —y quién sabe hasta dónde podría llegar mi atrevimiento o su consentimiento. Las luces se apagaron realmente, haciendo sombras a los otros pasajeros y distinguiendo al chofer cada vez que cruzaba un vehículo en dirección contraria y perdiendo para siempre a mi viajera ideal. Aunque era temprano me dispuse a dormir, asegurando con mis manos el flan de tía Luisa. Me desperté varias veces, bien porque dábamos un tumbo con un bache en la carretera, bien porque el ómnibus se detenía por causas que las sombras hacían misteriosas. Curiosamente, estaba despierto cuando ocurrió el accidente.

No vi el camión, solamente vi unos faros que se enfrentaban al parabrisas del ómnibus y la agitada maniobra de nuestro chofer tratando de desviar el rumbo. El camión no llegó a tocar al ómnibus y en su intento de desviarse éste se había salido de la carretera y atravesó la cañada dando tumbos. Para entonces todo el mundo en el ómnibus estaba despierto y aferrando con dos manos cualquier parte saliente del asiento. Yo debería haber hecho lo mismo, pero mi fidelidad al flan me lo impidió. Así, salí disparado contra el asiento delantero y pegué duro en su borde, que se vino a proyectar contra mi cuello, dándome un golpe fuerte en mi nuez de Adán. Al principio no sentí nada, ni siquiera dolor, pero enseguida tuve la sensación de que me ahogaba, que me había atragantado con mi propia nuez y no podía respirar. (En todo este tiempo el ómnibus daba tumbos sobre el terreno, baldío o cultivado, en que se había metido, hasta que finalmente vino a detenerse en medio del campo.) Traté de pedir auxilio, en mi pánico a ahogarme, pero no me salía la voz. Intenté tocar al viejo que a mi lado se agarraba al respaldar del asiento delantero, creo que hasta tuve la intención de llamar la atención de la muchacha de alante, pero en realidad no hacía nada más que sostener la caja con el flan en la mano derecha, mientras la izquierda se cerraba sobre mi cuello, tratando de aliviar mi garganta de aquella garra interior que la apretaba. Afortunadamente, la sensación de ahogo pasó pronto pero yo tragaba en seco una y otra vez, como tratando de tragarme mi propia nuez, mientras hacía arcadas para vomitar. (Ahora el ómnibus estaba detenido y el chofer se había bajado maldiciendo a inspeccionar los posibles daños, pero afortunadamente no había encendido las luces dentro del ómnibus, si no todos me habrían visto haciendo mis extraños visajes, como un pez en la orilla. O como el monstruo de la Laguna Negra —en tierra.)

Oí que el viejo a mi lado decía una y otra vez, «¡Ave María Purísima! ¡No nos matamos de milagro! ¡De milagro!», hablando conmigo, casi sin verme, mientras yo luchaba con mi nuez de Adán seguramente rota. Aunque yo sabía que no estaba rota del todo, pues me habría ahogado ya si hubiera sido así —y yo estaba bien vivo oyendo al viejo a mi lado y a los otros pasajeros que comentaban el incidente como un accidente. Después vi que el chofer regresaba al ómnibus diciendo: «Bueno, caballeros, no ha pasado nada: aquí no ha pasado nada» y sentándose al timón de nuevo, arrancaba y hacía volver el vehículo a la carretera dando tumbos sobre el campo labrado y la cañada. Luego, ya sobre la carretera, detuvo el ómnibus, encendió las luces y preguntó, «¿Qué, caballeros, hay alguien herido?», siendo respondido casi a corro que no, que no había heridos, y yo, que podía considerarme lesionado, no podía hablar: eso lo descubrí casi enseguida.

No me ahogaría esa noche pero aunque lo intentaba todo lo que podía no podía hablar y debía estar haciendo muecas mortales a juzgar por la cara del viejo que no dejaba de mirarme y llegó hasta preguntarme si me pasaba algo. Le dije que no con la cabeza, moviéndola enfáticamente. Pero mi aspecto debió desmentirme porque el viejo siguió mirándome con persistente curiosidad: tal vez esperaba que yo cayera muerto o al menos que comentara el accidente. Como no hice ninguna de las dos cosas y el chofer volvía su atención al ómnibus, apagaba las luces y arrancaba de nuevo, el viejo volvió a su posición normal (en todo este tiempo no había soltado el espaldar del asiento delantero) y tal vez acabó por dormirse, no sé. Sí sé que yo no dormí más, todavía atragantado, todavía haciendo por hablar sin poder todavía en mi angustia de visajes. Así me cogió el amanecer que avanzaba hacia el ómnibus a gran velocidad.

Llegamos a Holguín como a las diez de la mañana. El paradero del ómnibus estaba en la misma plaza de donde salían los ómnibus para Virana y no me costó trabajo atravesar el parque cargando con mi maleta y el flan, mientras tragaba una y otra vez saliva y aire. Era lo único tragable, ya que en Holguín el racionamiento parecía más fuerte que en La Habana y no había un solo café abierto donde antes los cafés tenían abigarramiento de zoco. Me dirigí hacia el paradero de los ómnibus a Virana, donde ya había un ómnibus con gente adentro y no tuve que preguntar nada a nadie: en todo caso no habría podido hacerlo. La espera para la salida del ómnibus fue larga, ya que el chofer aparentemente esperaba que el ómnibus —más viejo y mucho más pequeño que el que me trajo de La Habana— se llenara o tenía un itinerario de una precisión absurda para el viaje entre Holguín y Virana. En mi reloj ya eran casi las once.

Por fin a las once y media salimos, dándole la vuelta al parque, rumbo a Virana. La estrecha carretera de segunda llena de curvas se me hizo familiar entre trago y trago de aire y saliva y vi las mismas lomas distintas de siempre, los palmares allá abajo cuando la carretera era empinada o allá arriba cuando íbamos a nivel normal. Después aparecieron los mogotes conocidos y vi, por detrás, la silla de Virana, esa pareja de mogotes que forman una silla de montar vista desde el pueblo o desde el mar. Finalmente atravesamos el río sobre el viejo puente de hierro y en unas pocas curvas más estábamos en Virana, detenidos en el parque, caminando yo luego por la Calle Real, buscando la casa de mi tía Luisa y un poco más tarde tocando a la puerta, que abrió mi prima Noelia: pero abrió más su boca al verme. No pude responder a sus exclamaciones («¡Muchacho!») ni a su llamada de «Mamá, mira quién está aquí» y todo lo que hice fue quedarme plantado ante la puerta abierta, hasta que vino mi tía Luisa, quien con sus ojos llorosos por las cataratas me miró como si no me conociera, para después abrir los brazos, repetir la exclamación de su hija («¡Muchacho!») y arrancarme del umbral con un abrazo emocionado.

En todo este tiempo no solté ni la maleta ni el flan. Fue ya dentro de la casa que le tendí la caja, mientras ella decía, «¿Para mí?» y yo movía la cabeza de arriba abajo. Ella abrió la caja y al ver el flan exclamó: «¡Pero mira que tu madre es! Molestarse tanto. ¡Muchísimas gracias!». Luego me cogió con cada mano por mis hombros y me preguntó cómo estaba yo, que moví la cabeza de un lado al otro queriendo decir que ni bien ni mal.

Después me hizo otras preguntas sobre la salud de mi madre, de mi padre, de mi hermana: de toda la familia, a las que respondí como un actor del cine silente: con gestos de ojos, de cabeza y hombros y finalmente con las manos: al dejar la maleta ya las tenía libres. La conversación duró hasta que mi tía Luisa se dio cuenta de mi ausencia de palabras y me dijo: «¡Pero muchacho, te has tragado la lengua!», un dicho convertido en un diagnóstico. Fue entonces que me animé a pedir por señas papel y lápiz: mi prima Noelia entendió lo que yo quería y me trajo un mocho de lápiz y un papel amarillento por la luz y por el tiempo, sobre el que escribí: *No puedo hablar. Un accidente en la carretera hizo que me golpeara la garganta.* Mi prima Noelia lo leyó en alta voz.

—¡Pero muchacho! —dijo mi tía Luisa, como queriendo decir que qué cosas tenía yo de aparecerme en tal talante, pero en realidad comentando sobre el peligro que ella creía que había corrido—. ¿Y no te hiciste más nada? —preguntó como si lo que me había hecho fuera poco. Le dije que no con la cabeza.

—¿Estás seguro? —preguntó y de nuevo moví la cabeza negativamente—. Bueno —dijo ella—, ahora tienes que ir a ver al médico. Pero ahora mismo. Vete a ver al doctor Rosell. Noelia que te acompañe para que hable por ti.

Yo no tenía ganas de ir al médico sino de dormir, cansado del viaje y de la noche tragando en seco, pero sabiendo que mi tía Luisa iba a insistir hasta que me convenciera, salí con mi prima Noelia a ver al doctor Rosell. Bajamos por la Calle Real hasta el parque de las Madres donde tenía él su consulta. Por el camino nos topamos con dos o tres conocidos que me saludaron afectuosamente y a los que no pude responder el saludo más que con un movimiento de cabeza. (Después esta gente comentó que yo me había puesto muy orgulloso en La Habana, ya que no saludaba a nadie del pueblo. Creo que mi tía Luisa dio a algunos una explicación pero, aparentemente, no fue muy convincente.)

El doctor Rosell estaba en la consulta y saludó a Noelia con mucha amabilidad y después que supo quién era yo (no me conocía o no me recordaba) me preguntó muy amable por mis padres y no tuve otra respuesta para él que mis ojos errantes y mi cabeza que se movía en todas las direcciones y mis manos que revolvían el aire. Afortunadamente Noelia me sacó del apuro.

—Doctor —dijo ella—, él no puede hablar.

—Ah —dijo el médico—, mudo pero afortunadamente no sordomudo.

—No, doctor —dijo Noelia—, él no *es* mudo, *está* mudo. Es que tuvo un accidente en la carretera viniendo de La Habana. Es para eso para lo que viene a verle.

—Ah —dijo el médico—, un accidente. Entonces vamos a ver qué ocurre. ¿Sabe usted lo que pasó? —le preguntó a Noelia y ella dijo que no. Yo traté de explicarle, por señas, convirtiendo mi mano derecha en una guillotina horizontal que caía sobre mi cuello y el médico entendió:

—Ah, un traumatismo —dijo—. A ver, chico, pasa para mi consulta —y entré al cuarto que me señalaba mientras mi prima Noelia se quedaba sola en la sala. La consulta era un cuarto grande con un biombo a un lado que casi ocultaba una cama alta, y una mesa con papeles muy ordenados al otro lado y frente a la alta ventana que daba al parque, del que lo separaba una cortina horizontal que llegaba hasta media ventana. El doctor Rosell se sentó en una banqueta, no sin antes sacar un espéculo de un escaparate bajo lleno de instrumentos médicos. Se colocó el aparato sobre la frente y me dijo que abriera la boca. La abrí. Me pidió que la abriera más. Lo hice.

—Trate de decir *a*.

Traté pero no salió ningún sonido de mi garganta. Ahora sacó, extendiendo la mano hasta el escaparate, una espátula con la que me aplastó la lengua.

—Trate de decir *a* ahora.

Volví a tratar pero ni siquiera salió una *i*.

—Bueno —dijo el doctor Rosell—, ya puedes cerrar la boca. No se ve ninguna lesión seria y la glotis —dijo palpando mi nuez— no aparece dañada al tacto. Debe ser una tumefacción parcial de las cuerdas vocales. En todo caso debes tratar de ver un especialista cuando vuelvas a La Habana. Por ahora haz gárgaras con agua tibia y limón. A lo mejor se pasa la afonía ella sola.

Se quitó el espéculo y devolvió los instrumentos a su escaparate. Yo le hice señas frotando mi pulgar con el índice, preguntándole cuánto era el precio de la consulta. No entendió al principio pero cuando lo hizo me dijo:

—Bah, eso no fue una consulta. No te va a costar nada.

Típico médico de pueblo. Me sonreí agradecido y él se levantó dando por terminada la visita. Salimos a la sala.

—¿Ya, doctor? —preguntó Noelia.

—Sí, ya.

—¿Y qué tiene?

—No tiene nada. Una bobería que se le pasará enseguida. Tiene voz para rato.

Nos condujo hasta la puerta, que abrió, y nos despedimos cada uno a su manera y nos fuimos. De regreso, le hice señas a Noelia que no quería subir por la Calle Real, sino que subiéramos por la calle lateral: así evitábamos encontrarnos con más gente conocida a la que tendría que saludar. Pasamos frente al teatro, donde ponían ahora una película checa. Ante su fachada tan extraña —un muro alto con dos puertas que conducían a la entrada verdadera del teatro y la taquilla a un costado— recordé de pronto a *Los tres temerarios del círculo rojo,* una serie que había disfrutado cuando niño. El teatro no había cambiado y sin embargo parecía otro, reducido, pobre.

Llegamos a la casa justo para el almuerzo. No había comido nada desde que salí de La Habana, mucho antes del accidente y ahora al tragar sentía una sensación extraña, como si tragara dos veces. Al principio fue desagradable y Noelia me miraba comer preocupada, pero luego pudo más el hambre y comí la pobre comida que mi tía Luisa me ofreció: «No será como en La Habana» y yo ni siquiera pude decirle que en La Habana el racionamiento era peor, probablemente, que aquí en Virana. Ella, mi tía Luisa, la pobre, todavía tenía una visión del mundo que no había cambiado, ni cambiaría, para nada. Sentí que mi cara se lo decía, pero ella se sonrió con tal inocencia que me hizo ver que mi cara no le decía nada.

—Lo que sí está bueno es el postre —dijo—. ¡Nos vamos a comer el flan que hizo tu madre!

Fue inútil protestar y a pesar de mi culpa y de la garganta disfruté mi pedazo de flan con verdadero gusto.

Después del almuerzo cogí el lápiz y el papel para decir que me quería acostar un rato y mi tía Luisa me dijo:

—¡Pero cómo no, muchacho! Debes de estar molido. Ven para tu cuarto.

Y me llevó hasta el último cuarto, pequeño, con una modesta cama de hierro y una ventana alta por la que entraba fresco a pesar del mes y del tiempo. Eso siempre se podía encontrar en Virana: una brisa que soplaba siempre del mar que refrescaba el pueblo a pesar del sol a plomo. Era por eso que llovía tan poco en Virana: el viento se llevaba las nubes para el interior, al campo, y el pueblo estaba siempre seco, pero como estaba levantado sobre una costa pedregosa y lomas de arcilla no había nunca polvo.

Me acosté a dormir la siesta y soñé que estaba hablando sin dificultad pero con un acento extraño y todos me preguntaban de dónde era —mi acento, no yo— y yo me reía en el sueño de las preguntas pero también de mi acento. Me despertó una carcajada: era mía. ¿De manera que me podía reír a carcajadas? Eso demostraba que estaba mejor: la risa cura. Traté de hablar, de toser, de gruñir, pero no salió un solo ruido. Me sorprendió que dormido pudiera soltar carcajadas y despierto no consiguiera sacar ni un gruñido de mi boca.

Cuando me levanté ya Mongo, el marido de Noelia, estaba de vuelta del trabajo: aparentemente ahora hacían una jornada corrida, como en tantos otros trabajos, de ocho de la mañana a cuatro de la tarde.

—¿De manera que te han convertido en mudo? —me dijo a manera de saludo—. Mejor así: en boca cerrada no entran moscas.

Mongo era un personaje contradictorio —¿o tal vez no lo fuera? Antes de la Revolución se ganaba la vida torciendo tabacos en un chinchal que tenía su hermano. Al decir que se ganaba la vida quiero decir que su sueldo era miserable y apenas le alcanzaba para vivir. Ahora trabajaba en la hilandería que habían construido hace poco y su sueldo era mucho mayor que lo más que ganó antes. Sin embargo en su tono había algo molesto, que pronto se resolvió en una diatriba:

—¿Qué te parece cómo van las cosas?

No me preguntaba a pesar de las interrogaciones, pero yo moví la cabeza de un lado al otro.

—Ustedes allá en La Habana —continuó— no se pueden quejar, pero aquí no hay nada que comer. No sé cuánto tiempo hace que no vemos la carne y ni siquiera plátanos vienen del campo. Los campesinos se niegan a sembrar y lo poco que siembran se lo comen ellos. La cooperativa agraria no funciona porque cuando no es una cosa es otra. Siembran pero no tienen con quién recoger la cosecha y si recogen la cosecha no tienen en qué transportarla. ¿Y tú sabes lo de la leche? A nosotros no nos toca ninguna porque no tenemos niños, pero a los que les toca tienen que levantarse a las cuatro de la mañana para estar en la cola a las cinco. Eso en las afueras, que es donde reparten la leche. Como tú ves vivimos en un paraíso.

Todo este tiempo no hice más que mirarlo y asentir con la cabeza de vez en cuando. Me alegré de estar mudo. ¿Qué le podría decir?

—¿Tú sabes quiénes integran ahora los comités de defensa? Gente como los Pupo, que eran antes batistianos. Y la gente que tenía simpatías por la Revolución en tiempos de Batista están ahora presos o muertos tratando de irse del país. ¿Tú sabes que de la flota pesquera que hicieron no quedan más que tres lanchas? Las otras se han escapado para Nassau cuando pescaban en el alto. Las tres lanchas salen ahora a pescar custodiadas por milicianos. Así están las cosas por aquí pero no se puede hablar ni con la familia, después que cogieron a los Santo conspirando según dicen y fusilaron al viejo y a los hijos se los llevaron para Camagüey o donde está el campo de concentración ese.

Me había sentado a hablar con Mongo, pero ahora me levanté.

—¿Y tú, callado? Lo mejor que haces. Trata de que te dure.

Mongo se levantó y se fue para su cuarto. Yo entré en la cocina donde estaban Noelia y tía Luisa, sentadas en un rincón. Noelia sonrió y me dijo:

—¿Qué te parece Mongo? El día menos pensado se lo llevan preso.

—Ni que Dios lo quiera, hija —dijo mi tía Luisa.

Hubo un silencio y yo hice señas de que quería salir. Cuando me entendieron me dijo mi tía Luisa:

—Seguro que quieres ver a Isabel. Se te ve en la cara.

Cosa curiosa: no había pensado en ella un solo momento. Isabel. ¿Qué sería de ella?

—Ahora vive aquí al doblar —me dijo Noelia, como si hubiera oído mi pregunta.

—Sí —dijo tía Luisa— y ya ella sabe por ésta —señalando para Noelia con el pulgar— que estás aquí. Si quieres verla la llamamos por el patio, que es comunero.

Dije que no con la cabeza.

—Ella se casó —dijo Noelia—, pero el marido la dejó con dos hijos.

—Vea —dijo mi tía Luisa completando la noticia—. Ése.

Dije adiós con la mano y salí de la cocina a la casa y de la casa a la calle. Para no bajar por la Calle Real cogí por la calle Maceo, pero no había desembocado en ella cuando vi a Isabel en la ventana. No podía dar marcha atrás, de manera que seguí mi camino y cuando pasé frente a ella le hice un saludo con la mano y la cabeza. El gesto fue hecho con la mano derecha, llevándola a la altura de la frente, por lo que cualquiera que me vio podría pensar que me quitaba un sombrero imaginario. Isabel se sonrió y me llamó por mi nombre. No me quedaba otro remedio que detenerme junto a la ventana. ¿Me estaría esperando?

—¿Así que volviste? —me preguntó. Yo me sonreí y le dije que sí con la cabeza: comenzaba a ser elocuente sin la voz.

—Pensaba que más nunca te volvería a ver. Mejor dicho, pensaba que ahora que vivo puerta con puerta con la vieja Luisa y con Noelia tú ibas a venir de visita un día. Estaba segura. Pero sabía que no te vería, creía yo. O que no serías el mismo.

Se sonrió y casi fue la Isabel Salas de siempre: la muchacha bella, inteligente y buena que había conocido desde niño, cuando las familias respectivas bromeaban que nos íbamos a casar cuando grandes. Pero eso fue mucho antes de irnos para La Habana. Ahora Isabel era una mujer, no la muchacha que vi varias veces al venir de veraneo al pueblo. Su cuerpo esbelto que había visto en la playa varias veces se había convertido en el de una mujer no gorda pero sí robusta: lo que se llama comúnmente una mujer hermosa. Su pelo estaba descuidado, como si no lo peinara nunca, y sus manos, antes tan elegantes, habían envejecido más que su cara y su cuerpo.

—¿No quieres pasar?

Necesité mi voz para darle una excusa convincente. Como no la tenía, moví la cabeza arriba y abajo y adelanté un pie en dirección de la puerta, mientras ella desaparecía de la ventana para reaparecer en la puerta que se abría. Entré. Vi entonces el resto del cuerpo de Isabel: era todavía hermoso de piernas, que no habían envejecido nada. Las piernas de antes solamente que un poco más gordas. Ella cerró la puerta detrás de mí.

—Pasa y siéntate. Los niños están con su abuela. Así que no hay nadie que nos moleste.

Me senté en una silla mientras ella se dirigía al sofá, como invitándome a sentarme a su lado. Se sentó, montando una pierna sobre otra: se veía que ella se sentía todavía consciente de la belleza de sus piernas.

—Cuéntame algo —dijo—. ¿Qué ha sido de tu vida?

¿Qué podía decirle? Además me sentiría ridículo al tratar de decirle por señas que no podía hablar. Pero no tuve que hacerlo: ella tenía más necesidad de hablar que de oírme.

—Fíjate en lo que se ha convertido la mía. Soy una madre sola, en un pueblo chismoso pero sin nadie con quien intimar realmente. Me siento, además, más vieja que mi madre. Ya sabrás que me casé con Cheo Beola y que me dejó aquí y se fue del país cuando le nacionalizaron a su abuelo el ingenio. Ni siquiera tengo el consuelo de haberme casado por dinero, aunque no fue por eso que lo hice, ya que él recibía un sueldo en el central como los otros administradores. Tampoco me casé por amor. ¿Tú sabes por qué me casé?

Le hice señas de que no lo sabía, pero ella continuó sin esperar mi respuesta.

—Por aburrimiento. La vida en este pueblo puede llegar a ser tan aburrida que cuando me enamoró Cheo le dije que sí porque me aburría todo: hasta su insistencia me aburría. También pensé que la vida en el central sería diferente. Pero también me aburrí allí. Más que aquí donde me ves siendo el colmo del aburrimiento. Hasta te estoy aburriendo a ti.

Era verdad pero le aseguré que no con la cabeza.

—Ni siquiera el atender a los niños me quita el aburrimiento. Es más el tiempo que están con su abuela, la madre de Cheo, que conmigo. Aunque no me creo una mala madre, mis hijos llegan a aburrirme el poco tiempo que están conmigo. Es tan ritual ser madre.

Pensé que por lo menos no me había equivocado tanto con Isabel: era una muchacha inteligente cuando casi nos hicimos novios en uno de mis viajes a Virana. Todavía hablaba con inteligencia.

—Es un ritual y no puedo participar en él porque me aburren las cosas previstas, que siempre ocurra lo mismo. Antes era cambiarles los pañales, darles la leche, ponerlos a dormir. Ahora es darles el desayuno, llevarlos a la escuela y de la escuela traerlos a casa de su abuela, a disiparle su soledad con las niñerías de los niños. Pero tú debes estarte aburriendo conmigo hablando que te hablando. Solamente quería hacerte una pregunta: ¿por qué no nos casamos tú y yo? ¿Qué pasó con nosotros? O todavía: ¿qué hubiera pasado con nuestras vidas juntas? Estoy segura de que no estaría como estoy.

Quizás ella tuviera razón pero yo no tenía nada que añadir: ni siquiera podría haberle dicho algo de poder hablar.

—Me abruma tu silencio —dijo de pronto y fue una vez más la misma Isabel Salas que leía libros y conversaba de ellos y podía tener una fuerza intelectual: era así que podía hacer esa frase sin caer en el ridículo. O por lo menos yo no la sentí caer. Me pregunté qué habría hecho Isabel con mi vida de quedarme en el pueblo. Su «Me abruma tu silencio» podría resultar cómico en el contexto, pero era muy serio: ella siempre se expresó así.

—Déjame decirte que no has cambiado nada —me dijo—. Hasta te ves más joven que la última vez que nos vimos.

¿Cuándo sería eso? No recordaba haber visto a Isabel en mucho tiempo, pero las mujeres siempre tienen más memoria que los hombres para las ocasiones poco memorables.

—Yo sin embargo he envejecido horrores. A veces me miro en el espejo y me asusta ver mi cara de antes convertida en mi cara de ahora. Otras veces siento que soy más vieja que lo que me deja el espejo.

La charla de Isabel de alguna manera no sonaba patética, aunque en realidad lo fuera: parecía que hablaba una conversación ensayada —no dicha— muchas veces. No creo que tuviera en el pueblo mucha gente con quien hablar así. No me refiero a que abriera su corazón sino que usara ese lenguaje. Tal vez habría pensado hablar conmigo muchas veces, y aunque esto era muy presuntuoso me sentí bien sabiendo que Isabel pensaba en mí como una esperanza posible.

—¿Quieres tomar café? —me preguntó después de un breve silencio. Le dije que no con la cabeza—. Tengo suficiente. La madre de Cheo puede todavía comprarlo en bolsa negra, que se lo traen de Holguín y me da suficiente para mí y los niños. ¿De veras que no quieres? No me cuesta ningún trabajo hacerlo.

Le volví a decir que no.

—Bueno, no insisto. No vaya a ser que temas que le eche algo al café, un filtro amoroso o algo parecido.

Se rió y mostró sus dientes todavía perfectos, tan raros en el pueblo.

—No sé cuánto tiempo hace que no me reía. Como ves he tomado la vida a lo trágico, aunque ella en realidad no tenga nada de trágico sino todo lo contrario. Vivo una vida cotidiana. El aburrimiento es cosa de todos los días. La tragedia sería un alivio.

Me hubiera gustado preguntarle cómo la había afectado la Revolución, qué esperaba de ella. Pero yo no podía siquiera decir que sí o que no con mi boca, mucho menos confrontar a Isabel con la vida nada cotidiana de la Revolución.

Me levanté para irme.

—¿Ya te vas?

Le dije que sí.

—Me gustaría acompañarte para por lo menos dar de qué hablar a la gente que se aburre de verme aburrida y sola. Pero los niños deben de estar ya en camino y no quiero forzarte a ir por donde no quieres.

Se sonrió, casi se rió.

—¡Qué bueno! Alguien que pensara que tú y yo tenemos relaciones de esas que se llaman pecaminosas.

Me acompañó hasta la puerta, la abrió y salí. Le dije adiós con la mano, pero no se la di: ni siquiera ese breve contacto conmigo le permití a Isabel. Cuando avancé por la acera la volví a ver en la media ventana y nos sonreímos. Ella me dijo algo que no entendí bien y volvió a decírmelo, señalando además con su cabeza:

—Mira a nuestro único testigo.

Miré para la acera del frente y vi sentado en el quicio de su casa a un niño —¿o era un hombre?— mongoloide, que miraba fijamente hacia nosotros. Ella se dirigió a él levantando la voz:

—¿Qué tal Papo?

El mongoloide se sonrió y la baba le corrió por los labios.

Decidí enfrentar la Calle Real más que hablar de nuevo con Mongo y me fui a dar una vuelta por el pueblo. Pero tuve la mala pata de pasar frente a las oficinas del Partido. En la puerta estaba parado Mario Camacho, a quien conocía bien. Me saludó muy efusivo, tal vez para que viera lo bien instalado que estaba dentro de la Revolución. No sólo me saludó sino que me llamó con intención de que yo le hiciera la visita.

—Ven, ven —dijo—. No te escurras. Para que veas nuestras oficinas. Están tan buenas como las de Holguín.

Siempre había habido una enconada rivalidad entre Virana y Holguín y la Revolución no iba a disminuirla. Entré, a pesar mío, en las oficinas que eran un salón grande con sillas y una mesa al fondo y una puerta al lado. Las paredes estaban decoradas con los mismos pasquines vistos en todas partes. Camacho prácticamente me arrastró al interior, donde había otros cuartos más pequeños, cada uno con su buró respectivo. Lo más curioso del establecimiento es que no había nadie en las oficinas. Es decir, casi no había nadie porque de uno de los cuartos salió un hombre joven, casi un muchacho, con una cara agradablemente desconocida. Camacho no tardó en presentarme y yo volví a mi lenguaje de cabeza, de manos y de ojos. El muchacho se llamaba Pedro Mir y era el encargado de la sección cultural: supongo que era el responsable de la decoración con pasquines. Camacho le dijo que por qué no me enseñaba el nuevo museo y Mir respondió que era una idea muy buena. Yo estaba intrigado pues no había ningún museo viejo en el pueblo, mucho menos uno nuevo. Salimos los tres a la calle, despidiéndome de Camacho que se quedó en la puerta como estaba antes. Mi saludo de despedida fue un movimiento de la mano derecha: una cruza entre el saludo comunista del puño cerrado y un Heil Hitler desganado.

Atravesamos el pueblo curiosamente solitario a las cinco de la tarde y Mir me llevó nada menos que a la casa de los Albertini, que estaba encima del correos. Abrió la gran puerta con una llave que pareció ridículamente pequeña y me invitó a subir unas escaleras de mármol que olían a humedad y encierro. Las escaleras conducían a una casa espaciosa y curiosamente amueblada toda ella en un estilo *art nouveau* atrasado que correspondía en el tiempo con los años de vacas gordas en que los Albertini hicieron su fortuna. En la amplia cocina había un refrigerador de los años veinte, con su característica serpentina refrigerante encima, y un gran fogón. Todavía estaban colgados en su lugar los peroles de cobre y de hierro. En la sala había un biombo *art nouveau* de madera decorada y muebles en el mismo estilo. En un rincón había unas gavetas apiladas en el suelo, casi todas ellas llenas de fotografías y de tarjetas postales. Me agaché a coger una de las tarjetas que tenía un dibujo de unos novios a la luz de la luna. Era casi dolorosamente cursi, pero cuando le di vuelta y leí el mensaje de amor velado que traía detrás, me sentí culpable de intrusión. No sólo era un intruso en la casa sino también en la vida privada de los antiguos dueños.

Salimos al amplio balcón que, curiosamente, tenía la baranda tumbada por el suelo. Desde allí se veía bien el parque a la derecha y a la izquierda toda la Calle Real hasta llegar a la loma soleada que yo había subido tantas veces para llegar a casa cuando niño.

—Bueno, ¿qué te parece? —dijo Mir, que había decidido tutearme desde el principio, contrariamente a lo que era costumbre en el pueblo. No me dejó decirle, si hubiera podido, lo que me parecía la casa: exactamente un viaje a través del tiempo. Pero él siguió entusiasmado—: Vamos a arreglar el balcón y a poner la casa en orden y vamos a instalar aquí un museo para que toda la gente del pueblo vea cómo vivía la burguesía. Todos los Albertini se fueron con los yanquis y ahora el pueblo ha heredado sus bienes.

A mí me parecía la casa curiosamente deshabitada desde los años veinte, conservada su atmósfera por el abandono y la poca gana de renovación que habían tenido sus ocupantes —si había habido alguno en los últimos cuarenta años. Más que una muestra de una casa burguesa modelo me parecía toda ella un homenaje a un estilo. Si había sido así el estilo de vida de los Albertini eran dignos de admiración por la constancia de sus sentimientos: habían sabido ser fieles a sus orígenes. Afortunadamente la voz perdida me excusaba de decirle todo esto al joven y entusiasta encargado cultural de Virana. Pero ya era hora de irnos y atravesé de nuevo la sala, donde advertí un atractivo escritorio *art nouveau* que no había visto antes y me dirigí a las escaleras. Mir me seguía hablando de las paredes que iban a echar abajo y de la puerta que harían arriba para acceder al salón mientras yo bajaba las escaleras en silencio.

Abajo en la calle, después de cerrar cuidadosamente la enorme puerta, como si temiera ladrones de reliquias o el súbito regreso de los Albertini, Mir me preguntó que adónde iba yo. Extendí el brazo derecho en dirección al parque y al final de la Calle Real que terminaba entre los altos pinos que enfrentaban, en ese orden, el parque de las Madres, los balnearios y el puesto de la marina de guerra, ahora Marina de Guerra Revolucionaria.

—Ah, ¿quieres darle la vuelta al pueblo?

Dije que sí con la cabeza y Mir echó a caminar a mi lado. Hablaba de los proyectos de construcción; una biblioteca pública en el mismo lugar de la biblioteca privada del Unión Club, pero más grande, como los volúmenes dejados detrás por los exilados del pueblo que leían o adquiridos en La Habana para ese propósito. Para todo eso, claro, necesitaban un presupuesto municipal adecuado, pero el Partido proveería. También tenía proyectos de juegos florales y de concursos literarios «con temas que sirvan a la Revolución». Cuando llegamos a los pinos y enfrentamos los balnearios dijo algo que seguramente no olvidaré en mi vida. Voy a ponerlo en sus mismas palabras:

—La gente lo que quiere es que funcionen los balnearios y haya baile a cada rato si no todas las noches. Pero yo soy contrario a esa idea. A mí me parece que el baile es contrarrevolucionario. ¿Tú no crees?

¿De dónde habría sacado aquella noción nuestro entusiasta jacobino cultural? Por supuesto que nunca me había pasado semejante idea por la cabeza y ya iba a decírselo cuando recordé que yo estaba mudo y no recobraría la voz hasta mucho más tarde.

Oceanía

Descubrí a Oceanía detrás de un betel. Estaba ella en el patio el día que fui a casa de su abuela. El patio era una selva ordenada de árboles y flores. Desde la calle parecía la manigua, pero dentro había canteros cultivados, con plantas medicinales y una parcela al fondo sembrada de yerbas. Por encima de la cerca cruzaban las ramas de una buganvilla y en el traspatio había flamboyanes y jacarandás y resedas, de manera que el jardín se veía desde bien lejos, aunque no se le podía llamar un jardín.

La abuela de Oceanía era vieja amiga de mi familia y ella y mi abuela decían que fueron compañeras de estudios, pero ni mi abuela ni la abuela de Oceanía pasaron del cuarto grado. De todas maneras, eran todos muy buenos amigos y si yo no estuve de niño en la casa, era porque, sencillamente, le tenía miedo. Ya ustedes saben cómo son los niños: decían que la abuela de Oceanía era curandera y yo veía ya la casa embrujada y la vieja se convirtió para mí en una maga malvada. Cuando mi abuela, perentoria, me mandó a allá era de tarde. En lugar de ir enseguida, di la vuelta a mi casa y me tiré a la sombra que daba al doblar y allí me quedé mirando las nubes, adivinando animales en las formas pomposas que se movían lejos arriba, blancas y redondas y silentes, mientras el aire del mar me levantaba el cuello de la camisa y lo frotaba con ruido contra mis labios. Me dormí.

Desperté tarde en la tarde y bajé la loma caminando despacio, todavía dormido y al llegar a la casa de Oceanía, al final de la loma, la calle se veía morada, azulosa, casi en la neblina del anochecer y en la puerta de la casa había un mulato largo y flaco, vestido de limpio, que tocaba una y otra vez la misma melodía en la guitarra. No me atreví a llegar hasta la puerta, porque tenía que atravesar su música y di marcha atrás y entré por la portería y crucé el patio. Pero antes de llegar al fondo de la casa, sentí un silbido y miré. Vi a Oceanía, solamente que entonces no sabía que era Oceanía. Nada más que vi a una muchacha alta, prieta, con los ojos azules, casi blancos. Vino por entre las aralias sin apartar las hojas. Cuando llegó vi que estaba peinada con una trenza larga, vestida con una bata rosada de flores rojas y amarillas y azules, y andaba descalza. Traía en las manos una rama de betel que se llevaba a la boca y masticaba como si fuera chicle. Su boca había sido dibujada con ansiedad, pero también con belleza.

—Yo sé quién tú eres —me dijo, más cerca.

—Yo sé quién tú no eres —le dije.

—Yo soy Oceanía.

—¿Y quién soy yo?

—Tú eres el hijo de Valeria Noa.

—Sí, es verdad —le dije, porque era verdad.

—Es verdá y es verdá también que eres muy feo.

Salió corriendo y se perdió por entre unas malangas del fondo del patio. Al principio creí que formaba parte de un juego, pero alguien llegaba desde la casa y cuando me volví vi a una vieja vestida de blanco que decía:

—Muchacho, eres igualito a tu padre. Cagadito.

No me gustó aquel saludo, pero la vieja me abrazaba ahora y me besaba en la frente, y dijo:

—Dios te bendiga y te haga un santo —y añadió, dejando espacio entre nosotros para mirarme—: Yo quería mucho a tu padre. Es una pena que ustedes se hayan ido pa La Bana —me cogió por un brazo y me llevó hasta la casa.

—¿Viniste por el huacal?

—Sí, me mandó mi abuela.

—Ya lo sé —me dijo.

Se sentó en la cocina y cogió un tabaco a medio fumar de la mesa y empezó a fumar, sin aspirar, echando un humo azul, espeso por la boca. La mesa tenía unas medias lunas inscritas en los bordes que eran marcas de quemaduras. La vieja llevaba un vestido blanco, medias blancas, zapatos blancos y sobre la cabeza un turbante blanco, también llevaba una pulsera blanca y un collar blanco. Era negra, pero de un color mate que se veía más negro aún, porque no tenía brillo en la piel y parecía que no sólo la piel, sino la carne y la sangre y hasta los huesos fueran negros. Sin embargo, tenía facciones de blanca, delicadas, y desde los negros ojos inquietos miraba una alegre sabiduría. Sus manos eran largas y huesudas y no tersas, brillosas como las manos de los negros, sino muy arrugadas, pero también mate, como de ceniza negra. Recuerdo que pensé que eran guantes sus manos y sus brazos también eran guantes y su cara parecía estar también cubierta por un guante de gamuza negra. Entre los guantes de sus manos tenía mis manos ahora. Las miró por arriba y por abajo y frotó su pulgar contra el borde de las palmas.

—Vas a vivir mucho —me dijo en confidencia—, y vas a ser famoso. No vas a ser rico ni vas a ser feliz, porque piensas mucho.

Dejó el tabaco, mascado hasta hacerlo pulpa por la punta, en el borde de la mesa.

—Guárdate de los recuerdos y de las corrientes de aire y come despacio, mascando bien.

Tenía ganas de reírme y también tenía miedo, por lo que estaba muy serio, tieso.

—Aprende a relajarte —me dijo—. ¿Por qué tú cres que el siclón tumba las matas y tumba los árboles y no tumba ni la caña ni tumba la yerba?

Se calló un momento y me miró casi interrogante. No supe si debía responderle o esperar su respuesta o preguntarle por qué. Hablaba de nuevo.

—Porque las cañas y las yerbas y la manigua son flesibles. Sé flesible. Tú ves que el viento no tumba la palma ni tumba el seibo —ella dijo bien claro *el ceibo* y no *la ceiba*—. La palma porque es como una mujer y aguanta callada y se deja tumbar la fronda, que es su pelo, pero se queda ahí con su cuerpo bonito y desnudo y el viento se enamora de ella y la toca y la abrasa y gosa con ella y la deja donde estaba para la prósima ves. El seibo porque es el rey de la sabana, el árbol de todos los árboles, el macho, y le tiene miedo, como le tiene miedo el rayo y lo repeta y le tiene miedo al fuego y lo repeta y le tiene miedo el hombre y lo repeta. Como le tienen miedo los otros árboles y lo dejan solo, solito, en la llanura, porque comprenden que es el rey de todo lo que es verde. Ésos nada más repeta el siclón. Tú no eres una palma ni puedes ser como el seibo, así que tienes que aprender mucho todavía y aprender a ser flesible. Aprende a ser yerba.

Se levantó y salió y oí que decía algo, trataba de entender qué había dicho, comprendía apenas lo que dijo, «Espérate aquí», cuando volvió con un libro viejo y manchado de grasa y deshojado.

—Te voy a adivinar el futuro a consiensia —me dijo—. ¿Qué día nasiste?

—El 5 de enero —respondí mecánicamente.

Ella abrió el libro en una página y leyó.

—Cuídate de las abejas y del árbol abey —dijo—. Una picada de abeja te puede matar, la sombra del abey te va haser dormir un sueño fatal.

Volvió al libro, que abrió de nuevo y de nuevo leyó:

—Serás acróbata y un hombre ativo.

No la creí del todo, pero sentí una mezcla de alegría y secreta venganza: todos estaban equivocados: mis padres, el médico, los amigos míos. Repitió la operación una vez,

—Harás chistes cuando mayor.

otra vez,

—Cuídate de la deslealtad.

y otra vez,

—Y de las nemonías que padeserás.

Ahora cerró el libro y volvió a mirarme. Me asombré de que pudiera leer sin espejuelos.

—Ya sabes tu futuro. En cuanto al pasado, tú eres muy niño para tener pasado. Tu pasado son los dientes de leche y el culo cagado —eso fue lo que me dijo—. Ahora ven conmigo —dijo al final.

Me llevó al patio. Juntos atravesamos el rosal y los canteros de azahar y de madreselvas y de jazmín del cabo, y llegamos a la parcela sembrada de yerbas.

—Ésta es la cortacalentura, pa la fiebre —me dijo, señalando una yerba amarilla, dura, de hojas de bordes casi morados—. Tú te la tomas y toda la fiebre se va por el orine.

Iba ahora de unas yerbas a un arbusto y de un arbusto a otras yerbas, hablando sin cesar.

—Ésta es la ruda: para frisiones, limpiesa y el hígado, y ésta es la cortacalentura para la fiebre.

Señaló a un árbol y a un arbusto y a otro árbol:

—El almásigo, contra los piojos, el catarro y sirve para sudar la fiebre. Rompesaragüey pa la diarrea, limpiesas y la erisipela, la colonia, muy buena en cosimiento. Y el abrecaminos, como su nombre lo indica, sirve pa haser brecha. El álamo, que es de adorno y sombra. Fíjate cómo debajo de él ya es de noche. El apasote contra los bichos, lombrises y to eso. La albaca pa los riñones, el dolor de cabeza y el dolor de estómago. La escobamarga pa despojos, pa el paludismo y la sarna y la tiña. El saúco blanco, contra la seguera y un manífico lasante. El romerillo, pa las mujeres cuando tienen la regla desarreglá. La yerba buena pa cosimiento, como la mejorana y la caña santa, que también sirve pa los bronquios.

Ya habíamos llegado al fondo del jardín y casi tropezamos con una muralla que había allí: eran los restos de la muralla de tiempos de España que servía como cerca del jardín. Era casi noche cerrada cuando volvimos a la casa, yo siguiendo a la vieja siempre. Antes de salir del jardín se acercó a una loma de arcilla que había junto al sendero y cogió un poco de la arcilla que estaba húmeda y parecía más bien masilla. Se echó a la boca un poco y me dijo:

—Búcaro.

Al dármelo a oler: tenía un perfume agradable, húmedo, terroso.

—Es para el mal de aliento —me dijo y siguió caminando y mascando arcilla. Antes de llegar a la casa escupió la masilla.

La vieja entró a la cocina y se sentó de nuevo. Se sentaba con las piernas separadas, bien abiertas y la falda larga le hacía una tienda entre pierna y pierna. Luego se ponía los codos en los muslos y se echaba hacia delante. Todavía medio que mascaba búcaro. Había un silencio muy grande en la cocina que parecía venir de toda la casa: ella se había quedado callada, como extenuada, pero por el movimiento rítmico que le daba a su cuerpo (de atrás adelante, en realidad de arriba abajo) se veía que no estaba cansada sino excitada, pensando acaso pero seguro excitada. Tal vez fuera por la larga lección sobre botánica viva que me acababa de dar, aunque aun entonces yo sabía que no era una lección sino un paseo entusiasmado. Al poco rato habló sin abandonar su posición como en cuclillas sobre el asiento.

—Siéntate —me dijo. Yo no me había sentado antes pero ahora lo hice: frente a ella—. Tu viniste por un huacal de mango que le voy a mandar de regalo a tu madre.

—Sí —dije yo pero ella no me preguntaba y siguió hablando:

—Como tú ve aquí no hay mango. No hay mango en mi jardín. Los mango están en el campo. Vas a tener que ir a buscarlo mañana.

Se calló de nuevo. Luego volvió a hablar:

—Claro que no puedes ir tú solo, pero vas a ir con mi nieta. Oseanía —no decía su nombre sino que la llamaba, pero era un llamado casi silente, sin levantar la voz—. Oseanía.

—¿Qué quiere, abuela?

Me di vuelta rápido porque no la había oído entrar descalza como estaba. Venía de dentro de la casa.

—Mañana vas a acompañar a acá a la finca y que le den un huacal de mango: biscochuelo. Tú ocúpate que lo cojan bueno y no muy maduro.

—Tabién abuela —dijo Oceanía y volvió a desaparecer tan silenciosa como había aparecido.

—Bueno mijo —me dijo—. Tú ven mañana pa que Oseanía te lleve a la finca a buscar los mango.

—¿Vengo por la mañana o por la tarde? —pregunté yo.

—Ven para que vayan por la tarde pero no muy tarde. Es mejor que vayan cayendo el sol. La finca no está muy lejos.

—Muy bien —dije yo, levantándome—. Muchas gracias.

—No hay por qué.

—Hasta mañana.

—Tamañana —dijo ella sin abandonar su posición. Salí pero por la portería: ya sin saberlo yo quería volver a ver a Oceanía. Así que atravesé toda la casa y salí por la puerta de la calle. Todavía el mulato de la guitarra estaba tocando: ahora era un punto pinareño. Miré a todas partes de la acera pero no vi a Oceanía.

Al otro día llegué a eso de las cuatro. El sol bajaba ya hacía rato pero no disminuía y con el sol casi arriba salimos los dos. Oceanía me estaba esperando en la portería y sin decir nada salió y echó a andar. La seguí y le di alcance.

—Buenas —le dije.

—No muy buenas —me dijo ella sin mirarme—. Lo hago por abuela.

—¿Qué cosa?

—Ir a la finca. No tengo ninguna gana de ir hasta allá con esta solana —y levantó la mano hacia arriba indicando vagamente el cielo como si el sol lo ocupara todo. Tenía razón: el sol ponía blanco al cielo sin nubes y estaba en todas partes, hasta subía de la tierra arcillosa de la calle. Caminamos en silencio y en silencio atravesamos todo el pueblo, pasando por frente a casa, que estaba toda cerrada, protegida contra el sol que le daba de lleno a la fachada de madera. Salimos del pueblo por la Portada. A pesar de su nombre no tenía puerta sino que era la entrada a un camino ancho abierto entre cercas de valla.

—¿Y a ti, te gusta el campo? —me preguntó ella de pronto.

—¿A mí? A mí sí. ¿A ti no?

—Yo lo odio —dijo ella con mucha intensidad. Estaba bellísima al decirlo, a pesar de que el sol hería sus largos ojos claros.

—Lo odio. Ya bastante campo tenemos en casa con el jardín de abuela.

—Es muy lindo.

—¿Qué cosa, el campo?

—No, el jardín de tu abuela.

—Ah —dijo ella haciendo un gesto de desprecio con la mano—, matas y más matas.

Se calló de pronto y yo no supe qué decirle contra aquella definición. Era cierto que el jardín de su abuela eran matas sobre matas pero también era muy bello: de alguna manera su desordenada belleza recordaba a Oceanía. Ahora pienso que debí decírselo entonces, ¿pero cómo? Yo ni siquiera me atrevía a hablarle directamente. Además esa analogía es un pensamiento de ahora no de entonces.

De pronto oí que me llamaban de lejos. Me volví y vi a mi hermano menor que venía corriendo hacia nosotros: seguramente que nos vio pasar o alguien de la casa nos vio y se lo dijo. Cuando llegó, sofocado por la carrera, preguntó:

—¿Puedo ir con ustedes?

¿Qué le iba a decir? Además en ese momento no sabía lo inoportuna que iba a ser su presencia. De manera que fue con nosotros, caminando al lado de Oceanía.

La finca no quedaba muy lejos pero estaba más allá de la laguna donde yo iba a cazar torcazas cuando vivía en el pueblo. Se lo informé a Oceanía al pasar pero ella no le dio ninguna importancia, casi ni prestó atención siquiera.

Llegamos a la finca y al franquear la talanquera salieron dos perros enormes que corrieron ladrando hacia nosotros. Mi hermano se escondió detrás de las faldas de Oceanía. Los perros seguían avanzando, fieros hacia nosotros. Pero cuando llegaron Oceanía los llamó y empezaron a mover el rabo al tiempo que dejaban de ladrar: ella los conocía. O mejor, ellos la conocían. Llegaron hasta nosotros para dejarse acariciar por Oceanía, que les palmeó el lomo y el cuello y les rascó detrás de las orejas. Mi hermano seguía pegado a la falda de Oceanía, con más ganas de echar a correr hacia la talanquera que de seguir adelante. Cuando llegamos a la casa vi a una mujer negra parada en la puerta del bohío: era raro ver un negro en el campo. Oceanía la saludó y ella respondió «Buenas» al saludo.

—Veníamos por los mangos —dijo Oceanía.

—Bueno —dijo la mujer—, pero van a tener que arrecogerlo ustedes. Tú sabe dónde están las mata.

—Sí, yo sé —dijo Oceanía.

Pasamos de largo y dejamos la casa atrás, internándonos en la finca, al fondo de la cual había muchos árboles grandes: mangos, mamoncillos llamados también anoncillos, mamey, nísperos y toda clase de árboles frutales, hasta tamarindos había y cañafístulas. Nos dirigimos a las matas de mango, debajo de las cuales había varios mangos tumbados por tierra, unos podridos, otros a medio podrir o comidos por los pájaros. De los árboles colgaban todavía muchos mangos: maduros, verdes y pintones.

—¿Tenemos que subir a buscarlos? —preguntó mi hermano, olvidado de los perros y loco por subirse.

—Sí, pero voy a subir yo sola —dijo Oceanía y comenzó a quitarse los zapatos.

—Yo voy a subir a ayudarte —le dije.

—Y yo también —dijo mi hermano.

—No, no. Mejor subo yo sola. Tú quédate abajo que yo te tiro los mangos.

No había acabado de decir esto cuando ya estaba abrazando el grueso tronco del mango y trepando por él ayudada por sus pies descalzos. En unos segundos ya estaba arriba. Subiendo ella yo pude ver que no llevaba nada debajo: estaba vestida nada más que con su bata de ayer.

—Allá va uno —gritó entre las ramas y dejó caer un mango grande, formado como un riñón verde. Yo lo cogí en el aire pero apenas. Luego siguió trepando por las ramas y cogiendo mangos y dejándolos caer hacia mí que tenía que moverme con ella, viendo siempre sus muslos, sus nalgas desnudas. Mientras mi hermano recogía mangos del suelo, maduros, y los comía, embarrándose de jugo las manos, los brazos y hasta la cara.

—Está bueno ya —le dije a Oceanía—. Ya baja que tenemos más de lo que podemos cargar.

—Uno más —dijo ella—. Vaya.

Dejó caer un último mango, grande y verde y ligeramente amarillo por un lado: ya comenzaba a madurar. Oceanía bajó con tanta presteza y rapidez como había subido.

—Ahora necesitamos un huacal —dijo ella—. Pero ya sé: pedimos prestada una jaba a Inés.

Ése era el nombre de la negra en la casa y allá regresamos cargados con los mangos (Oceanía llevaba unos cuantos en las faldas de su bata) y conseguimos la jaba.

El sol estaba todavía alto en el cielo cuando regresábamos al pueblo. Al pasar frente a la laguna (que no se veía desde el camino real) le dije a Oceanía:

—¿Por qué no descansamos aquí un rato?

La jaba que cargábamos entre los dos pesaba: lo suyo.

—Está bien —dijo ella.

Buscamos el hueco en la cerca por donde se entraba a la laguna y nos metimos los tres. La laguna no era una laguna sino un estanque, ni siquiera muy grande, hecho probablemente para recoger la lluvia y que bebiera el ganado. Pero también venían a sus orillas muchos pájaros, entre ellos muchas palomas rabiches y torcazas. Nos sentamos arriba, en el montecito donde comenzaba el declive hasta la laguna. Nos sentamos los tres. Mi hermano se volvió a poner de pie.

—Voy a ver si hay pájaros —dijo y se alejó hacia la laguna.

Yo me quedé callado viendo a Oceanía que estaba toda sudada y a través del corpiño de su bata se le veían, puntiagudas, las teticas. Ella se recostó al árbol y casi repitió el gesto de su abuela, subiendo los pies hacia el cuerpo y escarranchando los muslos, con las rodillas lo más separadas posible. La bata se le rodó y la pude ver toda: tenía el sexo cubierto por un vello fino. Ella me miró y por su mirada supe que ella sabía lo que estaba enseñando y lo que yo estaba mirando. Nos quedamos así en silencio un rato, hasta que ella dijo:

—Tú quieres tocarme.

Creí que no había entendido.

—¿Cómo?

—Que si tú quieres tocarme.

—¿Yo? ¿Cómo se te ocurre eso?

—Porque se te ve en la cara.

Yo no pude responder nada.

—Anda tócame —dijo ella y me cogió una mano y la puso sobre una de sus teticas: se sentía caliente debajo de la mano. Yo le toqué una tetica y después la otra.

—¿Quieres tocarme abajo?

Y abrió más las piernas. Yo saqué mi mano de entre sus teticas —cuando mi hermano regresó de pronto.

—No se ve un solo pájaro —dijo.

Yo retiré la mano y la puse entre los mangos que estaban al lado de Oceanía. Ella hizo un gesto como de desagrado pero no bajó las piernas, de manera que mi hermano también podía verle todo. (Después, cuando Oceanía se había ido y nos quedamos solos, no hacía más que decirme: —¿Viste? ¿Viste tú lo que se le veía a Oceanía? ¿Viste?)

Yo sabía que podría haberla tocado con mi hermano al lado, pero temía que éste lo dijera en casa luego. De manera que seguí con mi mano entre los mangos.

—¿Por qué no nos vamos? —dijo mi hermano.

Lo menos que yo quería era irme: lo que quería era que se fuese él, que desapareciese. Pero Oceanía dijo:

—Sí, mejor regresamos.

Volvimos a cargar con los mangos y salir a rastras por el hueco de la cerca. No habíamos salido del todo cuando pasó un guajiro a caballo. Nos vio y dijo, con mucha picardía:

—¡Muchachitos, cará!

Y había en su voz picardía pero también añoranza: es con los años que he venido a aprender que aquel jinete anhelaba estar en mi lugar —o tal vez en el de mi hermano que surgiendo último se agarraba a las faldas de Oceanía para salir.

No pasó nada más ese día inolvidable. Sí, pasó un jubo, una serpiente pequeña que trataba de cruzar el camino. Al verla cogí una piedra y se la tiré y le di. La serpiente reculó hasta la cerca y antes de desaparecer en ella vi que tenía una depresión en la parte que le había dado la pedrada y sentí un poco de lástima entre la excitación.

Oceanía nos dejó frente a casa: ella regresaba sola a la suya.

—Bueno, adiós —le dije.

—Adiós —dijo ella, mirándome con sus ojos transparentes.

—Y gracias —dije yo, tal vez tratando de retenerla aunque fuera el instante de su respuesta.

—Ah —dijo ella queriendo decir de nada y desapareció. Quiero decir que siguió su camino y no la volví a ver más. Ésa fue la última vez en la vida que la vi. Fue después en La

Habana que supe que la habían violado y que la casaron, antes de cumplir catorce años, con su violador, que fue un compañero de juegos, y que ella se murió de parto. Pensé que yo podía haber estado en el lugar de mi amigo pero no pensé, entonces, que en realidad Oceanía era inolvidable.

Cuando leyendo a Catalina Ana Portera sobre la gran Gertrudis Piedra

Cuando estaba leyendo el docto, sesudo ensayo donde dice *she only stopped to break* (¿pensando *stop* o *stoop?*, porque lo último implica condescendencia, y rectificando, más bien rectificado, ahora seguro: *stop*) *the monotony,* se detenía sólo para romper la monotonía de ir caminando, pero recordaba sus respuestas. Cuando un hombre con una cancioncita contra su perro y su conducta vis-a-vis el poste eléctrico viene ella y me dice golpeándome el cuello repetidamente con su largo derecho dedo índice (toda su belleza estaba en sus manos: largas, huesudas, bien hechas, con un pulgar casi tan largo como su dedo índice) dice, tocándome la yugular ligeramente dice: «¿Y el botón que estaba ahí arriba, de dónde se cayó?».

Las mujeres y los botones, sus botones tiernos, brotes. Con su prosa porosa que parece que padece osteoporosis dice una clase en vaso o tras los cristales de amplios ventanales y un primo. ¿Un primo? Un espectáculo y nada extraño en un simple, singular color herido. Saltó del libro, de la última palabra, de la página borrosa ahora, gris y no blanca y negra, que el recuerdo siempre borra los colores y a veces el sueño.

La miro y le digo: «Del pantalón». Ella me pregunta con una entonación que indica enumeración rápida y prolija y segura y a la vez el comienzo de una reconvención que hay que pensar en un tono medio entre el regaño a un niño y el insulto a un extraño, pero que el amor no dejará siquiera cuajar en una queja: «¿De cuál?». «Gris», digo. «Ah», dice ella, «como los postes y las paredes de las casas», como que tiene que escribirlo todo, otra vez la insistente llamada sobre la yugular como una guillotina amable que quisiera no cortarme el pescuezo sino la lectura, que es en realidad un aldabonazo: la incesante y sonora fuente de la vida, apresurando el material que es un riego con un ruego: no, no, no, dice ella. «¿Por qué no te llevas la tarjeta y te compras el traje hoy?» «No sé», digo tratando de volver al tratado que es un ensayo que al que le viene se lo pone. «Te la llevas y te lo compras», dice perentoria y pienso que se debía llamar Perentoria y no el nombre que tiene tan operático, de ópera, de pera. Digo: «¿Los dos?». Dice ella: «Bueno, pero te los compras». Digo en consecuencia no en secuencia (pienso que no me dará tiempo a ir a comprar el pantalón, el traje, los dos trajes, lo que sea y llevar la carta a la escuela). Pero ella recomienda. «Si vas me vas a buscar.» «Sí, si voy» (pienso que ir a La Habana Vieja, recoger el pantalón y comprar dos trajes más buscarla a ella no me va a dejar tiempo para ir a la escuela esta tarde y ya estoy decidiendo posponer lo más desagradable que es ir a la escuela y pedir que me readmitan en septiembre que ya basta, que es bastante castigo perder dos cursos por culpa de dos o tres malas palabras en inglés, que es el idioma en que leo ahora y ya sé la respuesta que me darán esos hijos de puta en español y ella que dice algo más que no oigo un reportaje bastante bueno. Sabia o *silly* o nada.

Ya había pensado cuando ella habló la primera vez que nuestro diálogo era lo que se llama real, que ella no había calculado el valor literario que tenía nuestra conversación, porque no lo sabía, y yo había respondido espontáneo, sin calcular nada, respondiendo impensadamente, salido de la lectura apenas. Sin embargo, esas preguntas y respuestas, aquellas proposiciones y contraproposiciones, el diálogo era parecido (igual) a algunos diálogos de Hemingway, tan literarios y tan falsos y tan eficaces sobre el papel, y a uno que otro que yo había escrito, por supuesto. Me recordé en una clase de francés en la Alianza, sentado al lado de Julia Astoviza, ella más bella que nunca con un *pullover* que no sólo soltaba sus senos sino exaltaba su cara perfecta y su pelo rubio. El profesor estaba (o parecía) distante y yo escribí algo en una hoja y se la pasé a ella y ella me la devolvió escrita y yo volví a escribir y ella y finalmente yo escribí: «Diálogo de Hemingway». Ella puso punto final al intercambio con una frase: «De dos locos que tratan de sobrevivir apenas». No supe si ella escribió apenas o en realidad a penas pero esa ambigüedad no era suya porque ella era la persona menos ambigua que he conocido. Por el foro.

Pensé explicarle (no a la amante Julia sino a mi mujer) o la que quisiera oírme, la influencia del inglés en nuestra habla cotidiana (debe de ser el cine, tiene que ser el cine, es el cine porque el inglés es el idioma del cine), representada ahora por ese lacónico «Gris» en vez de decir «El gris», como era correcto en correcto español (que no existe) y pensé decirlo a Néstor y a Constantín, corrector de pruebas, como prueba de mi teoría sobre las relaciones del español con el inglés en Cuba. Pero más que nada pensé utilizar ese argumento (que en inglés es *plot* y *argument* es discusión) en lo que escribiera y que cuando alguien (como Branly) dijera que eso no era español, contarle este ejemplo. Decidí levantarme finalmente, ir hasta la máquina y escribirlo todo, como ya he hecho, pero antes eché una última ojeada al resentido estudio de Katharine Ann Porter sobre la grande Gertrude Stein, antes de levantarme y que ella preguntara: «¿Adónde vas?» y yo le dijera: «A escribir una cosa». Allá va todo a la página con el aire de que todo es igual, sin importancia en sí mismo, importante porque le pasó a ella y ella escribía de esto. Ella por supuesto es Gertrude Stein, la otra es Porter, que en inglés puede decir portero o maletero.

Ahora, casi diez años después, leo en el amarillado papel una firma que apenas es la mía y una fecha y el nombre de una ciudad. Lo que escribí una vez ya no me pertenece y es como la escritura de una mano muerta y pienso: «¿No serán todos los libros el gran libro de los muertos?». La ciudad es soleada y clara y llena de aire de mar, color de mar, con un cielo que es un mar invertido, porque el mar es plácido y suave y azul. La fecha es de dos días antes de cumplir veinticinco años. Todo aquello se ha ido: la ciudad no existe y la veo desde otra ciudad que es su reverso: oscura y gris y golpeada por la lluvia y por el viento y por el tiempo. Sin embargo, me veo en aquel día como un lívido fantasma, veo que camino hacia el escritorio pobretón, pretencioso en su modernidad años cincuenta, que resulta casi lastimero, y miro por la ventana hacia la calle cinco pisos más abajo, hacia el parque mansamente soleado, a los pinos de costa sembrados, junto al viejo hotel y hasta la esquina donde cruzan los autos veloces, anónimos, y veo que me siento a escribir y casi oigo una máquina de escribir como ésta, no ésta, otra Remington a la que sustituyó una Hermes portátil y otra Hermes y varias máquinas diferentes con el mismo nombre, Smith-Corona y una negra Olivetti y esta IBM de ahora, pero en los golpes de letras idénticos y a la vez diferentes hay un vuelco vertiginoso y reconozco, súbito, que esa lectura anotada y ese intercambio sartorial tuvieron lugar entre mi primera mujer y yo y que han pasado no sólo veinticinco años más y diez y once y termina en un vértigo metafísico la visión de ese fantasma que fui yo, que soy yo, que seré yo. Ese huracán de años está detenido por la escritura. ¿Es la literatura una forma de nostalgia? ¿O una traducción? ¿O tal vez sólo una lectura en que no pasa nada sino el tiempo?

Un día de ira

Acababa de almorzar y estaba lavándome los dientes cuando oí un ruido atroz. Al principio creí que era una bomba, después pensé en un choque, y finalmente volví a pensar que se trataba de una explosión. Salí al balcón y entonces vi el hongo. En algún lado alguien gritaba: «¡La atómica! ¡La atómica!». La columna de humo blanco se elevaba hasta medio cielo y ahora se ladeaba al viento. Desde el balcón de casa la cosa —la explosión, un «hongo» enano, la columna de gas, lo que fuera— parecía ser entre el edificio masónico y el Mercado Único. «¡Vamos!», le grité a Branly.

En la calle la gente se agrupaba en las esquinas. Por el Malecón nadie parecía darse cuenta de nada. Alguno dijo que la explosión fue en la Compañía de Electricidad y pensé absurdamente que se trataría del edificio que está frente a *Revolución*. De todas maneras ya una vez habían hecho un atentado al periódico y nosotros temíamos que fuera esta vez otro atentado. En el camino, en la radio, una emisora demasiado apresurada dijo que se trataba de la explosión de un tanque de la refinería Shell. Recordé que el humo era blanco y le dije a Branly que no podía ser petróleo, que el humo de petróleo ardiendo es siempre oscuro, que debía ser un polvorín, quizá San Ambrosio. «O ha estallado un barco con explosivos en la bahía», le dije. «Con explosivos o con productos químicos», dijo Branly. Lo curioso es que dentro de unos segundos sabríamos; y sabríamos que no andábamos tanteando en la oscuridad.

Belascoaín arriba había un gran tranque. De pronto oímos las sirenas. «Debe ser cerca», dijo Branly. El pequeño automóvil no adelantaba. Calle abajo venía una vieja corriendo y detrás un muchacho flaco. Le preguntamos: «Es una explosión», fue todo lo que dijo. Torcimos a la izquierda, bajamos contra el tránsito y dejamos el carro dondequiera. Caminamos hasta Reina y Carlos III. Sobre el contén, ladeado, había dos autos deportivos, los motores encendidos. Toda la explanada al frente estaba llena de gente: apiñada sobre las aceras, parada en las islas de concreto, agolpada en los corredores. Por la calle bajaban autos, camiones, vagonetas, a gran velocidad. La primera impresión era que se estaba celebrando una carrera de automóviles. Pero la desesperación, el horror, la angustia de la gente decía que era otra cosa: una catástrofe, una hecatombe, algo terrible.

     En el periódico nadie sabía nada. Todos los teléfonos estaban incomunicados por la congestión de llamadas de la calle. Los redactores, los fotógrafos, los obreros y empleados entraban y salían corriendo. Alguien llegó con una noticia: «¡Un barco ha explotado en los muelles!», dijo gritando. Branly y yo salimos a la calle. Por Carlos III arriba venían una, dos, tres ambulancias, a cien, a ciento veinte, a ciento cuarenta. En medio de la calle, tratábamos de detener cualquier máquina que nos llevara a los muelles. Todas iban a gran velocidad, evitando los grupos de carros que no sabían si doblar a la izquierda o a la derecha o seguir por la avenida. Civiles y policías dirigían un tránsito frenético. Detuvimos una ambulancia junto con un policía joven y delgado que también quería llegar a los muelles. La ambulancia no podía llevarnos. Detrás venía un carro patrullero. Montamos. Carlos III, Reina abajo la sirena de la ambulancia zumbaba delante, y detrás otra ambulancia nos encerraba en una cortina de aullidos. La calle estaba flanqueada por miles de caras, de ojos anhelantes que se encimaban a los vehículos que corrían con las luces encendidas a pleno sol, indicando que llevaban heridos. Íbamos a una velocidad terrible, pegados casi a la defensa trasera de la ambulancia y pegados a la delantera de la otra ambulancia. Torcimos por la Fraternidad y al llegar a Monte, el carro se fue contra la acera, frenando junto a la gente apelotonada en la esquina. Seguimos hasta la Terminal y al doblar pegado a las viejas murallas, vimos el humo, la candela, el verdadero centro del horror. La ambulancia siguió hasta el corazón del desastre, pero nosotros fuimos detenidos a cincuenta metros más o menos.

Al saltar del carro vi a Guillermito Jiménez, el comandante, el director de *Combate*. Me preguntó que qué había, le dije que acababa de llegar. Se reunió más gente. Llegaban y salían ambulancias, y también camiones, máquinas, camionetas disparadas. Había un calor tremendo. Perdí a Guillermito y vi venir a un capitán rebelde lleno de tizne y sudor. «Allá dentro es una carnicería», no dijo más que eso y se tiró sobre la acera. Encontré a Mariano Camacho, de la escolta de Fidel, que apenas me reconoció. A mi lado pasó una ambulancia con un torso, un pedazo de hombre y una cabeza solamente. Volví a encontrar a Guillermo Jiménez. Venía con un periodista de *Prensa Latina* que no recuerdo su nombre. «¿Tú sabes manejar esto?», me preguntó. Era una cámara de flash. «No», le dije. «Quiero entrar a hacer una fotografía allá adentro», me dijo. «Dame acá», dijo el periodista de *Prensa Latina,* tomando la cámara. «Yo voy contigo.» En ese momento sucedió la segunda explosión.

Yo estaba de espaldas, hablando con Guillermito. Él dijo una mala palabra y algo que yo no entendí. Comprendí que se trataba de otra explosión, porque nos habían avisado que abandonáramos la zona. Su cara enrojeció y al volver el rostro, antes de oír la explosión pude ver que del barco se elevaba no una columna, sino una ducha, una catarata de fuego invertida. Momentos antes había visto los hombres que sacaban las cajas de balas y otro parque —porque ya sabíamos que el barco solamente traía municiones— de entre las llamas y las izaban una a una hasta la cubierta superior, rumbo a la proa del barco, que estaba levantada y encimada contra el muelle: el barco estaba partido en dos, pero yo no lo sabía, ni lo había podido ver bien y la impresión que tuve era que este barco blanco, nuevo, era demasiado grande para el muelle y había sido construido con una proa muy altiva. Los hombres que cargaban las cajas por las cubiertas de proa parecieron por un momento irreales, dibujados, porque se veían pequeños, afanosos cargando el mortal cargamento; y de pronto, antes de ver la cascada de lava, antes de oír la explosión, desaparecieron: no los volví a ver más; y más tarde, en la Cruz Roja, cuando una mujer buscaba a su marido que estaba en las patrullas de voluntarios para el salvamento, supe qué les había pasado: que simplemente se habían volatilizado, hecho trizas.

Cuando sonó la segunda explosión todos echamos a correr. Recuerdo que la onda expansiva me volteó hacia la derecha y me hizo perder el equilibrio. Caí sentado y cuando traté de levantarme noté que me faltaba un zapato. Estúpidamente me puse a buscarlo a gatas. Entonces la gente que venía corriendo me tiró boca arriba; alguien me pisó en la mano, y otro alguien me puso un pie en la pierna, y otro alguien más me aplastó la rodilla. No sentí dolor, ni miedo ni absolutamente nada, sino que me puse a mirar cómo ascendía el abanico de fuego y cómo la metralla avanzaba, lenta pero ominosamente sobre nosotros. Alguien gritó: «¡Al suelo! ¡Al suelo!». Me levanté y eché a correr, seguí corriendo y me guarecí tras un árbol. Por dondequiera caían fragmentos de metal. Comprendí que no era muy sabio tomar un árbol incipiente como refugio y seguí corriendo.

Había perdido a Branly en la explosión y no lo volví a ver hasta por la noche, en el periódico. Cuando me detuve, vi al Presidente y a dos o tres personas más que conocí. Todos lucían consternados. De pronto, sin aviso, la gente volvió a avanzar sobre el barco y yo fui tras ellos. Corríamos en grupos en dirección inversa, hacia el barco, hacia los nuevos destrozos, cubiertos de ceniza de pies a cabeza. Una mano me cogió por el brazo: «¿Adónde va?». «Soy periodista», dije. «No puede pasar. Nada más que las patrullas de salvamento.» Alguna gente regresaba, seguida por soldados que gritaban: «¡Atrás! ¡Atrás!». Retrocedimos hasta el parqueo del Archivo Nacional. Ahora podía oír el estallido continuo de las balas y veía las trazadoras elevarse al aire. A menudo, el traqueteo de las balas se hacía más intenso.

«¡No puede haber ninguna máquina en los alrededores!», decía un oficial rebelde. «Por favor, compañeros, desalojen el área. Se teme otra explosión», seguía diciendo. Otros soldados se le unieron y las máquinas comenzaron a abandonar el lugar. El Presidente y su grupo también era desalojado hacia el edificio del Archivo. Antes de irme por una calle lateral, vi una ambulancia —verde y blanca, pequeña, idéntica a la que corría ante nosotros— que salía torcida y con los cristales hechos añicos. A lo lejos algunos cargaban un herido.

En la calle Picota todas las persianas metálicas estaban abombadas en una acera y comprimidas en la otra: posiblemente la onda de concusión las había torcido. Todas las calles estaban llenas de escombros: pedazos de balcón, trozos de repecho, muros de azoteas derribados por la explosión. «Caminen por el centro de la calle», advirtió alguien con autoridad. «Cuidado con los balcones y las puertas.» Seguí por la calle, doblé a la izquierda y traté de regresar al barco por la explanada de la Terminal. Había más soldados impidiendo el paso. En un bar —abierto por la explosión, porque no tenía puertas ni persianas y dentro todo estaba en pedazos— asombrosamente dos o tres hombres tomaban cerveza. Salí por la otra puerta a tiempo para ver a Charles Menchero con un fotógrafo de prensa. Los llamé. Luego Charles me dijo que nunca había visto una cara en que estuviera mejor impreso el horror y la consternación. Pasó un carro altoparlante. «Desalojen el área, señores, por favor.» Siguió lento y se cruzó con otro carro altoparlante en que venía una muchacha al micrófono. «Desalojen toda el área, por favor. Esta zona es de extremo peligro. Se temen más explosiones.» Seguimos caminando y Charles se empeñaba en caminar por el centro de la calle, por donde avanzaban las ambulancias a toda velocidad. «Por aquí hay menos peligros», decía y lo volvía a repetir. «Abandonen toda esta zona», repetía el carro un poco más lejos. «Se espera una explosión aún mayor que la primera. Que todos abandonen esta zona. Civiles y militares. Solamente deben permanecer en ella los que estén en las labores de salvamento.»

Encontramos a Marino Bueno, el fotógrafo. Iba a la Casa de Socorros de Corrales. Caminamos por aquellas calles y diez cuadras más allá todavía había vidrieras rotas y puertas desgonzadas. Cuando llegamos a la Casa de Socorros se veía un enorme gentío frente a ella y dentro había también gente: «Aquí hay diez muertos», dijo alguien. Había diez muertos. O mejor: habría diez muertos. La puerta debajo del letrero que decía «Morgue» se abrió y todos fuimos a entrar, pero nos paralizamos en la puerta: dentro, en el piso, en camillas, dondequiera había una pierna, un muslo desgarrado, intestinos confundidos entre la carne y la sangre, una cabeza y dos o tres troncos, medio cuerpo de un hombre y no recuerdo cuántos horrores más nutrían aquella visión horrible. Solamente recuerdo que todos los despojos estaban teñidos de verde. Nunca sabré si era por los azulejos del interior o por la explosión, porque no miré mucho tiempo.

Salimos a la calle y respiramos. Allí cerca estaba la camioneta negra y roja de mi periódico. Marino iba al segundo Centro de Socorros y nosotros con él. Ya éramos como diez pasajeros y solamente cabían tres personas en la parte delantera de la camioneta. Algunos nos metimos dentro, detrás, donde van los periódicos corrientemente. El interior de la camioneta estaba pintado de un gris de catafalco y cerrado, viendo pasar los balcones por el reducido ventanillo trasero: un ataúd con ruedas. Debajo de mí, que me había sentado detrás, la calle se escurría, patinaba, frotaba las gomas, impulsaba, balanceaba y hacía crujir el carrito. Llegamos a la Casa de Socorros de San Lázaro. Aquí había menos gente. Fuimos hacia el fondo, hasta el cuarto necrocomio. En una mesa había dos hombres, muertos. Eran gente muy humilde, vestidos malamente y con zapatos viejos y rotos. Un oficial de la casa registró sus bolsillos y encontró tres pesos arrugados en el bolsillo del muerto blanco y una cuchilla vieja y algunas monedas en el bolsillo del mulato muerto, y un pañuelo rojo. No tenían una sola herida, ni una quemadura, pero estaban muertos. «¿De qué murieron?», pregunté. «Eso se sabrá en la autopsia», dijo el médico, muy impersonal. «Pero no tienen nada», dije. «¿Nada?», dijo. Y levantó el pantalón a uno de ellos y palpó la pierna: tocaba solamente carne: la pierna no tenía huesos, ni la otra tampoco: todos los huesos de aquel hombre estaban partidos. «Tiene cientos de fracturas», dijo el médico y agregó: «Y posiblemente todos los órganos estallados». Iba a preguntar qué cosa fue, que había hecho papilla a aquél, pero antes de preguntar el médico me dijo: «Compresión».

Regresamos a la calle. Marino y no sé si Charles y toda la otra gente siguieron a otras Casas de Socorros.

Yo me quedé recostado un momento a la pared. Estaba cansado, me dolía todo el cuerpo y tenía ganas de vomitar. Me senté en la acera. Una viejita pasó por mi lado y se detuvo y me preguntó que si me pasaba algo. Yo no le pude contestar. Seguí así unos minutos y otras gentes me preguntaron que qué me ocurría y tampoco pude responderles. Ésta es la respuesta. He tratado de que sea simple, directa, objetiva, pero que refleje el horror, la náusea, la atmósfera de Apocalipsis que acababa de ver y que de alguna manera fuera también una queja por la muerte de aquellos hombres pobres, humildes, anónimos; un saludo al heroísmo, al valor probado frente a la muerte del pueblo y una denuncia contra la mano criminal —cualquiera que fuera, dondequiera que esté, como se llame— que había desatado el horror, la náusea, el infierno. En eso pensaba sentado allí en la acera.

Darle vueltas a una ceiba

Yo no sé qué rayos es lo que le ha dado a esta mujer. Ahí está dando vueltas como caballito de tiovivo en rededor de esa mata sin decir palabra, nada más que dando vueltas y más vueltas. Me tiene más cansado. Siempre está con su artistaje y su bobería y su novelería. Creyendo en toda esa basura. Ah, no. Conmigo sí que no. Ya le dije que ahí no entro yo. Mírenlos cómo están: parecen hijos bobos. Voy a ponerme yo en eso. Se lo dije bien claro esta mañana, cuando se levantó con esa bobera metida en la cabeza.

La culpa no la tiene ella, sino esa tipa que recién se mudó para la accesoria y tuvo que venir a caernos en el cuarto de al lado. Ella se pasa el santo día metida en casa y diciéndole mi hermana has esto, mi hermana has lo otro, mi hermana lo de más allá y lo de más acá. Yo voy a ver si a fin de mes, cuando vengan a cobrarle el alquiler, va a querer que se lo paguemos nosotros en pago de los consejos que le da a mi mujer todo el santo día. Esta matraca de ahora es cosa de ella. Seguro, seguro. Voy cien pesos contra un cabo de tabaco que fue ella quien se lo metió en la cabeza a esta zanaca de mi mujer que se lo cre todo.

Ahí me está llamando por seña. Pero se le puede caer el brazo haciendo el pato que yo no voy a ir para allá. Me quedo aquí sentado donde estoy y listo. Si no es porque no puede hablar ya me estaría llamando a grito pelado. Ahora tiene que conformarse con hacer el pato toda la mañana o hasta que el sol le ase la manito esa y se le caiga renegrida al suelo. Tan fiestera. Todo para ella es un brete. Esta mañana me pegó tremendo susto porque me despertó haciendo visajes y poniendo los ojos en blanco y diciendo jucujucu como si tuviera un buche de agua en la boca y no pudiera hablar. Yo estaba medio dormido todavía y qué es lo que me creo: que le ha pasado algo malo y me levanto como un volador de a peso y la empiezo a sacudir por los hombros. Ya, me digo, le dio. Porque ella tiene a su viejo en Mazorra desde hace como diez años y una hermana de ella se dio candela y tiene otra hermana que nació así, toda ñanguetiada y todo eso, y yo me creo que ella también se viró para el lado de los bobos. Cuando ella se pudo zafar va a la mesa de comer y coge un papelito que tiene allí preparadito y todo y me lo enseña. *Toba,* dice el recadito, *acuédate que oy es el día. Felisidade te decea la colonia con K. Perdona que no te hable el día de tu santo. Pónteme la guayabera blanca, los pantalones blancos y los zapatos de dos tonos que vamos al templete. Te quiere Clodo.*

Bueno, de manera que la fulana esa le metió en la cabeza lo de ir al Templete y darle vueltas a la ceiba que hay allí. Ahora, a mí no hay quien me meta en nada de eso. No señor. De eso nones, con su mala pega y todo, como decía Padrino. Yo ahí NO entro. Ahí está llamándome tan apuradita como esta mañana, que al ser de día ya me estaba despertando. ¡Felicidades te desea la colonia con K! Las cosas que se le meten a esta mujer en la cabeza. Bueno, a ver, ya que era el día de mi santo bien podía dejarme dormir la mañana, que ya ni el domingo se puede descansar en pas sin que venga una salación de éstas a jorobarle a uno el día.

Ahora, que yo lo que hice fue tomarme mi subibaja muy tranquilo, muy cómodo, el radio puesto, oyendo cómo el viejo Don Carlos, el Maestro Gardel, partía un tango en dos por la mañana. Luego me oí mi par de buenas milongas y me fumé dos tabaquitos seguidos. Y ella venga que te venga a escribir papelitos y más papelitos. Parecía una enumeradora del censo que hubiera caído en la cuartería. *Toba apúrate por favor.* Ya ni los firmaba. En los últimos ya yo estaba a punto de reventar. ¡Por poquito la hago hablar! *Cristóbal por los restos de tu madre Tomasa apúrate.* Lo que pasa es que me dio pena con ella, que después de todo es una negra muy buenaza y muy hacendosita y cogí y me levanté. Ahora, eso sí, me levanté con toda mi santa calma y me vestí bien (bien despacito) sin apuramiento. Luego bajé las escaleras muy señorón y encendí otro tabaquito en la calle y me llegué a la esquina a tomarme un cafecito de a tres. ¡Saliva de tigre! Es una salación esto de que los domingos no abra el puestecito de Inquisidor y tenga uno que caminar hasta el Muelle de Luz si quiere tomar un buen café. Miao de mono fue lo que tomé. Tuve que enjuagarme la boca con agua delante del tipo que vende el café y todo. Luego, pasito a pasito, vinimos para el Templete.

Por el camino Clodo cada vez que se encontraba con un conocido o con una amiga o con un pariente (porque esta mujer tiene más familia que si se llamara Valdés) había que verla, saludando con la cabeza, así, bajándola, como si fuera una duquesa rusa o algo por el estilo, sin decir nunca ni esta boca es mía. ¡Lo que hubiera gozado yo si hubiéramos tenido que hacer el viaje en guagua! Pero ella sabe más de la cuenta y me llevó caminando por la calle de San Innasio de manera que no se tuviera que encontrar con esas amigas de Inquisidor y Lamparilla, que son como cerca de seis mil negritas y todas son costureras y toditas, toditas usan espejuelos y siempre están cacheando a todo el que pasa con sus veinticuatro mil ojos.

Cuando llegamos a la Plaza de Armas ya estaba aquello lleno de gente y hasta el ayuntamiento estaba abierto y la banda municipal por allí con Gonzalo Roy y todo celebrando el día de San Cristóbal, de manera que nos tuvimos que meter por entre el gentío y colarnos hasta la reja del Templete. Y hasta ahí llegó mi amor.

Me negué redondamente a entrar y entonces ella se puso a halarme por un brazo y luego por una manga, hasta que finalmente se quedó haciendo así con la mano y me alejé de allí como perro con rabo enlatado y me perdí detrás del bombardino y de la batuta de Gonzalo Roy y del ruido tremendo que estaba armando la banda mientras tocaban el inno invasor. La vi, después, cuando se puso en coro alrededor de la ceiba con toda esa otra gente a quien la tipa esa que vive en el cuarto de al lado le debe haber metido en la cabeza esa idea de que si se le da la vuelta a la mata cerca de un millón de veces sin hablar ni media palabra, ni un suspiro y se va pidiendo una cosa, hasta que den la misa, la mata o el Templete o el cura que luego rosía con sus sermones el tronco de la mata o Gonzalo Roy o Dios, te lo conceden. Y así usted puede ver a las mujeres y a algunos hombres también, no crea, que de todo hay en el jardín, dándole la vuelta a la mata, calladitos pero pidiendo, pidiendo, pidiendo.

Ahí está ella, Clodo Pérez, mi mujer, tan cabezona, dándole todavía la vuelta al palo. Porque ya eso no es una ceiba ni ocho cuartos con lo seca que está. ¿Cómo la mata misma no se hace un milagro y se saca hojas de nuevo? Clodo va a decir que es porque la ceiba no puede darse la vuelta ella misma, seguro, y pidiendo su milagrito. Ya todo el mundo se ha ido para su casa y los de la orquesta recogieron y Gonzalo Roy a esta hora debe de estar durmiendo su siesta porque se pasó toda la santa mañana dirigiendo la banda como si estuviera muerto de sueño, de manera que debe de estar soñando que viene una mulata sabrosona y le dice *Cecilia Valdés mi nombre es.* Y yo estoy aquí fumándome mi tabaquito número noventainueve y mirando cómo mi mujer come esa mierda milagrosa. *Fumando espero a Clodomira Pérez.* Ahí está llamándome otra vez y diciéndome como el telegrafista del Morro, por señas, que venga yo también al tiovivo de la ceiba. A mí.

Fumar es un placer, sensual, idial, ritual.

Pero pensándolo mejor voy a ir. Yo no creo en nada de eso, pero voy a ir y me voy a poner a darle vuelta a la matica y todo. Ella se va a poner muy contenta y va a creer que estoy en lo suyo. La pobrecita: ella viéndome aquí solo sentadito en la sombra, resguardado de la solana, fumándome tranquilo mi tabaco cien. Seguro que se cree que yo no he abierto la boca en toda la santa mañana, que no he dicho ni esta boca es mía. ¿La mataré de un desengaño?

Voy a darle yo también mi vuelta boba a la ceiba.

La duración del tiempo

¿Y qué cren ustedeque me dis'el andoba? Me dijo, Pero compadre, mire qu'stés frecco. Asíqué vien'a pedila hora y luase comosí el reló fuera suyo, me dijo y depué me dise, dijo, E qu'em sucasa no l'han enseñao bueneducasión, me dijo, casi casi echando epuma pola boca, y yo to lo qu'ise fue asercadme y preguntadle mu bajito y mu bien, Dime laora tú, y ed tipo coje y me mira y sigue su camino como siná, y yo quecasi me chivateo pero tuavía mu fino ledigo, Dame laora miedmano. Y ed tipo lo qu'hiso fue soltadme tremendísima deccadga sosial y casi que mempuja y po poco tedminel asunto en guantanamera.

Alguandaba jorobao sedía podque siempre le pedío laora a toel mundo así y nadien nunca nunca m'ha fallao. ¡Qué femómemo caballero! Lo buenoque vino'tro tipo enseguía y como ya yo tenía mi aversidá me dije bajito bajito, Educasión Chema educasión, y mu fino así, hechun negro e sosiedá le digual tipo, Me ha-ria ed fa-vó y ed tipo coje y me enseña ed forro de su bolsillo y coje y mueve su manitos paun lao y pal otro y va y me dise, lo siento amigo, dise, Será otro día. ¡Eto sí qued grande! L'andoba m'había confundío conun poddiosero o limonero o pedigüeño como se dise vulgadmente. Lo malo nuera eso sinó qu'entuavía no sabía laora quera y a lar dos'y media en punto tenía qu'etal en la puedta el miniterio. ¡Tinto en sangre y envuerto n'algodón!

Panchita me dijo que mib'edperal allí y la veldá veldá que ¡yo confío ma pocoen la palabra la mujere! Y si va y viene un tipo en su maquinón, así, con su tabacón y su percha dril sien y su sombrerón jipijapa y su anillote y su sortijón dioro y su bigotón y su pelao renovasión y su bole lechuga, moni o divina padtora nel bolsillo y va y ed tipo en cuedtión coje y se me brinda llevalla en su convedtible a la casa y la mulata pa no dadse pitto y tuesa bobá coje y asessí y le dis'al tipo quesí quebueno quetábien y se me van lo do junto y poded camino se bajan y van y se me metenun bar y se mempiesana dad palo y palo. Mire, ma vale no pensalo podquel diablo son la cosa.

Etá claro yo podía apeame a caminad y llegad allá ma temprano que la dose, pero la veddá, nues podná, perue feo eso de ponedse a rondá la colmena comoun abipón. Ahora que si sabía l'hora y fueran, vamua desid, la dose meno dié, me podía idme caminando a buen pasito así y llegala'lla, digamo, dié minuto ante la salía. Fuenese presiso intante, como disenel radio, que vi venid una pureta, ocamba o durañona ella, que caminaba así, mú chévere, pa que no fueran desid qu'ella era ocambota y si la vieran d'epalda pensaran, Vaya qué pollo, pero cuando la vierane frente pue dijeran que tuavía se consedvaba y cosa d'esa. Así que me aselco y le digo a la puretona, considerao como so'yó, Joven, uté tiene. Y eso fue to loque pude desil podque la vieja en cuettión va y me dise, Tome, y me da tremendo calteraso, juán, con su caltela claro y se ponea gritá, Por atrevío, me dise, Desile esa grosería a una señor'e su casa, me dise. Y yo que me quedo así con la boc'abiedta así pero sin podel desil nietaboquemía y entonse va lansiana y se pone a gritá, Qué quiere, que llam'un guaddia. Quiere ved cómo lo llamo, negro atrevío, y como yo sé qué loque pasa cuanduna blanca detta se pone así y má mé sé qué loque pasa si vienel guaddia, anteque la sentenaria serrara la boca son su diente nuevesito, acabao de resibíd del dentitta, ya que yo me diparaba común cuete y salía d'allí común perro con bisulfuro nel culo. Lo ma lejo posible. Bueno, va y me digo a mí mimo, Chema hoy e'tú santo, ¿polqué no te cantel japi berdi? ¿Qué má tú quiere, que te regaleb trenta día na nnevera, nel firgodífrico o nel gao, vuggo cadse? Pero también me digo (uno se pué desil mucha cosa), No Chema, hay que verigual-la hora como sea a lo que sea, así que palante y palante. Y cojí y me puse eperal allí como cose diesaño hadta que pasó otro piatón o tipo en la guagua Sanfernando, dándole a lo taco nel duro y voy y me asedcual individo y va y le digo, M'hasel favod chico, ¿qu'hora serán? Y el tipo coje y me dice así como asombrao, Cómo, y yo le digo, Laora, y el tipo coje y me mira arriba abajo y con care tenel-la llave la felisidá 'n'la mano me dise, dijo, E una chiveta, dise, e una chiveta eso'l reló, dise, compral-lo, ponételo, aguantal caló, cuidal-lo, dalle cuelda, vigilá cade ve quedán el cañonaso a vel si son o no son la nueve y pa commo, ni te pue disculpá cuando llega talde, me dijo y me dijo tuavía, Quevá negrón, deso nadda. Entonse ya y yo de bobera que le digo, Pero ma o meno, compadre, y el tipo que me reponde, None mipadre, nisé qu'hora é ni m'impolta, y entonse va y parese que me ve mi care verra y me dise como acompañanduel sentimiento, me dise, Pero te voy a daruna letra mi hermano, me dise, tiene que ser ma de la sonse, polque mettá picando el etómago de mala manera. Y me dejó allí tirao nel suelo (un desil). ¿Quequé hise? Pue cojí y me puse a caminal y me llegué hata el mediol palque y el indio (el solibio, el soltisio) mestaba picandoen la nunca y en el cocote y poniéndome a secá la pasa, de manera que (apuradito) cojí y me metí debajo una mata y me senté (deplomao) enún banco y allí me quedé embelesao, paresío a un cantante e punto guajiro quetá perando que le venguna musa y va y sierro misojito y tengo etirada mi petaña que Dió me l'ha dao mu helmosilla y va y medá porabrillo y ¿qué crén utede que veo allí posado alaíto mío? Puejún tipo grande, blanconaso él, de bigote mejicano así chorriao y con un sombrero fibra y su palillito consecutivo en laboca, así como pegao con cola a la bemba, y me doy cuenta quel tipo metá disiendo algo, chamullando mu bajito, así como un apótol, vendedol de manteca o empujadol (vuggo, *ependedol*). ¿Qué fue?, le pregunto. ¿Cómo dijo? Y me dise, Que si me quiere compráreto, me dise. Te lo doy barato, y me enseña (sacándolo) un reló pulsera, nuevo, nuevesito, brillante, así doradito y todo, chico, que paresía quel andoba se luabía afanao duna joyería o cosa por el etilo. Yo que veo aquello y que me avalanso sobrel tipo como si fuera ete tipo, Jonguáune, el de la película vaquero, quetá nel desielto y to lleno e polvo ve como eta tipa, Lanaturne, mu tiposa ella, baretosa, con su tetrona asi dupuetta y una sonrisa doreja oreja, qu'e como desil a to el ancho ela pantalla, letá enseñando una botella con aua y un vaso daua, y el tipo éte que levanta la mano y se sonríe polque aua (que tanto nesesita) ahí la tiene y el tipo loquetá soñando polque to noemá q'un epejimo, visione: cosa désa. Asimimitico, pol mi madre, me le tiro yo al reló, pero el fulano qu'e d'anjá coje y me quita el reló de delante y lo que me pone en su lugar ejuna manasa en la que me cabía no mi mano sinotambién el cuepo y el banquito enquetoy sentao y to el palque si te decuida y va y coje y me hase así y me agarra la mano me laprieta que creiba que letaba sacandoel jugo, y va el tipo y me dise, Uan momen véneca, me dise, chamullando corretto de veldá veldá, me dise, queso no e de lata, me dise y luego me dise, Si tú lo compra te lo dejo vel, me dise y luego dise, Pero na dándolo manosiando ni cosa desa pa dispué no ferialo, me dise y luego dise (apretando na tuavía), dise, ¿Me oite? (¿Cómo no lo vua oil si lo tengo ahí pegao como la mantequilla nel pan?) El tipo que me suetta la mano, pero la pobre manito mía que se queda colgando nel aire, esprimía toa, así, como el bagaso d'una mano, pero como yo etoy con mi osesión d'la hora pue ni siento doló y le digual tipo, mu simulao así como soy yo, hecho un attol, ¿Tiene hora mulatón? le digo y el tipo va y me dise, ¡Qué pregunta compadre! Claro que tiene, ¿cuándo utéha vito un reló sinora? Tiene y de la buena buena, como namá dan laora lo reloje fino, me dise y luego dise, ¿lo toma o lo deja?, así con una vo d'Epumarejo en su programa de lo sesenticuatro mil baro. Yo, entonse, jugándomel to pol el to, va y le digo, lo compro, sosio, pero si me deja vel laora primero, le digo. Y el tipo ya y me dise, Deso nad-da, mi tierra, me dise y luego dise, El malcatiempo se vende conora y to, y añade, ¿Qué le parese? Entonse yo que cojo y le hago lo que se llama una contraproposisión. Bueno ¿cuánto?, y el hombre se me queda en la sombraduna duda un intante, como sacando cuenta así con lo dedo del selebro (do pordó cuatro ma cuatro igual ocho meno do) y en un final me dise, Bueno por ser pa ti te lo doy barato, dise y luego dise, Sei.

    Yo sabía dedde el prinsipio que no luiba conpral, poreso que me puse a regatiar. Etá carito, le digo. Te doy tre, le digo y el tipo que me mira con su ojo bueno (polquel otro lo tenía medio viroteao así paun lao como lo camaleone) y me dise, Sei, me dise y luego dise, Niuno ma niuno meno pariente, dise y luego dise, Sei y etá tirao. Y yo que le digo, Tre, así como Yeimeison en su película esa en quejun epía notorio deso. Pero el tipo que no come deso y me dise con un cara ma mala que la d'Alcapón, Mira perico, sei ejel unico presio, me dise y luego dise, Mintente regatial polque t'undo la canoa. Yo, la velda que measutté. Pero compadre pudo ma el problemia ete del tiempo que ejenel presente de lo má peltulbadol y me le aseco al tipo y le digo, No tengo tanta patora ensima mi padre, ledigo, pero te propongo un trato, y va y el tipo me dise, ¿Ejel del equeleto? Jaraniando en un momento comuese. Y yo le digo, No enserio, le digo, te compro laora, le digo. ¿Quécosa?, me disel tipo. Laora namá, le digo. Tú me dise laora y yo te la compro. El feriante, vuggo *mescadel* (mentira muchacho, lo qu'era era tremendo jamonero el tipo), se quedó así alelao, medio peplejo, pero como se ve quejun tipo con su eperiensia me pregunta enseguía, ¿Y en cuánto? Y ahí cayó el tipo.

Una peseta, le digo mu inglé, así sin mucho apuro en sabel laora. Pero el tipo seguro quera un taimao polque sesopechó algo tulbio y me dise, Mu poco. Do tapa, me dise queriendo desil do pecuña. Una peseta, le digoyó. Do, me disel tipo, dándome el do de pecho. Traté de llegal aun almitisio. Ventisinco. Y el tipo que cai y se pone a pensá un momento y va y me dise, Bueno vaya, me dise y luego dise, Pero yo te la digo. Dacueldo. Venga, dila dígole. No deso nad-da, me dise el tipo y luego dise, Dando y dando. Porvensía. Cojo y saco mi tapa y mi niquel bolsillo (toa mi fortuna, bueno, casi) y se la doy al tipo. Aquí etá, dígole. Venga laora. Ponla enla mano, disel tipo y yo le pongo la do moneíta en la mano y la veo peldía allí tan chiquita en la plasoleta de la manasa del tipo. Y ante que me de tiempo a desile, Toma y laora, el tipo que me coje la mano con su mansana y media de mano y agarra la monea y lecha una ojeá al reló y secha el guano nel bolsillo. Vuélvete a echale otra ojeá al reló y me dise mu tranquilo, La meno dié. ¿La dose?, le pregunto yo d'injenuo. No, me disel tipo y luego dise, la tre meno dié. Y yo que pegoun satto que me pueo sentar tranquilo nuna rama e la mata y me apeo dallá riba. ¿Cómo? ¡No pue sel!, le digo dígole. Puejé, me disel tipo. Qué clase ficha: tremendo punto con tremenda moral (de delincue) el tipo. ¿La meno dié?, dígole y le digo, No hombre no. Puejesa hora tiene el reló, me dise y luego dise, La tre meno dié, dise y luego dise, A eme. ¡Cómo aeme! le digoyó. Sié mediodía. Y va y me disel tipo, Aeme. Eso dise mi reló y mi reló no dise mentira. Andará mal tú, le digo y el tipo que se pone pie y veo que e ma lalgo qu'el me denero. Yo no digo, me dise, que no ande mal ni que ande bien o ande regulal, me dise y luego dise, Yo digo qu'esa hora tiene mi reló y ésa e la hora pamí. Yo que me levanto también y veo que le llego al tipo un poco ma jarriba la sintura pero como etoy tan chivatiao ni me doy cuenta (y ése fue mi errol) va y le digo, uté m'engañao, dígole. Mestafó, dígole y le manoteo y to. (Yo que me veo reflejao en la hebilla de su sinturón, tirando tremendo caltón). Y óigame, al tipo le cambió la cara de fea pa ma fea y dispué pa horrorosa y ahora que se me parese al mimo montruo e Franquetén y la veldá veldá que mediodía y to me dio calofrío (dolsal). Oiga, me disel tipo así mu suavesito, pero con ese suavesito e Petelorre que mete mieo de veldá. Oiga sosio, me dise y luego dise toavía bajitico, no vuelva usal esa palabrita que se le pue trabal n'la gaganta, me dise y luego dise, Ésa son palabra epina e pescao y pué hogarsel que se la trague, me dise y luego dise, Y cuando a mí me la disen, hay que *tra-ga-sela*. No nesesitaba epejo pa sabel que yo debía sel un semáforo del rojo pal velde y del velde pal amarillo y del amarillo pal canario y del canario pal amarillo jutia: y jutia me queo. Eso me dijo y dipué (enseguía) me dijo, Y se la va tragal miamigo, me dise y me coje poler cuello y lo juro po mi madre qu'etá en Manzanillo que sentí cómo la palabra me rapaban la gaganta una una. Peldone, le dije al tipo entre epina y epina, No quise ofendel, y el tipo (rencorista) que me dise, Pue lo hiso amiguito lo hiso. Fue sin querel, que le digo yo y siento otra dosena epina que me bajan y suben polel garnate. Sin querel, me disel tipo, sin querel misieron a mí y míreme aquí. Entonse yo que me rebajo ma tuavía (siempre se pue uno rebajá un poco ma) y me sale una vo finitica finitica que le dise al tipo tarajalludo (y abusadol) ete, Se lo juro, fu sin querel, le digo con esa mima vos. No quise desil eso y ademá, ya me tragao toas la palabra. Entonse el tipo va y afloja la presión sobrel garnate (vuggo cuello) y me dise, Bueno, etá bien, me dise y luego dise, se la voy a pasal, dise y luego dise, No quiero una salasión por cuenta e minuto ma o minuto meno, y me da un empujón y me sienta en el banco (del parque) despera.

Allí mimmo me quedé viendo cómo el hombre siba tan silente como vino y ni siquiera tuve fuelsa pa desil-le adió y así tuve to un rato hatta que vi venil una muchachita envuettica encarne, que cuando pasó frente al banco etaba batante goldita y entonse oigo que alguien le pregunta laora y me digo, Ay me salvé, m'hisieron el favó de grati. Pero mira que yo soy bobo, que la muchacha mira pal banco, pamí y me dise, Ay señol, polque resutta qu'era yol que hablaba. Me dise, No sabe cuánto lo siento, me dise y luego dise, Pero no llevo laora. Y coje y se mira pa la muñeca, mejor muñequita, polque yo letaba viendo el relojito allí nel brasito y me dise, Etá parao. No lo llevo ma que pa lusil. Sí claro, le digo yo, asiéndome el filoso, reloje mujel. Y ella mu grasiosa que me dise, Eso mimmo dise mi novio. Y le doy la grasia y ella me da un nohaydequé y se va con la mimma y se me va poniendo cada ve ma ebeltica hatta que no la veo má.

Ya nisé cuánta hora llevo nel banco aquel, medio embobesio pola calor, casi como con fatiga, cuando me digo qu'hay quirse y echo a caminal pol sentro el palque y me cruso con un tipo y así como en la dié dúltima le pregunto al tipo al pasal, Oiga amí, ¿me pué desila hora? Y el hombre que me mira arriba abajo y se mecha a reír. Ya eto e demasiao y le pregunto al tipo, yo medio chivatiao (pero con cuidao: la letra con la sangrentra), ¿Qué pasa? le digo. Dígole: ¿Tengo mono enla cara oqué? Mono no, me dise el tipo, díjome y luego dise, lo que tiene una venda, me disel tipo y va y viene con mucha confiansa me agarra porun braso y polel otro y me da una vuetta completa y medise, Compadre, ¿e que uté no tiene ojo enla cara?, me dise y luego dise: Mira pa enfrente. Y yo cojo y levanto la cabesa y dipué levanto losojo y miro pal frente y allí enfrente el palque, enun edifisio dofisina veo un reló grande Enolme IMENSO donde etán dando nette debido momento launa en punto e la talde. Dindondín, *Oca Gome-plata da laora* y yo loque quiero desaparesel del mapa (vuggo planeta tierra) y digo dándole una moldia a ca letra, *Tra-ga-mé* globo terraquio.

Madre no hay más que una

Mamá se fue por Camarioca. Insistió en reunirse con sus hijos en Miami, pero no reparó en que me dejaba a mí detrás. Verdad que estoy casado pero una madre es siempre una madre. La mujer es la mujer pero en último término es siempre útil y si te duele la cabeza o coges un catarro viene a la cama con un cocimiento o te trae una aspirina. Bueno, sí, cuando había aspirinas. Ahora si te duele la cabeza el remedio que te dan es duélele tú a ella, que es estúpido como remedio pero es la dura realidad. No que a mí me duela la cabeza a menudo, a quien le duele es a Eneida. Sí, así se llama mi mujer. Hace mucho tiempo que le expliqué que nadie se llama como un poema antiguo. Pero ella insiste que ése es su nombre, el que le dio su madre que en paz descanse. En todo caso una mujer, no importa el nombre, no es una madre. A Eneida le molesta tanto lo que ella llama mi filosofía, que no es la primera vez que me dice que debía haberme casado con mi madre. Lo que es una herejía. El incesto, tener relaciones con tu madre, me parece abominable, sin siquiera hablar de sexo.

Todo comenzó cuando Eneida empezó a sentir más que dolores de cabeza. Era una debilidad general y por supuesto no había nada que hacer excepto hacer que se sentara primero y que se acostara después. Pero, dijo ella sin preguntarlo, quién se haría cargo de la casa. No habría mucho que comer pero lo poco que había había que hacerlo, es decir cocinar pero como no había grasas ni aceite no tenía que pensar en freír. Tampoco asará nada porque no había nada que asar: ni carne ni pescado. Ella no se quejaba de la carencia, solamente de su debilitamiento.

Todo continuó con sus desmayos y vahídos.

Vino el médico, la vio y decretó más que diagnosticó: «Falta de vitaminas», luego explicó: «La vitamina es la fuente de la vida. Viene de vita, y mina, que ya sabe usted». Yo sabía, claro que sabía, pero lo que no sabía era dónde encontrar las vitaminas. ¡Si no había siquiera aspirinas! Menos mal que no le dolían las muelas, porque de tener dolor y el dentista decir que había que sacar la pieza, pero sin anestesia, porque no había anestésicos y había que pedirlos a la FE (familia en el Exterior) y llevar cada uno su anestesia al visitar al dentista.

Fue idea de Eneida traer las vitaminas de donde se traía la anestesia: de Miami. Pedirle, ordenó más que sugirió, a mi hermano en Miami por una ración (como si estuviéramos en una fonda de antes) de vitaminas. Escribí la carta y la mandé con la esperanza de que no llegara nunca, pero lo que es peor, llegó la carta con mi petición porque a las pocas semanas (la llegada de cartas del exterior siempre se mide en semanas de espera) vino la carta respuesta. Es decir vinieron las vitaminas sin ninguna explicación ni panfleto de instrucciones. Eneida se sintió mejor desde la llegada del frasco con vitaminas en polvo y la tomó ávida de la vida como si el polvo fuera un filtro de amor. Inclusive se dejó acariciar por mí y fuimos una o dos veces a la cama juntos. Pero antes de que se acabara el frasco con vitamina se acabó la mina de vida. Vino en la forma de carta de mi hermano que nunca escribía. Se la voy a leer a ustedes sin quitar punto ni coma —que mi hermano, por otra parte, no sabía dónde ponerlos.

He aquí su carta:

«Querido hermano, espero que esta carta te encuentre bien en unión de los tuyos. Debía haberte escrito junto al envío pero la nota que te hice adjunta de alguna manera se perdió.»

Mi hermano siempre ha sido circunspecto y amigo del rodeo, pero continuó:

«El frasco fue el más grande que encontré que no despertara sospechas.»

¿De qué sospechas habla?

«Pude hacerlo pasar como vitamina en polvo.»

¿Hacerlo pasar por dónde?

«Confío en que llegara intacto. De ser así quisiera que no las cambiaras de contenedor.»

¿Cómo comer vitaminas sin abrir el frasco?

«Quisiéramos además que las mantuvieras en un lugar seco y oscuro.»

¿De qué habla?

«Ya cuando volvamos toda la familia o lo que quede de ella podremos reunirnos para esparcirlas por la casa vieja, si es que todavía vives en ella.»

¿Esparcir qué? ¿Esparcir las vitaminas después de guardarlas? ¿Pero no sabe que las vitaminas son para tomarlas Eneida?

«Esas cenizas deben ser sagradas.»

¿Cenizas? ¿Sagradas? ¿Cenizas sagradas?

«Pues su última voluntad fue ser cremada y sus cenizas enviadas a ti en Cuba.»

¿Cenizas sagradas? ¿Habré leído bien?

«Pues fue su última voluntad.»

¿Voluntad de quién? ¿La última voluntad de mamá?

«De ser cremada y enviadas las cenizas a Cuba.»

Entonces, ¿lo que contenía el frasco de vitaminas no eran vitaminas? Entonces, entonces —mi mujer se comió a mi mamá. A sus cenizas como vitaminas. Eneida convirtió a mi madre en fuente de vida. Mi mujer se comió a mi mamá. Mi mujer se comió a mi madre ayer. ¿O fue antier?

Historia de un bastón y algunos reparos de Mrs Campbell

La Historia

Llegamos a La Habana un viernes alrededor de las tres de la tarde. Hacía un calor terrible. Había un techo bajo de gordas nubes grises, negras más bien. Cuando el ferry entró en el puerto se acabó la brisa que nos había refrescado la travesía, de golpe. La pierna me estaba molestando de nuevo y bajé la escalerilla con mucho dolor. Mrs Campbell venía hablando detrás de mí todo el santo tiempo y *todo* le parecía encantador: la encantadora pequeña ciudad, la encantadora bahía, la encantadora avenida frente al muelle encantador. A mí me parecía que había una humedad del 90 o 95 por ciento y estaba seguro de que la pierna me iba a doler todo el fin de semana. Fue una buena ocurrencia de Mrs Campbell venir a esta isla tan caliente y tan húmeda. Se lo dije en cuanto vi desde cubierta el tejado de nubes de lluvia sobre la ciudad. Ella protestó y dijo que en la oficina de viajes le habían jurado que siempre pero siempre había en Cuba tiempo de primavera. ¡Primavera mi adolorido pie! Estábamos en la zona tórrida. Se lo dije y me respondió: «*Honey, this is the Tropics!*».

Al borde del muelle había un grupo de estos encantadores nativos tocando una guitarra y moviendo unas marugas grandes y gritando unos ruidos infernales que ellos debían llamar música. También había, como decorado para la orquesta aborigen, una tienda al aire libre que vendía frutos del árbol del turismo: castañuelas, abanicos pintarrajeados, las marugas de madera, palos musicales, collares de conchas de moluscos, objetos de tarro, sombreros de paja dura y amarilla y cosas así. Mrs Campbell compró una o dos cosas de cada renglón. Estaba encantada. Le dije que dejara esas compras para el día que nos fuéramos. «*Honey*», me dijo, «*they are souvenirs*». No entendía que los souvenirs se compran a la salida del país. Ni tenía sentido explicarle. Afortunadamente en la aduana fueron rápidos, cosa que me asombró. También fueron amables, de una manera un poco untuosa, ustedes me entienden.

Lamenté no haber traído el carro. ¿De qué vale viajar en ferry si no se trae el automóvil? Pero Mrs Campbell creía que perderíamos mucho tiempo aprendiendo las leyes del tránsito. En realidad, temía otro accidente. Ahora tenía una razón más que agregar: «*Honey*, con la pierna *así no* podrías conducir», dijo ella. «*Lets get a cab.*»

Pedimos un taxi y algunos nativos —más de los convenientes— nos ayudaron con las maletas. Mrs Campbell estaba encantada con la proverbial gentileza latina. Inútil decirle que era una gentileza proverbialmente pagada. Siempre los encontraría maravillosos, antes de llegar ya sabía que todo sería maravilloso. Cuando el equipaje y las mil y una cosas que Mrs Campbell compró estuvieron en el taxi, la ayudé a entrar, cerré la puerta, en competencia apretada con el chofer, y di la vuelta para entrar más cómodamente por la otra puerta. Habitualmente yo entro primero y luego entra Mrs Campbell, para que le sea más fácil, pero aquel gesto de cortesía impráctica que Mrs Campbell, deleitada, encontró *very Latin*, me permitió cometer un error que nunca olvidaré. Fue entonces cuando vi el bastón.

No era un bastón corriente y no debía haberlo comprado por esa sola razón. Era llamativo, complicado y caro. Verdad que era de una madera preciosa que a mí me pareció ébano o cosa parecida y que estaba tallado con un cuidado prolijo —que Mrs Campbell llamó exquisito— y que pensando en dólares no era tan costoso en realidad. Miradas de cerca las tallas eran dibujos grotescos que no representaban nada. El bastón terminaba en una cabeza de negra o de negro —nunca se sabe con esta gente, los artistas— de facciones groseras. En general era repelente. Sin embargo, me atrajo enseguida y aunque no soy hombre de frivolidades, creo que pierna dolorosa o no, lo habría comprado. (Tal vez Mrs Campbell al notar mi interés me hubiera empujado a comprarlo.) Por supuesto, Mrs Campbell lo encontró bello y original y —tengo que coger aliento antes de decirlo— *excitante*. ¡Dios mío, las mujeres!

Llegamos al hotel, tomamos las habitaciones, felicitándonos porque las reservaciones funcionaran, subimos a nuestro cuarto y nos bañamos. Ordenamos un *snack* a *room-service* y nos acostamos a dormir la siesta —cuando estés en Roma... No, en realidad hacía calor y demasiado sol y ruido afuera, y se estaba bien en la habitación limpia y cómoda y fresca, casi fría por el aire acondicionado. Estaba bien el hotel. Verdad que cobraban caro, pero lo valía. Si alguna cosa han aprendido los cubanos de nosotros es el sentido del confort y el Nacional es un hotel cómodo y mucho mejor todavía, eficiente. Nos despertamos ya de noche y salimos a recorrer los alrededores.

Fuera del hotel encontramos un chofer que se ofreció a ser nuestro guía. Dijo llamarse Raymond Algo y nos mostró un carnet sucio y descolorido para probarlo. Después nos enseñó este pedazo de calle que los cubanos llaman La Rampa, con sus tiendas y sus luces y la gente paseando arriba y abajo. No está mal. Queríamos conocer Tropicana, que se anuncia dondequiera como «el cabaret más fabuloso del mundo» y Mrs Campbell casi hizo el viaje por visitarlo. Para hacer tiempo fuimos a ver una película que quisimos ver en Miami y perdimos. El cine estaba cerca del hotel y era nuevo y tenía refrigeración.

Regresamos al hotel y nos cambiamos. Mrs Campbell insistió en que yo llevara mi tuxedo. Ella iría de traje de noche. Al salir, la pierna me estaba doliendo de nuevo —parece que a consecuencia del frío en el cine y en el hotel— y agarré el bastón. Mrs Campbell no hizo objeción y más bien pareció encontrarlo divertido.

Tropicana está en un barrio alejado de la ciudad. Es un cabaret casi en la selva. Sus jardines crecen sobre las vías de acceso a la entrada y todo está lleno de árboles y enredaderas y fuentes con agua y luces de colores. El cabaret puede anunciarse como físicamente fabuloso, pero su show consiste —supongo que como todos los cabarets latinos— en mujeres semidesnudas que bailan rumba y en cantantes que gritan sus estúpidas canciones y en *crooners* al estilo del viejo Bing Crosby, pero en español. La bebida nacional en Cuba se llama Daiquiri y es una especie de batido helado con ron, que está bien para el calor de Cuba —el de la calle me refiero, porque el cabaret tenía el «típico», según nos dijeron, «aire acondicionado cubano», que es como decir el clima del polo norte entre cuatro paredes tropicales. Hay un cabaret gemelo al aire libre, pero esa noche no estaba funcionando, porque esperaban lluvia. Los cubanos son buenos meteorólogos, porque no bien empezamos a comer una de estas comidas llamadas internacionales en Cuba, llenas de grasa y refritas y de cosas demasiado saladas con postres demasiado dulces, empezó a caer un aguacero que sonaba fuera por encima de una de esas orquestas típicas. Esto lo digo para indicar la violencia de caída del agua, pues hay pocas cosas que suenen más alto que una orquesta cubana. Para Mrs Campbell todo era el colmo de lo salvaje sofisticado: la lluvia, la música, la comida, y estaba encantada. Todo hubiera ido bien —o al menos pasable, porque cuando cambiamos para whisky y soda simplemente, casi me sentí en casa—, si no es porque a un estúpido emece maricón del cabaret, que presentaba no solamente el show al público, sino el público a la gente del show, si a este hombre no se le ocurre preguntar nuestros nombres —y quiero decir, a todos los americanos que estábamos allí... y empieza a presentarnos en un inglés increíble. No solamente me confundió con la gente de las sopas, que es un error frecuente y pasajero, también me presentó como un playboy internacional. ¡Pero Mrs Campbell estaba al borde del éxtasis de risa!

Cuando dejamos el cabaret, después de medianoche, había terminado de llover y hacía menos calor y la atmósfera ya no era opresiva. Estábamos los dos bien tomados, pero no olvidé el bastón. Así que con una mano sostenía el bastón y con la otra a Mrs Campbell. El chofer se empeñó en llevarnos a ver otra clase de show, del que no hablaría si no tuviera la excusa de que tanto Mrs Campbell como yo estábamos muy bebidos. A Mrs Campbell le pareció excitante —como la mayoría de las cosas en Cuba—, pero yo tengo que confesar que lo encontré bien aburrido y creo que me dormí. Es una rama local de la industria del turismo, en que los choferes de alquiler actúan como agentes verdaderos. Lo llevan a uno sin pedirlo y antes de que usted se dé cuenta, está ya dentro. Es una casa como otra cualquiera, pero luego que uno está dentro lo pasan a un salón donde hay sillas en derredor, como en uno de esos teatros puestos de moda por los años cincuenta, teatro en redondo, solamente que en el centro no hay escenario, sino una cama, una cama redonda. Sirven bebidas —que cobran mucho más caras que en el cabaret más caro— y luego, cuando está todo el mundo sentado, apagan las luces y encienden una luz roja y otra azul encima de la cama, pero usted puede verlo todo muy bien. Y entran dos mujeres, desnudas. Se acuestan en la cama y comienzan a besarse y a hacer el amor y algunas cosas realmente abominables por la indecencia, la poca higiene. Luego entra un hombre —un negro era, que se veía más negro por la iluminación— con un sexo exageradamente largo y hace cosas tan terriblemente íntimas con estas mujeres y parecen divertirse con todo. Había allí unos cuantos oficiales de marina, por lo que me pareció todo muy antipatriótico, pero ellos parecían divertirse y no es asunto mío si se divierten en estas cosas con uniforme o sin él. Después que terminó la *performance,* encendieron las luces y —habrá descaro— las dos mujeres y el negro saludaron al público. Este individuo y las mujeres hicieron algunos chistes a costa de mi tuxedo y el color negro de mi bastón, completamente desnudos allí frente a nosotros, y los marinos se divertían y hasta Mrs Campbell parecía divertida. Finalmente el negro se acercó a uno de los oficiales y le dijo en un inglés muy cubano que odiaba a las mujeres, dándole a entender algo muy sucio, pero los marineros se reían a carcajadas y Mrs Campbell también. Todos aplaudieron.

  Dormimos hasta las diez de la mañana del sábado y a las once fuimos a esta playa, Varadero, que está a unas cincuenta millas de La Habana y estuvimos todo el día en la playa. Había un sol terrible, pero el espectáculo del mar con sus variados colores y la arena blanca y los viejos balnearios de madera parecía algo digno de un film en colores. Hice muchas fotos y Mrs Campbell y yo la pasamos muy bien. Aunque por la noche toda la espalda la tenía cubierta de ampollas y padecía una indigestión por culpa de estas comidas cubanas hechas con mariscos, tan excesivas. Regresamos a La Habana, traídos por Raymond, que nos dejó en el hotel después de medianoche. Me alegré de encontrar mi bastón en la habitación, esperándome, aunque no lo necesité en todo el día, pues el sol y el agua de mar y el calor menos húmedo me habían mejorado la pierna. Mrs Campbell y yo estuvimos tomando en el bar del hotel hasta bien tarde, oyendo más de esta música extremista que a Mrs Campbell parece encantarle y me sentía bien, porque bailé con el bastón en la mano.

    Al otro día, domingo por la mañana, despedimos a Raymond hasta la hora de regresar al hotel a recoger nuestras cosas. El ferry se iba a las dos de la tarde. Luego decidimos salir a caminar por la ciudad vieja y mirar los alrededores un poco y comprar algunos souvenirs más, de acuerdo con el deseo de Mrs Campbell. Hicimos las compras en una tienda para turistas frente a un cariado castillo español, que está abierto todos los días. Íbamos cargados con los paquetes y decidimos sentarnos en un viejo café a tomar algo. Todo estaba muy callado y me gustó la atmósfera antigua, civilizada del domingo allí en la parte vieja de la ciudad. Estuvimos bebiendo durante una hora o cosa así y pagamos y salimos. A las dos cuadras recordé que había dejado el bastón olvidado en el café y regresé. Nadie parecía haberlo visto, lo que no me extrañó: estas cosas suceden. Mortificado, salí a la calle, con un disgusto demasiado profundo para una pérdida tan insignificante. Mi asombro, pues, fue extraordinario y grato cuando al doblar una calle estrecha hacia un stand de taxis, iba un viejo con mi bastón. De cerca, vi que no era un viejo, sino un hombre de edad indefinible, visiblemente un idiota mongólico. No era cuestión de entenderse con él ni en inglés ni en el precario español de Mrs Campbell. El hombre no comprendía y se aferraba al bastón.

    Temí una situación de *slapstick* si agarraba el bastón por un extremo, como me aconsejó Mrs Campbell, habida cuenta que el mendigo —*era* uno de estos mendigos profesionales que abundan en estos países— se veía un hombre fuerte. Traté de hacerle entender que el bastón era mío, por señas, pero no lograba más que hacer unos ruidos extraños con su garganta por toda respuesta. Por un momento pensé en los músicos nativos y en sus canciones guturales. Mrs Campbell sugirió que le comprara mi bastón, pero no quise hacerlo. «Querida», le dije, tratando al mismo tiempo de cerrarle la retirada al mendigo con mi cuerpo, «es una cuestión de principios: el bastón me pertenece». No iba a dejar que se quedara con él porque fuera un morón y mucho menos se lo iba a comprar, porque era prestarse a una extorsión. «No soy hombre de chantaje», dije a Mrs Campbell, bajando de la acera a la calle, porque el mendigo amenazaba cruzar al otro lado. «Lo sé, *honey*», dijo ella.

Pronto tuvimos una pequeña turba local a nuestro alrededor y me sentí nervioso, pues no quería ser víctima de ninguna *lynching mob,* ya que yo parecía un extranjero que abusaba de un nativo indefenso. La gente, sin embargo, se portó bien, dadas las circunstancias. Mrs Campbell les explicó lo mejor que pudo y hasta hubo uno que hablaba inglés, un inglés bien primitivo, que se ofreció de mediador. Intentó, sin ningún éxito, comunicarse con el idiota. Éste no hacía más que abrazar el bastón y hacer señas y ruidos con la boca indicando que era suyo. La multitud, como todas las turbas, unas veces estaba de parte mía y otras de parte del mendigo. Mi esposa trataba de explicarles todavía. «Es una cuestión de principios», dijo, más o menos en español. «Mr Campbell es el legítimo dueño del bastón. Lo compró ayer, lo olvidó esta mañana en un café, este señor», se refería al cretino, a quien apuntaba con el dedo, «lo tomó, y no le pertenece, no, amigos». La gente estaba ahora de nuestra parte.

Pronto fuimos una molestia pública y vino un policía. Afortunadamente era un policía que hablaba inglés. Le expliqué lo que pasaba. Trató de dispersar la multitud, pero aquella gente estaba interesada tanto como nosotros en la solución del problema. Habló con el idiota, pero no había manera de comunicarse con aquel hombre, como ya le había explicado. Es cierto que el policía perdió la paciencia y sacó su arma para conminar al mendigo. La gente hizo silencio y temí lo peor.

Pero el idiota pareció comprender y me entregó el bastón, con un gesto que no me agradó. El policía guardó el arma y me propuso que le diera algún dinero al morón, no como compensación, sino como un regalo «al pobre hombre», en sus palabras. Me opuse abiertamente: esto era aceptar un chantaje social, puesto que el bastón me pertenecía. Lo expliqué al policía. Mrs Campbell trató de interceder, pero no vi razón para ceder: el bastón era mío y el mendigo lo había tomado sin ser suyo, darle cualquier dinero por su devolución era recompensar un robo. Me negué. Alguien en la multitud, según me explicó Mrs Campbell, propuso una colecta. Mrs Campbell, de puro corazón tonto, quería contribuir de su bolsillo. Había que terminar con aquella situación ridícula y cedí, aunque no debí haberlo hecho. Le ofrecí al idiota unas cuantas monedas —no sé cuántas exactamente, pero casi tanto como me costó el bastón— y quise dárselas, sin rencor, pero el mendigo no quiso aceptarlas. Ahora actuaba su papel de parte ofendida. Mrs Campbell medió. El hombre pareció aceptar, pero enseguida rechazó el dinero con los mismos ruidos guturales. Solamente cuando el policía tomó el dinero en su mano y se lo ofreció, lo aceptó. No me gustó nada su cara, porque se quedó mirando el bastón, cuando yo me lo llevaba, como un perro que abandona un hueso. Por fin terminó aquel incidente desagradable y tomamos un taxi allí mismo —conseguido por mediación del policía, amable como era su deber— y alguien aplaudió cuando nos íbamos y algunos nos saludaron con benevolencia. No pude ver la cara del cretino y me alegré. Mrs Campbell no dijo nada durante todo el viaje y parecía contar mentalmente los regalos. Yo me sentía muy bien con mi bastón recobrado, que sería luego un souvenir con una historia interesante, mucho más valioso que los comprados por Mrs Campbell a montones.

  Llegamos al hotel y dije en la carpeta que regresábamos a nuestro país esa tarde, que nos prepararan la cuenta, que almorzaríamos en el hotel. Subimos.

  Como siempre, abrí la puerta y dejé entrar a Mrs Campbell, que prendió la luz porque las cortinas estaban todavía corridas. Ella entró al salón y siguió al cuarto. Cuando encendió la luz, dio un grito. Creí que la había cogido la corriente, pensando que en el extranjero siempre hay voltajes peligrosos. También pensé en algún insecto venenoso o en un ladrón sorprendido. Corrí al cuarto. Mrs Campbell aparecía rígida, sin poder hablar, casi en un ataque de histeria. No comprendí al principio qué pasaba, viéndola en medio del cuarto, catatónica. Pero ella me señaló con ruidos de su boca y la mano hacia la cama. Allí, en una mesita de noche, cruzado sobre el cristal, negro sobre la madera pintada de verde claro, había *otro* bastón.

Los Reparos

Mr Campbell, escritor profesional, hizo mal el cuento, como siempre.

La Habana lucía bellísima desde el barco. El mar estaba en calma, de un azul claro, casi celeste a veces, mechado por una costura morada, ancha, que alguien explicó que era el *Gulf Stream*. Había unas olas pequeñas, espumosas, que parecían gaviotas volando en un cielo invertido. La ciudad apareció pronto, blanca, vertiginosa. Había nubes sucias en el cielo, pero el sol brillaba afuera y La Habana no era una ciudad, sino el espejismo de una ciudad, un fantasma. Luego se abrió hacia los lados y fueron apareciendo unos colores rápidos que se fundían enseguida en el blanco soleado. Era un panorama, un CinemaScope real, el cinerama de la vida: para complacer a Mr Campbell, que tanto le gusta el cine. Navegamos por entre edificios de espejos, reverberos que comían los ojos, junto a parques de un verde intenso o quemado, hasta otra ciudad más vieja y más oscura y más bella. Un muelle se acercó lenta, inexorablemente.

Es cierto que la música cubana es primitiva, pero tiene un encanto alegre, siempre una violenta sorpresa en reserva, y algo indefinido, poético, que vuela arriba, alto, con las maracas y la guitarra, mientras los tambores la amarran a la tierra y las claves —dos palitos que hacen música— son como ese horizonte estable.

¿Por qué esa dramatización de la pierna impedida? Quizá quiere parecer un herido de guerra. Mr Campbell lo que padece es reumatismo.

El bastón era un bastón corriente. Era de madera oscura y quizás era bello, pero no tenía dibujos extraños ni una cabeza andrógina por empuñadura. Era un bastón como hay tantos por el mundo, rudo, con un atractivo pintoresco: todo, menos extraordinario. Supongo que muchos cubanos han tenido un bastón idéntico. Jamás dije que el bastón era excitante, ésa es una grosera insinuación freudiana. Además, nunca compraría la obscenidad de un bastón.

El bastón costó bien poco. El peso cubano vale lo mismo que el dólar.

Muchas cosas en la ciudad me parecieron encantadoras, pero jamás he sufrido el pudor de los sentimientos y puedo nombrarlas. Me gustó la ciudad vieja. Me gustó el carácter de la gente. Me gustó, mucho, la música cubana. Me gustó Tropicana: a pesar de ser una atracción turística que lo sabe, es hermoso y exuberante y vegetal, como la imagen de la isla. La comida era pasable y las bebidas como siempre dondequiera, pero la música y la belleza de las mujeres y la imaginación desatada del coreógrafo fueron inolvidables.

Mr Campbell se empeña, con sus razones, en convertirme en el prototipo de la mujer común: es decir, de un ser inválido, con el IQ de un morón y la oportunidad de un acreedor a la cabecera de un moribundo. Jamás dije cosas como *Honey, this is the Tropics* o *They are souvenirs*. Él ha leído demasiadas tiras cómicas de Blondie —o ha visto todas las películas de Lucille Ball.

En la narración aparece muchas veces la palabra «nativo», pero no hay que culpar a Mr Campbell: supongo que es inevitable. Cuando Mr (a él que le encantan los signos de puntuación debe molestarle mucho que yo me olvide del punto de su señoría) Campbell supo que la administración del hotel «es nuestra», como él dijo, sonrió con sonrisa de conocedor, porque para él la gente del trópico es indolente. También son arduos de distinguir. Un ejemplo: el chofer, bien claro, dijo que se llamaba Ramón Garsía.

No me divirtió nunca que se paseara a toda hora con ese bastón por la ciudad. En Tropicana, a la salida, completamente borracho, con el bastón que se le cayó tres veces en el corto *hall* del *lobby,* fue una calamidad pública. Le encantó, como siempre, que lo confundieran con los Campbell millonarios, que él insiste todavía que son sus parientes. No me reí por lo de playboy internacional, sino por su falso disgusto al oír que lo llamaban el «millonario de las sopas».

Es verdad que Raymond (tuve que llamarle así finalmente) propuso la excursión a ver los *tableaux vivants,* pero por las insinuaciones de Mr Campbell, que no dice que compró una docena de libros pornográficos en una librería francesa, entre ellos una edición, completa, de una novela del siglo pasado editada en inglés en París. No fui yo sola quien disfrutó el espectáculo.

El bastón no lo «encontró» en la calle, caminando junto a un hombre como un personaje cosa de Gogol, sino en el mismo café. Estábamos sentados (el café estaba lleno) y al levantarse Mr Campbell, echó mano a un bastón que había en la mesa de al lado, oscuro, nudoso: igual que el suyo. Salíamos cuando oímos que alguien corría detrás de nosotros y comenzaba a hacer ruidos: era el dueño del bastón, sólo que entonces no sabíamos que era su verdadero dueño. Mr Campbell quiso dárselo, fui yo quien me opuse. Le dije que había comprado el bastón con dinero bueno y que no porque el mendigo fuese un idiota iba a aprovecharse de nosotros, poniendo como pretexto su estado mental. Es verdad que se organizó una pequeña muchedumbre (sobre todo por parroquianos del café) y que hubo discusiones, pero siempre estuvieron de nuestra parte: el mendigo no sabía hablar. El policía (era un policía de turismo) creo que pasaba por casualidad, también estuvo de parte de nosotros, tan decididamente que se llevó preso al mendigo. Nadie propuso una colecta y Mr Campbell no pagó ninguna recompensa, yo no la hubiera permitido jamás. Él cuenta el cuento como si yo hubiera sido convertida en un ángel bueno de pronto, por un bastón mágico. No hay nada de eso: en realidad era yo quien más insistía en que no cediera el bastón. Ahora bien, nunca sugerí que agarrara el bastón. (Toda la escena está descrita por Mr Campbell como si fuera el escenarista de un film italiano.)

Mi español no es impecable, pero se entiende.

No hubo jamás melodrama. Ni *lynching mobs* ni aplausos, ni cara compungida del mendigo, que no pudimos ver. Tampoco grité cuando vi el otro bastón (encuentro lamentables esas dramáticas letras negras de Mr Campbell: «*otro bastón*», ¿por qué no «otro bastón»?, simplemente se lo señalé sin histeria ni catatonia. Me pareció terrible, por supuesto, pero creí que el error y la injusticia tenían arreglo todavía. Salimos de nuevo y encontramos el café y por la gente del café, la dirección del precinto donde se habían llevado al mendigo acusado de robo: era el castillo cariado de Mr Campbell. No estaba allí. El policía lo había soltado en la puerta, ante las bromas de los otros policías y las lágrimas del ladrón que era el único robado. Nadie, por supuesto, supo dónde podríamos encontrarlo.

Perdimos el barco y tuvimos que regresar por avión, con los dos bastones.

Muerte de un autómata

Las ventanas no tienen cristales sino celosías. La luz de la bujía parece que se apaga sin haber aire. Pero no se apaga, sólo pestañea como un enfermo que tuviera miedo de quedarse muerto. Hace un calor de todos los demonios en esta ciudad infernal y sin embargo estoy temblando debajo de estas sábanas.

¿Dónde estará el Maestro? No creo que se haya ido de la ciudad dejándome aquí solo entre estas sábanas sudadas. ¿O es un sudario?

Pero el Maestro se fue, después del fiasco. La culpa no es suya sino del otro, del que escribió, casi elogiándolo: En todas partes donde lo han visto ha provocado una intensa curiosidad en las personas que piensan. Parece un elogio pero no lo es, créanme, no lo es. Yo me sé todas sus palabras. Se me quedaron en la memoria desde el día que las publicó. Sin embargo atacó su *modus operandi*. Eso fue lo que dijo, *modus operandi*, como si todo el mundo hablara latín. Pero ahí fue que comenzó la caída. No tienen escrúpulos en declarar que el autómata es una pura máquina, insinuando ya que yo estaba dentro, sin decirlo todavía. Un chocolate caliente, eso es lo que me haría falta para quitarme este frío. Quiero un chocolate caliente pero cómo hacerme entender por esta gente. Ahora nadie habla alemán excepto, tal vez, en Alemania. Pero no viene nadie. Llevo horas aquí solo en este cuarto. Adoptando esta hipótesis, dijo. Eso fue lo que dijo. No tesis sino hipótesis. Adoptando esta hipótesis sería torpemente absurdo comparar al jugador de ajedrez con cualquier cosa semejante. Incomparable: eso es lo que siempre fue, pero ya no lo será más después del artículo, que publicó en inglés. Pero yo lo leí. Lo leí porque sé inglés. Cualquiera sabe inglés menos la gente en este hotel. Incomparable es aunque no lo será más después del artículo cuando el público se volvió inquisidor, lleno de escepticismo, que es como una enfermedad infecciosa. Escépticos ahora donde antes no había más que creyentes, fieles. *Eine Schokolade, bitte.* Es inútil: en esta ciudad el alemán es una lengua muerta.

La bujía parece que se apaga otra vez y el cuarto se hace más oscuro. Apenas veo los bordes de la cama. Menos mal que no es muy grande: los nativos son más bien pequeños. Aunque pocos llegan a mi tamaño aquí y en otras partes del mundo civilizado. No obstante han existido muchos y maravillosos autómatas, eso dijo. Pero el Maestro, embriagado con los elogios y el champán, no me hizo caso cuando le dije que debíamos suspender la función. Él nunca me ha hecho caso por otra parte pero en esa ocasión fue de veras soberbio, gritando: «¡Yo soy el gran Maelzel!». Y ya se sabe, la soberbia viene inmediatamente antes de la caída. Pero, sin soberbia, puedo decir que soy imprescindible. Al menos le era imprescindible. Con todo espero que no se haya ido de la ciudad dejándome detrás. ¿Cuánto tiempo llevo encerrado en este cuarto que es una celda? Su techo es tan alto que ahora no veo el cielorraso. ¿Dos? ¿Tres días? No puedo decir. El jugador de ajedrez es una pura máquina y realiza sus operaciones sin ninguna intervención humana inmediata. Eso dijo. Claro que quería decir todo lo contrario: Ninguna jugada del jugador de ajedrez es el resultado necesario de otra jugada cualquiera. Ya he dicho que me sé sus palabras de memoria. Eso es lo bueno que tengo yo: una gran memoria. Lo recuerdo todo. Recuerdo el artículo de principio a fin. Como recuerdo las jugadas. El principio del fin fue peón cuatro alfil. Ésa fue la movida del Maestro que fue una movida chueca. La pieza puesta, como se dice, en fárfara.

A la hora señalada para la exhibición, se descorre una cortina. ¡Dios cómo sudo! Aquí, allá dentro nunca sudaba. Ahora tengo las sábanas todas mojadas y sin embargo no hay frazada. ¿Qué clase de hotel es éste? Sé que dirán que estamos en el trópico y no se necesitan frazadas. Si pudiera levantarme a correr el mosquitero. Pero entonces volverían los mosquitos atraídos por la luz de la bujía. Apagar la bujía. Pero no me atrevo a hacerlo. No quiero quedarme solo en esta habitación a oscuras. La compañía de una bujía. *Echec.*

Y la máquina rueda a unos doce pies de los espectadores más próximos, entre los cuales y la máquina, queda tendida una cuerda. Lo vio bien todo. Debe de haber venido muchas veces a ver nuestra función. La pasábamos de lo mejor antes, cuando llegamos de Europa, que teníamos un éxito tremendo. Lleno todas las noches. En las mejores ciudades: New York, Boston, Filadelfia. Todo lleno menos Chocolate, *Chicago.* Chocolate. Un chocolate caliente. Bien caliente, como en Madrid. En el hotel hablaban alemán. Siento como si tuviera arena y no sangre en las venas como en las corridas. Pero como si en las manos llevara los huesos por fuera, la masa por dentro. Como un cangrejo en la arena. Un cortinaje o paño verde oculta la espalda del turco y recubre en parte la cara anterior de los hombros. Mistez (recuerdo que había esa errata súbita en el artículo) Maelzel anuncia entonces a la reunión que va a poner ante su vista la maquinaria del autómata.

Es monótono, es monótono el tiempo. No es para pasarlo aquí en esta ciudad. Debíamos habernos quedado en el balneario, en los baños. *Baden.* Baden Baden. Eran mejores que los de Austria. Todos llenos de señoras con grandes pamelas y los hombres vestidos de blanco. Hasta los sombreros eran blancos. *Panama hats.* Así se llaman. Chocolate mejor que el té y que el café. Chocolate con buñuelos. Pero no, no tengo ganas de comer nada, solamente de tomar el chocolate a ver si se me va este frío de adentro. Estoy temblando debajo de estas sábanas, debajo de la sábana de taparse y el cubrecamas y todavía estoy temblando —y estamos en el trópico. Se supone.

Las celosías. Por entre las celosías se ven las hojas de una palmera. No hay nada de viento y las hojas están caídas, lacias y no se mueven. Aunque yo no las veo las imagino después de haberlas estado viendo todo el día como lo único vivo: las hojas de la palmera y por supuesto los mosquitos que atacan aun de día. Veo la ventana con celosías y detrás la palmera de hojas lánguidas. Es todo lo que se ve, a un lado y al otro la puerta y al otro el armario que crujió al abrirse. La habitación es muy grande para mí. Todo es grande para mí —puerta, armario, ventana— y me costó trabajo subir a la cama. Presenta el armario completamente abierto al examen de todos los espectadores. Es verdad. Así lo hace, lo hacía el Maestro. Ese hueco está en apariencia lleno de ruedas, piñones, poleas, palancas y demás mecanismos. Difícil. Dejando esta puerta abierta del todo, Maelzel pasa entonces por detrás de la caja y levantando el paño de la espalda de la figura abre otra puerta colocada justo detrás de la primera ya abierta. El Maestro tuvo suerte conmigo. Primero que yo cupiera. Luego que supiera. Jugar. Además de mi memoria. Aunque ahora la estoy perdiendo. Debe de ser la fiebre. No, mentira: la estoy perdiendo antes de caer enfermo, aun antes de venir a esta isla. Es la preocupación que me bloquea la memoria. Pero todo comenzó con ese artículo. La cama es inmensa, el mosquitero llega hasta el cielorraso. No estoy acostumbrado a estar encerrado en tanto espacio.

    Teniendo una bujía encendida delante de esa puerta y cambiando al mismo tiempo la máquina de sitio varias veces, hace penetrar así una viva luz por todo el armario, que aparece entonces lleno, lleno en absoluto de mecanismos. Chaumugra, aceite de chaumugra, pero mejor chocolate. Y el Maestro no viene. ¡No viene! Me ha dejado solo. Solo en esta isla con mosquitos. Tendría que aprender a nadar para salir de aquí. Tendría que buscar mi ropa. La ropa de aquí me queda grande, a pesar de que ellos, los isleños, no son muy altos tampoco. Pero la mía debe de estar en el armario. La puerta marcada con el número 1 quedó abierta, como se recordará... Sin embargo a la derecha de este compartimento, es decir a la derecha del espectador, existe una pequeña parte separada, de un ancho de seis pulgadas, ocupada por la fiebre. La fiebre me reduce aún más, me estoy quedando seco de tanto sudar y la fiebre me reduce la chaumugra y me reduce a mí. El interior de la figura, visto así por esas aberturas, parece repleto de mecanismos. No hay necesidad, no había ninguna necesidad de publicar todas esas cosas contra el amo. Y a él, ¿quién lo mete? Mister Maelzel, volviendo a colocar la máquina en su primera posición, informa ahora al público que el autómata jugará una partida de ajedrez con quien esté dispuesto a medirse con él.

Gambito de caballo. Alfil cinco izquierda con la mano izquierda. Chaumugra y *echec*. En general queda vencedor el Turco. Jaque mate. La máquina rueda hacia atrás y una cortina la oculta a la vista del público. El primer ensayo de explicación escrita fue impreso en París. La hipótesis del autor es que un enano hacía mover la máquina. Después comenzó a faltar el público. Los movimientos del Turco no tienen lugar a intervalos regulares de tiempo. El mosquitero no me deja respirar, pero si lo quito vendrán entonces los mosquitos y me llenarán de ronchas como el primer día. En otras palabras: que el autómata no es una pura máquina.

La bujía, una bujía, más bujías durante la exhibición hay más bujías sobre la mesa del autómata. Pero no hay más que una bujía ahora que casi se apaga. Se apaga. Mientras el jugador de ajedrez estuvo en poder del barón Kempelen, se observó más de una vez que un italiano del séquito del barón no estaba nunca visible durante una partida. Enroque. Ese italiano declaraba una ignorancia total del juego de ajedrez. Nunca he declarado que no sé jugar ajedrez. Por otra parte nunca nadie me ha entrevistado. Entrevistado es un neologismo. La sangre, la vieja sangre, se hace espesa. Es obvio que no soy italiano. *Ich bin ein berliner.*

El autómata adquirido por Maelzel es aparentemente la misma máquina de Kempelen. Hay también un hombre llamado Schlumberger. Herr Schlumberger para usted, Poe. Le acompaña dondequiera pero no tiene otra ocupación que la de empacar y desempacar. Ese hombre viene a ser de una talla mediana. Je Je Je. Tiene los hombros notablemente encorvados. Describiéndome el señor Poe. Ése es su oficio. Pero además diciendo que en Richmond cuando yo caí enfermo se suspendieron las funciones. Diciendo que cuando yo en La Habana caí enfermo se suspendieron también las funciones. La explicación de la suspensión de la función (la rima no es mía sino del poeta) no fue la enfermedad, *la* enfermedad, otra enfermedad. Chaumugra. Dejemos las deducciones de todo esto, sin más comentarios, al lector. *Check mate.* Curioso empleo del jaque que también quiere decir inspeccionen al compinche.

*

Herr Schlumberger, el verdadero jugador de la invención de Maelzel, murió en La Habana de fiebre amarilla en 1838.

Johann Nepomuk Maelzel, el supuesto inventor del Turco (cuán cerca está esta palabra de truco), el autómata que jugaba al ajedrez y le ganaba a cualquier contendiente, arruinado después de la aparición del artículo de Poe *«Maelzel's Chess Player»* y deprimido por la muerte de su socio Schlumberger, murió durante la travesía del barco que lo llevaba de La Habana a Nueva York. Músico notable, inventor del metrónomo y amigo personal de Beethoven, Maelzel ha pasado a la historia no de la música sino del fraude como un embaucador de genio.

Edgar Allan Poe, que desentrañó el misterio Maelzel con el equipo lógico que le caracterizaba (recuérdese que inventó el cuento de detección), murió en 1848, en un hospital de Baltimore después de haber sido encontrado inconsciente en una calle, tenía que ser, de mala muerte. El autómata quedó destruido por un fuego en 1854.

Delito por bailar el chachachá

> *Señor juez, señor juez, señor juez,*
> *mi delito es por bailar el chachachá.*
> (Canción cubana circa, 1956)

Me miró. Me miró con sus ojos color de ópalo de aceite de orine. Me miró mientras comía y sonrió. Comía con corrección casi perfecta, excepto por el leve americanismo del tenedor que pasaba de la mano izquierda a la derecha para llevar la comida a su boca. A mí que siempre me preocupa la pequeña perfección (el césped cuidado de un parque, las medias a tono con el traje, la mano sin joyas) más que las grandes perfecciones, me gustaba verla comer con sus buenas maneras en la mesa —recordando sus malas maneras en la cama. Comía lo mismo que yo: potaje de frijoles negros, arroz blanco, picadillo a la criolla y plátanos verdes fritos. Esta vez los dos tomábamos cerveza, muy fría. Había en la mesa, además, una ensalada doble de aguacates al limón, dos vasos de agua y una cesta con pan, a un lado. Pero eso no era todo. Entre ella y yo se interponía un abismo de objetos. A la izquierda, la *cruet* del vinagre y el aceite y la *épergne* con pimienta y sal. Al otro lado, un pesado cenicero de cristal cortado y la azucarera que hacía juego. Al centro estaba el florero de cerámica con dos girasoles ya marchitos. Me miraba todavía, sonriendo todavía y yo le devolvía la mirada por sobre el *bric-à-brac,* pero no la sonrisa. Traté de jugar, yo solo y en secreto, a que adivinaba su pensamiento, para olvidarme de la mesa vecina, de mis vecinos.

¿En qué piensas?
En ti.
¿En mí? ¿En qué en mí?
En ti y en mí.
¿En qué?
Juntos los dos.
¿En un bote salvavidas? ¿En un satélite aunque sea artificial? ¿En la cama?

No, no bromees. Por favor, no bromees. No, por favor, no bromees, por favor. En ti y en mí, juntos, siempre y siempre y siempre.
¿De veras?
Sí. De veras, sí. Sí. ¿Por qué no te casas conmigo?

Dejé de jugar —¡qué juego peligroso!—, dejé de jugar mi solitario de diálogos. Sin red, damas y caballeros, ¡sin red!

Los muchachones de la mesa de al lado se habían cansado ya de mirarnos (el que parecía un Rodolfo Valentino de color), de tajonear sobre la mesa (un aprendiz de bongosero, rubianco, con la cara llena de espinillas) y de escupir a cada rato (el que llevaba la voz cantante en aquel coro de idioteces en alta voz) y de tomar cerveza, y pagaron y se levantaron. Se iban. Uno de ellos, al ponerse de pie, se llevó las manos a las entrepiernas y se rascó. Era el que escupía en el piso. Pero lo mismo hizo el que cogió la mesa como tumbadora. Luego el Valentino de Pogolotti (el único lugar de Cuba que recuerda a Italia y es por el nombre) también se rascó. Los perfectos cubanos. Escupiendo, tocando tajona y rascándose los *güebos,* como llaman en La Habana a los testículos. Eran milicianos porque estaban vestidos de milicianos y no me explico cómo les sirvieron bebidas. Tienen prohibido beber de uniforme —¿o solamente se supone? Se fueron, no sin antes mirar una vez más para nuestra mesa —Valentino y Ramón Novarro (o Síbarro) y John Gilbert juntos por primera vez en una misma película, *Los tres jinetes de la épocalipsis.*

La miré y le pregunté (si *soy* arriesgado) que en qué pensaba.
—Es tarde.
Respiré aliviado. Pensé que iba a responder en ti y en mí.
—Todavía hay tiempo.
Ése era yo.
—¿Qué hora tú tienes?
Ésa era ella. Habanera gramatical.
—Temprano.
—No. ¿Qué hora es? Por favor, que voy a llegar tarde.
Miré el reloj. Pero no la hora sino la fecha.

—Las nueve.

—No, son más de las nueve.

—Termina de comer.

—Ya terminé.

Se levantó de pronto, cartera en mano. Miré como si la viera por primera vez (ésta era su gran cualidad: siempre la miraba como si la viera la primera vez y la emoción era siempre la misma que la vez que la vi la primera vez, que la primera vez que la vi desnuda, que la primera vez que nos acostamos) y me gustó la sencillez con que vestía, su elegancia nerviosa, su cuerpo esbelto. Me casaría con ella.

—¿Ya te vas?

—Sí, que se me hace tarde.

—Espera a comer el postre.

—No tengo ganas.

Se agachó para darme un beso.

—Considérame un postre.

Era yo, claro. Ella se rió.

—¿Me esperas aquí?

Era Ella, sonriendo melancólica. Era ella.

—Sí claro. Ahora me como mi postre y tomo una taza de café y ¿por qué no tomas tú café?

—Luego. A la vuelta.

—Está bien, y me fumo un tabaco y me quedo leyendo.

—Bueno hasta luego amor.

—Ven en cuanto termines.

Mi última frase fue gemela de su ¿me esperas aquí? De estas torpes tautologías está hecha la conversación —y la vida.

La vi irse alta y delgada y blanca en la noche, caminando por la acera de la embajada suiza con su paso rápido, gentil, yendo hacia la calle C rumbo a Línea, con una puntualidad y un sentido del deber que siempre me conmovían, al teatro. Ahora actuaría, bien entrada ya la obra, en dos indiferentes papeles diferentes (genial método de un director importado, apodado el Inmondi, que éste había copiado del Berliner Ensemble) en un mediocre opus de Bertolt Brecht que se suponía que uno debía no mirar, sino venerar como si fuera un misterio medieval. (¿Y quién me dice que de veras no es un auto sacramental?) Pero no es de Brecht que quiero hablar (porque puedo hablar mucho de Bertolt, ese odioso personaje brechtiano, que dijo, «Ser imparcial no significa, en arte, sino pertenecer al partido que detenta el poder», él, Bertolt Brecht, precisamente, eso dijo), no es de ese Shakespeare de los sindicatos que quiero hablar, sino de ella que debe de caminar por la acera de El Jardín ahora yendo a hacer aquellos pobres ejercicios de propaganda como si fueran Cordelia y *fröken* Julie, siamesas de un monstruoso solo rol. Solamente se había rebelado (o revelado más bien) ella en un pequeño punto de ética. Al final no cantaba *La Internacional* con el coro y *La Internacional* no estaba —¿o sí estaba?— entre los planes de Brecht, que solamente pedía noticieros con vistas de las «últimas revoluciones», sobre las que el coro subversivo cantaría un himno a la testarudez política que decía, «¿Quién puede decir *nunca*?», y el himno proletario como los aplausos de los actores devolviendo o repitiendo simiescos o haciendo eco a los aplausos del público, todos tan precisamente oportunos como los *pioneritos* que subían a dar ramos de rosas a mujeres y hombres, ¡en Cuba! (donde tradicionalmente dar flores a un hombre es dar también a entender, por una metáfora atávica, que es pederasta), como toda la atmósfera del teatro con los cantos revolucionarios del público y la imagen de las olas proletarias, moviéndose los espectadores cogidos de las manos en alto derecha e izquierda, como pensantes espigas marxistas más que pascalianas: todo-todo estaba calcado de otra parte, de la Unión Soviética, de China, ¿de Albania?, como estaba copiada al carbón la puesta en escena de *La Madre,* montada siguiendo el *Modellbuch*) porque se negaba ella a entonar el verso que dice *Ni César ni burgués ni Dios habrá.* Cuando el asistente de dirección le preguntó ¿se puede saber por qué *compañera*?, molesto, ella respondió, simplemente, sonriendo: «Porque creo en Dios». Lo que después de todo no era una excusa sino la verdad.

  Me quedé solo en la terraza, fumando, tomando sorbos de café caliente tibio fresco, frío finalmente, hasta que sin darme cuenta usé la taza como cenicero y cuando volví a beber sentí el gusto demolido en mi boca, el sabor de la destrucción y supe que había bebido cenizas otra vez. Abrí el libro entre las manos como un párroco con su misal, sólo que cualquier libro es mi Biblia (pensé que si no hubiera nacido en Cuba, que si hubiera recibido una educación humanista, que si Varona hubiera muerto antes de cambiar el plan de estudios del bachillerato treinta años antes podría haber hecho un buen juego de palabras, un entretenido yoyó etimológico, un viaje de ida y vuelta hasta Grecia, B.C. *and back* en este trompo del tiempo verbal: biblia, biblos, bíblinos, lapis bibulus, lapsus labialis, labia, laburinthos, laborantibus, laboriosus, laborate, labefacere —etcétera porque es tarde para hacerlo y porque me acordé del maestro tipógrafo que me dijo que no había en Cuba un solo juego de matrices en griego— y dejé en paz la memoria del maestro Varona, filósofo del Caribe, educador insular, insulado), mi Biblia. Traté de leer y no pude. Esto me pasa a menudo, de leer una línea veinte, treinta veces y leerla una vez más y no entender nada, porque el significado se me pierde en la distracción y sólo leo las palabras, dibujos llenos de garfios y sonidos que no significan nada.

Mi misal era *La tumba sin sosiego*, un libro que me asaltó entre tomos de derecho procesal y canónico y novelas de olvidados autores franceses de este siglo, en una vieja casa de antigüedades que ahora vendía también libros de uso comprados al por mayor a gente en fuga. Me sorprendió tanto aquella fea portada moderna, su aspecto de *paperback* pretencioso y el desmedido elogio de Hemingway («Un libro que por muchos lectores que tenga nunca tendrá bastante» o algo así), que decidí comprarlo al exorbitante precio de diez centavos cubanos y convertirme así, con este golpe decidido que no abolirá el azar de lecturas, en uno de los muchos lectores inútiles que pierden su sosiego intentando colmar la medida de lo posible (pero todos juntos nunca llegaremos a ser, ay, *bastante*), mientras quedan atrapados por el encanto sin sosiego del libro.

Un error que se comete a menudo es creer que los neuróticos son interesantes.

Estaba afuera, escapado del aire acondicionado, porque sentía avanzar por entre los senos malares las fuerzas invasoras de un catarro, que pronto ocuparían primero una fosa nasal y luego otra sin disparar un estornudo, invadirían faringe y laringe, copando las amígdalas, tomando después las avenidas bronquiales y finalmente harían capitular la central respiratoria en una verdadera *blitzkrieg* infecciosa. Abrasados por el calor del triunfo, desbordados los glóbulos rojos, mientras los glóbulos pálidos, encerrados en el bolsón microbiano, enarbolaban sus banderas blancas, los bacilos de ocupación creaban ahora grandes campos de exterminio de fagocitos, gastando mis energías en el totalitario crematorio de la fiebre.

 Miré a las mesas vacías (peor que vacías casi vacías: al fondo, bajo una de las luces, había una pareja), con ojos llenos de lágrimas no sentimentales sino enfermas, desdibujando los nítidos canteros que limitaban la terraza y a la vez impedían que desde la calle se viera a los comensales en sus muchas veces obsceno ejercicio. Mis ojos salvaron fatigados los setos, atravesé con ellos la calle Calzada primero y luego la calle D y dejé que la mirada paseara sin chaperona crítica por el parque, esa plaza colmada de copiosos ficus (jagüeyes dicen los cubanos románticos, laureles dicen los cubanos clásicos), con su fuente siempre seca absurdamente guardada por un Neptuno destronado, Poseidón exilado de las aguas, que figuró con prominencia en otro sitio de La Habana, más cerca del mar, en otro tiempo, en otro olvidado libro cubano, con la doble pérgola, una a cada lado del parque, simétricos jardines de Academo donde en vez de Platón y sus discípulos, se pasean ahora criaditas peripatéticas, epicúreos milicianos adeptos a Demócrito (antes fueron estoicos soldados rebeldes, todavía antemás cogían aquí el fresco suave o cálido o peligroso del véspero insular, merodeando por estos jardines invisibles, farisaicos soldados batistianos y más atrás aun fueron socráticos *constitucionales* o sus hijos, que al pasear exclamaban, «¡Nacer aquí es una fiesta innombrable!», y con *aquí* querían decir el parque, La Habana y la isla), parqueadores sofistas siempre en vigilia, pitagóricos billeteros pregonando la lotería, soñolientos dueños de perros, cínicos, y lo que más se parece a Aristóteles entre nosotros: un ocasional chofer de alquiler que charla con su colega filosófico (Plotino del timón) sobre todos los temas posibles en el Liceo de la piquera de turno *un error que se comete a menudo/interesantes. No es interesante ser siempre infeliz* y pensé que una vez había escrito un cuento que ocurría todo en este restaurant-café-bodega para ricos y que ahora estaba viviendo en el mismo café-restaurant-bodega para la nueva clase y uno que otro rico rezagado y algunos conspiradores de café con leche —y me puse a meditar (lo supe porque sentí la mano en la barbilla, el pulgar en la parótida y el índice en la frente) sobre el abismo que se abre entre la vida y la literatura, siempre, que es un vacío entre realidades distintas y casi pensé distantes.

Un error que / r / ti / No / liz, envuelto en uno mismo, maligno (pensé en Benigno Nieto, que me dijo un día arrastrando sus erres: «Chico, lo tegrible es que cuando ya empezábamos a acomodarnos en la burguesía (a tener un puesto al sol como aquel que dice) se desbagrata la burguesía y ahogra tenemos que dar un vuelco completo y empezar de nuevo». Maligno Nieto, ¿te dije alguna vez que Mao llama a eso el Gran Salto Adelante? *o ingrato/nunca muy en contacto con la realidad* Pobgre Beninno, ¿Dónde habrás ido a parar con tus *egres à* la Carpentier y tus cuentos de escándalo y leve pornografía acerca de la yegua que y tu teoría de que para hacerse escritor hay que abandonar siempre una isla: Joyce, Cesaire, el mismo Carpantié chico? «Te olvidas de Safo»), dije o creo que dije porque en ese momento entró una rubia en el campo de mis meditaciones y me olvidé de Benigno y de las islas literarias para concentrarme en el bojeo de esta ínsula de carne. *No man is an island.* Cierto, pero una mujer puede ser un archipiélago. Seré un cartógrafo, para ustedes. Llámenme Ptolomeo o si quieren Tolomeo —o mejor, Juan de la Cosa. Don Juan de.

Mediana, ancha de caderas, con la versión cubana de la *chemise* encima: suelta en la cintura y ajustada en las tetas y en las nalgas —y hablo así porque era esta franqueza brutal la que mostraba, una lección de anatomía animada ella, caminando sobre sus sandalias con una sensualidad que a nadie parecía asombrosa, empujando la puerta de cristales con gesto lánguido de la mano que desmiente el brazo robusto, avanzando una cadera y luego otra por entre las hojas transparentes (que al mostrar todo su cuerpo convirtieron su entrada en un ritual o un paso de baile) como si del otro lado la esperara el ministerio del sexo y no los evidentes criollos que se volvieron, todos a un tiempo, hacia ella en el mismo instante en que subió los tres cortos escalones a la terraza con una demora y una dificultad buscada siempre y procurada ahora por la tensa seda alcahueta.

Recordé enseguida algo que leí esa tarde en *La tumba* y que no era un epitafio. Estaba casi al comienzo, creo, y empecé a buscarla. *¿Cuántos libros escribió Renoir?* / *¿Qué es una obra maestra?* (interesado, yo) *Déjenme nombrar unas pocas. Las* Odas *y las* Epístolas de Horacio (uno de los pocos poetas de lo antiguo q. he leído, q. puedo citar, q. debo citar: «las ruinas me encontrarán impávido») las *Églogas y Geórgicas* (he leído partes de la *Eneida* entre el aburrimiento y la admiración por Frazer) de Virgilio, el *testamento* de Villon (demasiados libros que no he leído vienen ahora, con excepción de los *Ensayos*), *los* Ensayos *de Mont / No hay dolor igual al que dos amantes se pueden infligir el uno al otro / El comunismo es una nueva religión que niega el pecado original* (¿cómo lees/transcribes esto? Palinuro, ¡que estás arriesgando mi vida! ¡Cubano al agua! ¡A babor! Ya en el agua, qué más da. La humillación no está en la caída sino en la ropa húmeda. A la tercera subida no me pasó por la mente toda mi vida sino una sola frase: «Comunista, animal que después de leer a Marx, ataca al hombre». Es tuya, Cyril. Te la dejo en mi testamento. Considérame otro Villon) *aunque raras veces encontramos un verdadero comunista que parezca completo o feliz* (esto no es verdad ni mentira sino todo lo contrario: no, en serio: esto es verdad y es mentira —pero ¿y los chinos, que siempre se retratan, como Núñez, riendo? Es la verdad dialéctica. Alguien me dijo, Chilo Martínez, creo, que fue funcionario en la embajada en Pekín, que Mao ordena a cada chino que se fotografíe que sea sonriendo: unas seis, no como mil millones de sonrisas al año: Hoy Mona Lisa vs Malthus Hoy La Pelea del Milenio). *Mis amigos al principio fueron Horacio, Petronio y Virgilio* (mi primer amigo verdadero, mi primer cómplice, mi primer alcahuete fue Petronio: leía así *El Satiricón* a los doce años: ¡con una sola mano! Para lo que quedan los clásicos: ¡qué decadencia! o ¡qué de cadencias!) *luego: Roches-*

ter / *Jesús fue un hombre petulante* / «*Reposo, tranquilidad, inacción —éstos fueron los niveles del universo, la última perfección del Tao*», CHUANG TZU (una cita de una cita de una cita) *El secreto de la felicidad (y por lo tanto del éxito) es estar en armonía con la existencia, estar siempre calmo* / *¿Pero el secreto del arte?* / *Al momento en que un escritor pone su pluma* (¿la máquina de escribir no?) *sobre el papel, ya es de su tiempo* / *Un hombre que no tiene nada que ver con las mujeres es incompleto* / *paloma de Londres puede volar* / *Pascal (o Hemingway o Sartre o Malraux) (Raymond Chandler (o Nathanael West o Salinger o William Burroughs))* ORA TE PRO NOBIS (sigue una lista de cuatro suicidas: no la leo: yo no me voy a ahorcar esta noche: sigo buscando: al comienzo de nuevo) *Mientras más libros leemos, más transparente aparece que la verdadera función del escritor es escribir una obra maestra, y que ninguna otra tarea tiene consecuencia* (¿A qué seguir leyendo, buscando? La depresión se llama muchas veces reconocimiento.) Después de todo la cita es una que habla de una muchacha que marcha delante de Connolly o de Cyril, en sandalias, con la belleza del pie plano, pleno (llano, lleno sería mejor) sobre la acera, mostrando las piernas su clásica, antigua belleza. Pero pienso que esa cita no me sirve, pues no camino tras esta mujer, no es de día, el sol no da vida a la escena —más bien estoy clavado a esta vida artificial, eléctrica, rodeado de estos inútiles relámpagos *contra* la noche.

Pensé, cuando veo a la muchacha sentarse al fondo con la cara hacia mí, que me casaría con ella.

No tengo que casarme con ella para saber que no es rubia natural. Ni desnudarla. Ni siquiera acercarme. Tiene una cara ancha, de pómulos separados y barbilla cuadrada, partida. Es una cara fuerte, de labios gordos, salientes y una nariz corta y sin embargo de puente alto. De perfil debe parecer griega. Desnuda, saliendo de la cama entre las sábanas marchitas, un pie en el suelo y otro todavía en la cama, tratando de cubrirse con la sábana blanca que por un momento se vuelve toga, se parecerá a Cornelia, la madre de los Gracos. Romana. Eso es lo malo porque si me lo propongo me tratará como a otro Ptolomeo. El octavo. Mirándome condescendiente, con esos ojos largos, húmedos, casi coloidales. Se sonríe al ordenar al camarero y sacude toda su cabeza, el pelo, la melena actual, para decir que no mientras muestra un cuello con el cual el viejo conde D. habría hecho milagrosas, ancestrales transfusiones. Allá en Transilvania. Me casaría con ella. Aunque tuviera rodillas cuadradas. Ella, no yo. STEKEL: *«Todos los neuróticos son religiosos de corazón. Su ideal es el placer sin la culpa. El neurótico es un criminal sin valor para cometer un crimen».* (Pienso en Pavese, que dijo, poco antes de pegarse un tiro: «Los suicidas son homicidas tímidos».) *Cada neurótico es un actor actuando una escena particular* (no) (es abajo) *(Abajo) Es la enfermedad de una mala conciencia.* (¡MÁS abajo, coño!)

    Un error cometido a menudo —36— *con los neuróticos es* —36—*suponer.* Por sobre el borde de la página las luces del Auditorium (ahora teatro Amadeo Roldán) están todas encendidas. ¿Qué habrá hoy? Un concierto seguro. Dentro de un rato se llenan comedor y terraza de gente del intermedio. Texidor dijo hace mucho tiempo que los burgueses venían a los conciertos del Auditorium para poderse reconocer en los entreactos de El Carmelo. ¿Será aplicable este axioma crítico para los socialistas del Amadeo Roldán? Musicalmente se parecen tanto como Eng y Chan. A los burgueses les molestaba la música cacofónica, a los socialistas les perturba la música dodecafónica. *Pour épater le socialiste.*

    No es interesante ser siempre infeliz.

    Viene desfilando por entre las mesas, por entre comensales como el Jabalí entronizado en la cena de Trimalción, entre la mirada de hombres y mujeres. Seguida siempre por mi cámara lúcida ahora va ella entre los libros (antes habría ido entre revistas, caminando por donde va ahora:

    TIME   *Life*   *Look*
                                       Life en Español
      Newsweek   *See*
True   *The Atlantic*
  Saturday Evening   *Post*   *Collier's*
Coronet-Pageant   *US % World Report* *Fortune*
  Confidential   *Police Gazette* *Photoplay* *Screen Stories*
True Confessions *True Detective* *True Romance* *U.S. Camera*
Vogue *Harper's Bazaar* *Seventeen* *Mademoiselle* *Cosmopolitan*

y que hoy es un desfiladero de libros por entre los que ella cruza:

Fábula del tiburón y las sardinas. Historia del Manifiesto Comunista. Diez días que conmovieron al mundo. Días y noches. Pensamientos del presidente Mao. Los hombres de Panfilov. La carretera de Volokolansk. Un hombre de verdad. Así se forjó el acero. Chapayev. ¿Qué hacer? y *Obras completas* (compendio) de V. I. Lenin, editadas estas tres últimas en la URSS. ¿Otro paralelo divisor? En 1929 decenas de miles de cubanos adornaron la ciudad y colmaron de rosas de papel las calles de La Habana por donde pasaría en un carro abierto un piloto que había realizado una hazaña humana pero que se presentaba como un héroe griego: WELCOME LINDBERGH decían centenares de cartelones, carteles, avisos, y durante tres días la ciudad entera estuvo de fiesta regocijada por el triunfo del alto, reservado, desdeñoso aviador americano. En 1961 centenares de miles de cubanos adornaron la ciudad, colmando de letreros y consignas y banderitas multicolores las avenidas de La Habana por donde pasaría en un carro abierto un piloto que había realizado una hazaña científica, pero que se presentaba como un dios griego: DOBRO POSHALOBAT GAGARINU decían miles de cartelones, carteles, avisos, telones, pancartas, el saludo escrito a veces en caracteres cirílicos, a veces con letra torpe o recién adquirida donde las N parecían rusificarse veloces —y durante tres días la ciudad estuvo de pachanga jacarandosa por el triunfo del pequeño, extrovertido y desdeñoso cosmonauta soviético—) y casi siento sus tacones clavarse como verdaderos estiletes en mi carne tumescente, resonando aun a través de las vidrieras, golpeando rotundo el piso de granito, sus piernas casi al alcance de mi mano sabia que ni siquiera intenta romper la ilusión de intimidad que proporciona el limpio, lúcido cristal, antes de perderse piernas y ella en la puerta, en la escalera que conduce al recinto que sería un envidiable oficio del siglo: *el tocador de señoras.* (Empleo que no duraría mucho porque poco tiempo después, igual que antes muchas *damas* se convirtieron en *ladies,* las *señoras* pasaron a llamarse *compañeras* —*el tocador de compañe...* es casi tan grotesco como la forma socialista para sustituir a la fórmula social la señora del señor tal, llamada ahora ¡la compañera del compañero!) Este eslabón encontrado es alta, de piernas y tobillos largos, de muslos botados que sirven de modelo (¿o copian?) a los carros deportivos, de rodillas tersas como un balón, de grandes nalgas expansivas que casi estallan dentro de ese vestido que es más bien un vaciado en algodón de las formas para el sexo, creadas para gozar hasta en el último detalle grosero y sensual y cubano de la barriguita Cranach, exhibida tanto como sus senos altos, grandes, redondos, vibrantes, neumáticos, y su boca muy pintada, muy húmeda, muy destacada (una boca que todos los cubanos saben o dicen que saben para qué está hecha, como si la naturaleza fuera una alcahueta) y sus ojos negros y su pelo negro (tal vez teñido de negro) y su nariz que se dilata y contrae a cada paso de sus pies, de sus piernas, de su cuerpo. Ella no mira a nadie nada porque sabe que todos la miran a ella.

Me casaría ahora mismo sin pensarlo ¡*tres* veces!

/ *envuelto en uno mismo, maligno o ingrato y nunca en contacto con la realidad. Los neuróticos no tienen corazón* /

Las luces que bordean el libro se apagan, encienden, hacen guiños y se convierten finalmente en fanales de lectura. Ya empezó a salir la gente del concierto. Conocido interludio. Desbordan el vestíbulo. Anegan la calle. Inundan El Carmelo. / *envuelto en uno mismo, maligno o ingrato y nunca en contacto* / *nunca muy en contacto con la realidad* / La calma provinciana de la noche estalla en el estruendo público y más que estallar, ve devorada su quietud natural el véspero por el paulatino leviatán humano. Parece Shakespeare. Me siento de pronto amoscado, porque debo haberlo pensado tan alto que toda mi cara lo declara. Me corrijo. Es William Shakeprick. Es tarde, sin embargo. Ya el hubris está echado, como si fuera un dado. Ahora el castigo de una voz de trueno suena arriba y el rayo invisible de una palmada en la espalda casi me derriba. Pero no son los dioses sino el folklore.

—¡Guillermo Shakespeare!

Ha dicho bien claro. Cha-kes-pe-a-re. La voz pertenece a alguien conocido que dice curto, sesudo, intelertual. Todo en broma.

O más bien en idioma vernáculo. No tengo ni que darme vuelta.

—Quiay.

Casi se agacha para enfrentarme. Si fuera una mujer diría, *She stoops to conquer*. Lástima que no sea una canalla.

—¿Cómo *quiay*? ¿Ya no te acuerda tus viejos amigo?

—¿Cómo me voy a olvidar?

—A ver, ¿quién soy yo?

—Ludwig Feuerbach.

La religión no es más que la conciencia de lo infinito de la conciencia pensando Ludwig pensando Feuerbach no es más que lo finito de la conciencia de que la religión no es más que la conciencia de lo infinito de la conciencia pensando yo no soy más que lo infinito de estar pensando que Ludwig Feuerbach no es más que lo finito de la conciencia de que la religión no es más que la conciencia de lo infinito de la conciencia hasta el infinito, etcétera.

—¿Cómo?

—Lou Andreas Feuerbach.

—No tan raro mi viejito.

—Offenbach.

Se ríe. Hace un gesto.

—Bach.

Se rió más.

—Tú el mimo de siempre.

Se ríe todavía aunque no quiso decirme cómico. Se sonríe ahora.

—Siempre con los mimo chiste, los mimos jueguito epalabra, la mima attitú. ¿Quéspera pa cambiar?

—El fin de la filosofía clásica alemana.

—¿Tú esperajeso?

—Fumando espero.

Ahora se da cuenta. El homo sapiens da paso al homo amarus.

—¡Látima! Creí quel sosialimo tiba cambiar.

—Ah, pero ¿tú eres socialista?

—Marsita y leninita. De patria o muerte mi hermano.

—Me alegro por ti.

No por el socialismo pensé.

—¿Y tú?

Pensé responderle que durante mucho tiempo Groucho y Harpo y Chico fueron para mí los únicos Marx posibles. Quiero decir, que no sabía que existieran Zeppo y Gummo Marx. Lo pensé nada más.

—¿No me hiciste el diagnóstico ya? Aquí el médico eres tú.

Se ríe. Pero es verdad. Lo conocí en el bachillerato. Lo perdí de vista pero no de nombre. Del instituto pasó a la universidad y de la escuela de medicina salió para el necrocomio como auxiliar del forense y luego después se estableció por su cuenta como (ése era el nombre que él mismo le dio a su profesión un día) abortólogo —y tan contento. Le daba lo mismo que la muerte estuviera al comienzo que al final de la vida. Se ríe todavía. Se reirá por mucho tiempo. Ahora es jefe de un hospital, después será viceministro de salud pública, todavía después embajador. Durará. Los hombres como él duran —aunque duran más por Nietzsche que por Marx. «Sólo dura lo que está empapado en sangre», dijo Friedrich Nietzsche. Federico Nietzsche. Nische. Niche. Ahora él es más que el folklore, es el pueblo.

—Te vamo perdonar la vida compañerito.

¿Qué les dije?

—Por ahora. Nesesitamo los intelertuale de ante. Pero deja que formemo nuetro propio cuadros, custede los intelertuale burguese se van a tener quir a noventa millas.

No tengo por qué hacer mi biografía. Mi autobiografía. Me molesta ese *strip-tease* histórico. Todavía más delante de este notable científico cubano, que es una presencia obscena. Resultaría impúdico. Si fuera otra persona la que enfrento le contaría mi vida en términos clasistas, que están de moda. Soy un burgués que vivió en un pueblo —las estadísticas fueron publicadas por *Carteles,* en 1957— donde solamente el doce por ciento de la población comía carne y este burgués estuvo entre ellos hasta los doce años que emigró con su familia a la capital, subdesarrollado físico y espiritual y social, con los dientes podridos, sin otra ropa que la puesta, con cajas de cartón por maletas, que en La Habana vivió los diez años más importantes en la vida de un hombre, la adolescencia, en una miserable cuartería, compartiendo con padre, madre, hermano, dos tíos, una prima, la abuela (casi parece el camarote de Groucho en *Una noche en la ópera* pero no era broma entonces) y la visita ocasional del campo, todos en un cuarto por toda habitación, donde estaban todas las comodidades imaginadas por la civilización burguesa al alcance de la mano: cocina intercalada, baño intercalado, camas intercaladas, y unas cuantas comodidades inimaginables, que su primer traje (de uso) se lo puso porque se lo regaló un piadoso amigo de la familia, que no podía soñar en tener, a los veinte años, novia porque era muy pobre para este lujo occidental, que los libros en que estudió eran prestados o regalados, que a los primeros conciertos, piezas de teatro, ballets a que asistió, ahí enfrente, lo hizo colado, que convivió durante siete años con un hermano tuberculoso a quien la enfermedad y la miseria destruyeron su talento de pintor, mientras su padre, dedicado por entero al ideal comunista, se dejaba explotar trabajando de periodista no en el *Diario de la Marina,* epítome de la prensa burguesa, sino en el periódico *Hoy,* paradigma del periodismo socialista, que se casó ganando un sueldo miserable y tuvo que compartir un apartamento de dos cuartos con su vieja familia, íntegra, y su nueva familia, que se integraba —que ésta es casi toda la biografía (relatada con tanto asco por esa realidad prescindida por los puntos y comas imprescindibles) de este intelectual burgués, decadente y cosmopolita que tuvo que renunciar a hacer una carrera universitaria porque la única salvación familiar estaba en el trabajo peor pagado y más abrumador para alguien que amaba la lectura: corrector de pruebas de un diario capitalista. Corrompido y explotador, por supuesto.

Si él fuera *otra* persona le habría dicho todo esto —o quizá me habría callado, como tantas veces antes. La corrección de pruebas es un gran entrenamiento para la carrera del anónimo. Si fuera *una* persona tal vez lo habría invitado a sentarse y tomar algo. Creo que éste fue el único destello de clarividencia burguesa que tendría mi huésped no invitado esta noche.

—Donde no me convidan no estoy.

Se iba.

—Abur.

—Hata *lueguito* compañerito.

¿Sería una amenaza? Podría ser, puede ser —todo es posible al hombre socialista, como dijo Stalin. Podía ser una amenaza y ya iba a sacar mi Connolly (siempre que oigo la palabra pistola echo mano a mi libro) pero no llegué a hacerlo porque mi pasada pesadilla no habló de violencia física, porque no lo pensé realmente entonces y porque a la paranoia crítica opongo siempre la esquizofrenia erótica. Habían entrado maravillas. Todas me rodeaban. Alicio en el jardín (o en el carmelo) de las maravillas.

Hablando de maravillas, había una maravillita rubita (los diminutivos son como los elefantes, contagiosos) de pelo largo peinado en una sola trenza gorda, también en sandalias (que hacían, las sandalias y las piernas, no el libro, la noche palinúrica), con cuello, manos y cara de ballerina, que entró caminando como una ballerina y se sentó como una ballerina. Debía ser una ballerina. Hubiera bailado con ella un *pas de deux* horizontal y después me habría casado. Había otra maravilla a mi izquierda, mulata, peinada muy severa ella, pero delatada por la salvaje boca que daba a su cara el aspecto de alguna fruta prohibida. Busqué entre las ramas de aquel árbol del saber sexual una serpiente celestina que me presentara: me habría casado con esta Eva actual aun a riesgo de crear el pecado original del comunismo. Había una maravillota con la que me estaría casando allí mismo si no hubiera entrado en ese momento, interrumpiendo la marcha nupcial, la visita que menos deseaba. Aun la última visita era grata por comparación. Vino ondulando. Hacia mí, ya sin duda. Un comisario de las artes y las letras me visita en las ruinas de mi santuario.

Estaba vestido como de costumbre con zapatos (con él había que empezar por los zapatos: se volvía *loco* por los zapatos) mocasines de gamuza verde *foncé,* de corte italiano. Llevaba un traje sin bajos de seda cruda gris carbón, camisa azul acero y una corbata (Jacques Fath, naturalmente, comprada en su último viaje oficial a París) azul cobalto con tres leves rayas horizontales negras. Traía la chaqueta tirada por sobre los hombros, como una capa, y al atravesar la terraza me recordó a Bette Davis en *Now Voyager*. Dije que venía ondulando y casi puse onculando por un error de la mano que fue sabiduría del ojo. Por fin llegó a la mesa, sonriendo, recién tonsurado, bien afeitado. Se le veía fresco y sentí que olía bien a pesar de que mi olfato ya había capitulado. *L'air du temps* nada menos.

—Buenas noches.
—Quiay.

Ése era mi mejor saludo esa noche. Pero se sentó, a pesar de su buena educación, todavía sonriente, tanteando, diplomático. Saludó con un gesto suave de la mano a algún conocido y se volvió hacia mí de nuevo. Sonreía, sonreía mucho. Sonreía demasiado.

No se asombren. ¿No han observado ustedes que en el cine son los villanos los que sonríen primero, los que sonríen último, los que sonríen siempre, aun con la bala justiciera en el vientre? Si no estuviera tan gordo por su afición a la buena mesa, sería un villano bien parecido. A veces era casi bonitillo, que es un excelente eufemismo habanero. Hablaba con una untuosidad tan engañosa como su sonrisa —para quien no lo conociera. Todo este despliegue de paso ondulante, de mano lánguida y de sonrisas era el mejor de los camuflajes. No había nada blando en este joven comisario. Una vez un mal dramaturgo español hizo decir a su héroe en la escena que su heroína era de seda por fuera y por dentro de hierro, y Valle-Inclán, desde el público, gritó: «Eso no es una mujer, es un paraguas». Pero la frase tenía sentido aquí.

Sólo que esto no era una mujer, era un paraguas. Al menos, tenía tanto entendimiento como un paraguas para las cosas del espíritu y sabía cómo estar cerrado, duro, en buen tiempo y abrirse al mal tiempo histórico como una flor de seda protectora. Era el paraguas de sí mismo. Me acordé de Mark Twain, que dice que un banquero es alguien que presta un paraguas cuando hay sol y lo reclama enseguida que hay mal tiempo. Pensé que nada se parece tanto a un banquero como un comisario. Ahora habla el paraguas en un día de buen tiempo político.

Antes de que comenzara su inevitable discurso (palabra simple que en él se complicaba en un *portmanteau* hecho de disco y de curso) conseguí cazar un camarero. Lo solté con la promesa formal de que me trajera café. Y un cenicero por favor. Él no tomaba nada. Sí, perdón, un momento. Agua mineral natural. Bien fría. Sin hielo. En público su virtuosidad se hacía virtuosismo. Nada de alcohol ni de sexo. Agua mineral y buenas maneras. Todo el mundo decía que en privado era otra cosa. Pero creo que cometo demasiadas insinuaciones. Seamos rectos. Mi huésped no bebía ni poco ni mucho, tampoco mantenía queridas, como tantos ministros y comandantes. Su único vicio privado habría sido una suerte de bendición de la naturaleza para André Gide o un providencial carnet de baile para Marcel Proust o la señal de un espíritu superior —el dandy del amor— para Oscar Fingal O'Flahertie Wills Wilde. A mi convidado le gustaban (y le gustan todavía) los muchachos. Éste es un secreto habanero a voces, tanto que su vicio privado casi devenía virtud pública en ciertos círculos no tan herméticos. Néstor Almendros, conocedor, lo apodó la Dalia. El nombrete se le hizo membrete de brete.

—Te estaba buscando.

Hablaba con todas las eses y a veces había una ese de más.

—¿A mí?

—Sí, a ti, *sinvergüenza*. Te he mandado recados con todo, todo, todo el mundo.

—No los recibí.

—Sí los has recibido,

Le encantaban los tiempos compuestos.

—pero, *como siempre,*

Y las comas.

—prefieres eludirme, evasivo que eres, porque

Se detuvo y dejó la palabra en el aire. Aproveché el bache para mirar a una mujer ya madura (una mujer madura para mí es casi una adolescente para Balzac: aquélla era una *femme de treinte ans*) que era una *habitué*. Venía todas las noches al Carmelo acompañada por su marido, un médico o un barbero de aspecto científico. Se sentaban solos, pero al rato había un grupo de hombres que venían y la rodeaban a ella y hablaban con ella y reían con ella, y, a veces, conversaban con él. Me gustaba su risa, su cara bella, descubridora, sus piernas bien formadas, un poco gordas, pero más que nada me gustaba su generosidad total: con su risa, con su encanto, con su cuerpo, que exhibía a todo el universo. En ocasiones sentía un poco de pena por el marido, pero solamente en ocasiones. Llegué a pensar que a Maupassant le hubiera gustado la pareja, aunque quizás ella le hubiera gustado más que él. También pensé ese día o tal vez otro que a Chejov no le gustarían ninguno de los dos y que a Hemingway (el joven H) le hubiera gustado él como héroe autobiográfico.

—¿Por qué?
—Porque
Hizo una nueva pausa —¿o era la antigua renovada?
—me temes.
—¿A ti?
Casi me eché a reír. Me lo impidió la entrada de dos mellizas a cual más hermosa. No me reí porque empecé a calcular allí mismo cómo casarme con las dos. Lamenté que no fueran siamesas. Enga y Chana, inseparables con su eslabón cartilaginoso, y unidas a mí por el tejido espiritual del sagrado sacramento —y algo extra. ¿Puede uno casarse por la Iglesia con las hermanas siamesas?
—No, no a mí. A lo que yo represento.
Tal vez haya una despensa, dispensa. ¿Los siameses tendrán almas gemelas?
—¿Qué representas tú?
—Mi inmodestia me impide decirlo.
Se sonrió.
—Ese bocadillo es mío.
—Sabía que ibas a decir eso. Bueno, no debo ser *yo* quien lo diga.
—Yo *no* lo voy a decir.
—Por mis ideas, por lo que lucho.
—¿Por qué *tú* luchas?
—Por que hombres como tú estén a mi lado.
Pienso que mis amigos quizá tenían razón, que con un poco de esfuerzo (y emolientes diría Sergio Rigol, terminan-

do el pensamiento casi en francés, «*A quoi bon la force si la vaseline suffit?*») me habría evitado más de un disgusto futuro. Pero mi antagonista se corregía. La autocrítica alcanza también a la gramática.

—Quiero decir, de nuestra parte. Necesitamos tu inteligencia.

Lo miré de frente. Yo tengo esta costumbre de mirar a los lados de la gente que habla conmigo, hábito justificado ahora por el ambiente. Pero me las arreglé para mirarlo cara a cara.

—Pero no me necesitan a mí íntegro. Solamente mi inteligencia. El doctor Frankenstein era más materialista: él no quería más que el cerebro.

Se sonrió pero bajó la mirada. Volvió a sonreír. He aquí a un paraguas que sabe sonreír. Aunque sonríe fríamente. ¿Sería éste uno de los espíritus fríos de que habló Maquiavelo que iban a dominar el mundo? Stalin debió ser también un espíritu frío antes de ser una momia helada. Conquistar al mundo. Lo más que llega a conquistar el hombre son dos varas de tierra. Dominar la tierra. Prefiero conquistar dos varas de hembra. Después, que me incineren y que rieguen mis cenizas alrededor de un ombligo.

—Yo sé y tú también lo sabes que no estamos de acuerdo en muchas cosas.

Y que lo diga.

—Lo que no sabes es que podemos estarlo en otras.

—¿Como qué?

—Tú no representas la única política cultural en la Revolución.

Miré a ver si había entrado alguna otra ambrosía. Nadie al bate pero las bases siguen llenas.

—Yo no represento *ninguna* política. Mucho menos ese monstruo mitológico de que tú hablas.

Tejió una mano con otra y colocó la trama digital sobre la mesa. Miraba sus manos mientras las tejía y destejía. Una araña de falanges. O Penélope *by night*.

—El magazine *parece* cogerse la cultura revolucionaria para él *solito*.

Antes de preguntarme por qué ciertos diminutivos suenan tan amenazadores, hay que decir que se refería a un suplemento literario que editábamos varios amigos y que entonces no era más que un semanario torpe, hecho entre el ocio y el sueño, de madrugada rápida, chabacanamente y con técnica de aficionados (a pesar de la ayuda tipográfica de un taller con oficio y de la maquinaria distribuidora del diario oficial que lo envolvía cada lunes y lo introducía casi de contrabando en palacios y cabañas y en La Cabaña y en Palacio), *medley,* quincalla o *potpourri* al que el tiempo convertiría en pieza de convicción histórica.

—El magasín se coge *toda* la cultura para él solo porque la cultura es un *todo* para él.

No tenía ganas de hablar, palabra. No tenía ganas de hablar palabra. Tenía ganas de fumarme el cabo de mi tabaco degradado en paz, de mirar a las muchachas, a las jóvenes, a las maduras: a las mujeres, y de seguir leyendo una y otra vez las seis frases de Connolly como una antología hasta que me supiera cada letra de memoria. Cada trazo. Sanserif o conserif. Para colmo el tabaco se apagaba seguido. Volví a encenderlo y por poco me quemo un dedo viendo a la mujer que acaba de entrar. Con ésta sí que tenía que casarme —y renuncio a describirla. No seré yo un rey Candol gandul para el G-2. Solamente diré, como norte sensual, que si en el cuerpo de Kim Novak se injertara la cabeza de Tatiana Samoilova no conseguiría Goldwyn Lisenko este monstruo delicado. Miré todo su cuerpo en cada uno de sus movimientos y lamenté no tener la escopeta de Marey para disparar y fijarla en un recuerdo fotográfico. Desapareció en la nada del gentío. Harén para siempre perdido. (Para completar el símil más tarde vi que venía con un mulato fofo que parecía un eunuco en celo perpetuo.)

—¿Tú sabes que una vez (   ) me criticó que yo escribiera que las mulatas me gustan más que el mantecado?

En el paréntesis inserté el nombre de una ideóloga del partido. El «partido» era lo que ya comenzaba a convertirse en el Partido.

Pareció sorprendido o molesto.

—¿Por qué? ¿Qué dijo? Cuenta.

Le interesaba conocer la opinión de esta mujer que hablaba tan mal de él como de mí —aunque por razones que podrían vivir en las antípodas. Si las razones vivieran. Curiosamente, esta señora o señorita era una lesbiana conocida en todo el continente político y uno de los cuentos del Partido, casi una leyenda, tenía como tema su (de ella) relación geométrica con un piano, una depravada belleza mexicana y la música de Ravel. No voy a contar la anécdota entera, no por exceso de pudor sino por falta de espacio. Pero añado al tema el asunto y digo para solaz y esparcimiento de los conocedores que mientras nuestra Ana Pauker tocaba (no debe jamás traducirse por *joüé* ni por *played*) pasionariamente, la beldad india, sentada desnuda sobre el Steinway o el Pleyel, sostenía la partitura entre las piernas. Eran las partes del piano del Concierto para la Mano Izquierda.

—Dijo que era colocar a la mujer en posición de objeto.

—¿Dijo así, objeto?

—No, dijo como una fruta o un dulce. Ella sabe hacerse oír por la masa.

—¿Y tú qué dijiste?

—Que era mejor colocar a la mujer como vianda que como atril.

Se rió por primera vez en la noche. Su risa era ruidosa, como oxidada, y tenía algo, un sonido alterno, una mueca ratonil. Pero no en el sentido que lo entendería Walt Disney.

—Volviendo al tema. ¿Para quién haces tú el magazine?

—Para mí.

—No, en serio. Sin butade.

—En serio, para mí.

—Tú ves, es en eso en lo que no estoy de acuerdo con ustedes.

—No digas con ustedes, di conmigo. Yo no soy un colectivo.

—Sí, en ti, en ustedes, porque ustedes son una clique.

—Clique y claque.

—Ríete y haz juegos de palabras.

Segundo que me decía eso mismo esta noche. Esperaría al tercer hombre, ya que todo pasa en tres.

—Te advierto que te hablo muy en serio.

—Ya lo sé. Tu tema tiene la seriedad de un mausoleo en la Plaza Rosada, ya que en Cuba no puede haber Plaza Roja. Todo es más suave en los trópicos, como se sabe. ¿Sabías que todas las cenizas son grises? No hay cenizas rojas. Humanas quiero decir. Ni siquiera color de rosa. ¿De qué color serían las cenizas de Rosa Luxemburgo? Sé que las de Marx son prietas. Las de Groucho, quiero decir. De su tabaco, puro de marca o cigarro.

Estaba pálido y comprendí que se contenía. Yo también me contuve. Freno de mano. Mi mano. Las suyas enrollaban una y otra vez la corbata. Levantó una mano. Vino un camarero. Pidió otra agua mineral. Aproveché para pedir otro café y otro tabaco. Y, por favor, otro cenicero. Me miró. ¿Cómo jurarle que no fue a propósito? De veras que estaba rebosado. *Honest.*

Mientras se fue el camarero, regresó, tomé un buche de café y encendí el tabaco, no dijo una palabra. Me alegré, porque entraron seis o siete mujeres, unas en grupo, otras solas y decidí hacer uno de esos matrimonios colectivos que estaban de moda. El único problema a resolver era convencer al ministro de Justicia de mi esencia colectiva. Siete Hembras, ¿aceptan ustedes por esposo al compañero Clique? Sisisisisisí. Ah, gran religión la mahometana. Debí nacer en Arabia Felix o en Arabia Pétrea —aun en Arabia Deserta. ¿Pero no llegaría hasta allá este Lawrence de Arabia Socialista? Lawrence da Rabia. También fascinación. Porque además de la historia de la pederastia convivían en mi interlocutor otras historias: (se decía que) era o había sido un estudiante brillante y valiente y dedicado, un comunista esforzado, tísico a fuerza de luchar por la Causa del Proletariado, un prisionero perpetuo de la Tiranía, un cobarde irredimible, un santo de la Revolución, un tránsfuga que usaba las organizaciones revolucionarias como vasos comunicantes, un exilado laborioso y tenaz, concentrado solamente en trabajar en el exilio para que la Insurrección triunfara, un fugitivo y por tanto virtualmente expulsado del Partido, un miembro del gobierno en el exilio, un redactor de la Ley de Reforma Agraria, un consejero del presidente, del primer ministro y de no sé cuántos comandantes y líderes políticos, un agente del G-2 y confidente del ministro del Interior, un ejecutivo cultural, íntimo del jefe del ejército, de la policía y de la Marina, favorito de las Mujeres de la Revolución, un alcahuete del viceprimer ministro y ministro de las Fuerzas Armadas Revolucionarias, un posible legislador de la Nueva Constitución y quizás el primer ministro de Cultura Revolucionaria de Cuba. Tantas historias, todas tal vez verdaderas.

Pensé en Calígula. ¿No fue él quien dijo querer que todas las cabezas de Roma fueran una sola, etcétera? Como un calígula del sexo, pensé que me gustaría que todas las mujeres de El Carmelo (que era entonces como decir Roma o el mundo) tuvieran una sola, acogedora, tibia vagina donde acomodarse a pasar mejor noche, etcétera. La realidad totalitaria me sacó del sueño totalitario.

—Ustedes defienden el arte abstracto a ultranza.

Pronunciaba akstrakto. Pero yo estaba abstraído.

—Yo, personalmente, no estoy contra el arte abstracto. No me molesta en absoluto. Pero tienen ustedes que reconocer que la pintura abstraccionista tuvo su florecimiento en Cuba en los momentos de la mayor penetración de las fuerzas imperialistas, florecer que no por gusto coincidió con los años peores de la tiranía batistiana. La pintura abstracta, esa literatura que ustedes divulgan, la biknik (sic), la poesía hermética, el formalismo, el jazz, todo eso, junto con la prostitución de la música popular y del fokl (sic) y del lenguaje hay que atribuirlo a la nefanda influencia del imperialismo.

—¿También las prácticas maltusianas?

—¿Cómo?

—Sí. En tiempos de la penetración imperialista más violenta se introdujeron los condones y al final, los diafragmas. O si lo quieres más eufemísticamente, los preservativos y pesarios. Todo lo malo nos viene del «Norte revuelto y brutal que nos desprecia». Hasta el frío.

Su eterna sonrisa no tenía nada que ver con el sentido del humor. Ahora menos que nunca.

—No se puede hablar contigo.

Sentí un escalofrío. Pero no en la espalda sino en el epidídimo. Dios mío, qué mujer acaba de entrar ahora. Sentí también sudores fríos y quizá vértigo. Una vez me sentí así de niño cuando entré de pronto y sin aviso en una juguetería la Semana de Reyes. ¡Dios mío! El verdadero suplicio de Tántalo es que lo condenaran a ser eunuco en un harén.

—Lo digo en serio. Pero es cierto que no se puede hablar conmigo. Te lo voy a demostrar. Después, considérame un axioma. ¿Tú sabes cuándo tuvo su apogeo el danzón?

No contestó hasta cerciorarse de que yo no bromeaba. Carraspeó antes.

—Sí, claro. Fin de siglo, principio de este siglo, casi hasta los años veinte.

Me miró interesado. Todavía hoy pienso que de veras quería llegar a un acuerdo —por lo menos, momentáneo.

—Exacto.

Pronunció todas las kas de exacto —aun en la equis.

—¿Y el son?

—Coincide con las luchas republicanas y su apogeo lo tiene en el tiempo que se derroca a Machado.

—Bien. Ahora le toca al mambo.

Parecía un concurso de baile. Lástima que no fuera un *beauty contest*.

—Música muy penetrada por la influencia yanqui, dicho sea de paso.

De baile habría añadido en otra ocasión.

—¿Por el jazz? De acuerdo.

—Es lo mismo. Tú lo dices de una manera. Yo de otra.

—¿Bien?

—El mambo corresponde exactamente con el tiempo de relajo, robo y peculado de Grau y Prío.

Todo iba muy bien. Él mismo no lo sabía. Ni siquiera lo sospechaba.

—Llegamos al chachachá.

Cuando llegamos al chachachá miré hacia la mulata grande que entró hacía rato y que ahora se levantaba para irse. Quedó una fracción de segundo (ése es el tiempo que dura la felicidad, diga lo que diga el Tao) entre parada y sentada, casi de espaldas a mí, y no pensé en Ingres porque esta odalisca estaba viva y su carne no tenía nada de mármol y sí mucho de algo necesariamente comestible. Ambrosía. Hembrosía. ¿Por qué no bebestible? Néctar. Licor no espirituoso sino corpóreo. Qué púberes canéforas me ofrendan el encanto *pero* sobre mi tumba —pensé que no hay mayor placer que la sabiduría de la existencia de las mujeres— que no se derrame el llanto sino la sonrisa de sus grandes labios —que al dejarlas detrás al morir ese saber no permitirá que haya sosiego en mi tumba— Flor de Loto, Honey. Panida, Pan yo mismo, osobuco, chivo expiatorio por el conocimiento carnal. Sé que solamente aquí, en su existencia considerada como parangón, la belleza, el placer estético, la obra de arte de la naturaleza —si se me permite hablar así y no creo que nadie pueda ahora impedírmelo porque el que no habló ahorita que se calle ya para siempre hasta que la muerte nos separe—, su goce se convierte en algo real, verdadero, que se puede conocer con todos los sentidos, no sólo con la mente, y que a la vez se puede tomar, hacer de uno, conseguir la posesión que es la aprehensión total, y el placer estético convertirse en un placer sensual, material, de la naturaleza, y, por su constancia, también de la historia —en un regocijo de la carne y del espíritu porque colma y origina todas estas necesidades. Me pregunté si alguien últimamente habría pensado en todo esto. Me respondí que tal vez el Arcipreste de Hita.

—¿Qué hay con el chachachá?

Salté del siglo XIV y de entre las dueñas a la mesa. Miré a mi entrevistado. Estaba tenso al hacer la pregunta. O quizás indigesto con tanta agua mineral.

—«Que es un baile sinigual.»

Se lo dije cantando el famoso chachachá que dice así. Estuve tentado de cantarle un chacha *medley,* pero no lo hice por mirar a la mesa feliz. *Mon contrebasse d'Ingres* se había ido ya.

—En *serio.*

—En serio, que es tremendamente popular en todas partes.

—De acuerdo.

No lo estaríamos por mucho tiempo más.

—Pues bien, este baile popular, hecho por el pueblo, para el pueblo, del pueblo, esta suerte de Lincoln de la danza que suelta a los negros mientras mueve a los blancos, tuvo su nacimiento alrededor de 1952, año fatal en que Batista dio uno de sus tres golpes. El último, para ser exactos.

—¿Y qué?

Cada vez más paraguas. No entendía nada de nada.

—Que este baile nacional, negro, popular, etcétera, no solamente tuvo la desgracia de coincidir en su nacimiento con la dictadura de Batista, época de la mayor penetración, etcétera, sino que tuvo su apogeo brillante en los tiempos en que Batista también tenía si no su apogeo tampoco su perigeo y brillaba todavía con el fulgor de tres estrellas de primera magnitud.

Ahora vio. Por fin vio. Vio-vio. Se quedó callado. Pero yo no.

—Tú debes preguntarme ahora qué quiero yo decir, para poder responderte que el chachachá, como el arte abstracto, como la «literatura que nosotros hacemos», como la poesía hermética, como el jazz, que todo arte es culpable. ¿Por qué? Porque Cuba es socialista, ha sido declarada socialista por decreto, y en el socialismo el hombre es siempre culpable. Teoría del eterno retorno de la culpa —empezamos con el pecado original y terminamos en el pecado total.

Me detuve no por prudencia sino por eufonía. Mi última frase sonó derminamos en el becado dodal. El catarro acababa de tomar poder sobre mi aparato respiratorio. Aparat. Miré a Connolly, a la portada a la que mi servilleta tapaba las letras *Un y G quiet rave*. Sabio libro aun en caso de accidente. Miré al camarero, miré al comisario. Ninguno me miraba. El camarero esperaba una propina próximo, alerta, casi en puntas de pie: bailando al son de monedas de plata.

El comisario, el paraguas, Lorenzo de Cuba pareció derrumbarse. Pero no fue así. No lo supe esa noche sino seis meses después, cuando sus maquinaciones políticas, su habilidad de asamblea, su capacidad florentina para la intriga y el caldo de cultivo del régimen multiplicaron sus facsímiles por mitosis leninista, y acabaron con el magasín o magazine y con otras muchas cosas, entre ellas con la esperanza, en un paso de lo concreto a lo abstracto que quizás no habría alegrado a Marx pero haría feliz a Hegel. En cuanto a esa noche, ahora mismo en la página, yo también parecí derrumbado y como demolido actué. No por el catarro ni por la cotorra, fue por el cotarro que se alborotó al entrar la mujer más bella más encantadora más y más misteriosa, y todos la miraron, pero no miró a nadie más que a mí y esbozó su sonrisa encantada, encantándome. Debí haberle pedido que se casara conmigo. Pero me quedé sentado queriendo que no fuera verdad, que no fuera Ella, que fuera un espejismo del harén. Yo no quería que ocurriera —porque ella era el amor. ¿Tengo que decir que lo avasalló todo?

Listas

Me apasionan las listas. Es lástima que tenga que decirlo así, pues me gustaría poder decir:
Me
apasionan
las
listas
y que nadie tomara mi declaración en escalera por ese petulante ejercicio literario que es un poema, forma usurpadora de las listas.

Para aquellos que me conocen mal o que no me conocen todavía y me reprochan (o pueden reprocharme) mis apasionadas por apasionantes lecturas verticales, quiero recordar que muchos de los «grandes nombres» literarios del siglo
(
a Yeats
b Hemingway
d Auden
por
ejemplo
)
han expresado un más grande amor por las relaciones que por los relatos —y eso que no han leído a Cortés.
1 Yeats
2 solía
3 confesar
4 con
5 indudable
6 deleite
7 que
8 su
9 lectura

10 preferida
11 eran
12 los
13 itinerarios

(Según se desprende, coloqué letras del alfabeto en minúsculas y guarismos a los anteriores ejemplos para que no se los tome por poesía. Los supersticiosos pueden pues desechar el último número, que viene dado por el orden.)

Las mejores páginas del Fitzgerald de este siglo están llenas de nombres, alistados, de huéspedes a un insulso *party* anticlimático. Hemingway, por su parte, recomendaba como lectura idónea para escritores novicios el boletín hípico: meros nombres y números. Mejor consejo jamás pudo dar este escritor lineal. Auden, un epígono, declara, con Yeats, su preferencia por los itinerarios de ferrocarriles, por las recetas de cocina y «por toda clase de listas» (doble plagiario, de Yeats y de alguien que ustedes conocen: no tengo que decir su nombre).

Más consecuente o tal vez menos cobarde (o, si mis enemigos lo prefieren, más incoherente), me he propuesto escribir una obra maestra, ni más ni menos, que sea solamente una lista. Hasta ahora

(
7.15 p.m.
Closerie des Sapins
Kraainem
Bruselas
Bélgica
Europa Occidental
Eurasia
La Tierra
Sistema planetario del Sol
Vía Láctea
El Universo
)

ciertos límites —la infinita extensión de mi tema, la inexhaustibilidad del argumento y la difícil enumeración de sus personajes, para no citar más que sus confines novelísticos— tropiezan con mis ambiciones enumerativas.

Algunos precedentes ilustres, como la guía de teléfonos, el catálogo de Sears Roebuck y el Diccionario de la Real Academia Española, me alientan en mi propósito.

A pesar de las dudas que, como a todo creador, me asaltan a veces. Sobre todo en las mañanas, cuando veo la primera plana de los diarios dedicada a monótonas noticias que parecen ser una misma noticia repetida con diferentes nombres y hombres, día tras día. Mientras se relegan al trípudo interior o al desván de las últimas páginas los anuncios clasificados, las carteleras de espectáculos y las listas obituarias. Creo haber conseguido, sobreponiéndome a esta acción paralizante matutina, no pocos logros en dirección descendente.

No hace mucho que compuse un breve tratado que titulé, provisionalmente, *Índice Gelardino,* que empecé por supuesto por Abel. Solamente la escasez de papel y la merma del plomo, más el inoportuno agotamiento físico y mental de mi mecanógrafa habitual han impedido que vea la luz hasta ahora.*

También he compuesto algunas listas (de duración media) que, so pena de parecer poco modesto, no me han quedado del todo mal. (Prefiero, por supuesto, pecar por inmodesto que por incorrecto. O, lo que es peor, poder parecer inexhaustivo.)

Tengo asimismo terminado un *Sumario Somero,* al que seguirá un *Sumario Sumo,* de mayores ambiciones enumerativas, obra que me propongo desde hace tiempo, sin resolverme a su composición definitiva, detenido en la solución de continuidad de sus partes y abatido un tanto por el alcance tomista de mi tomo.

Mi *opus magnum* será, a no dudarlo, una obra que combine mis dos pasiones: la historia antigua y las listas exhaustivas. No verá la luz en breve, pero se asomará, a retazos, en las revistas minoritarias, tales como la *Gaceta oficial,* el *Listín diario* y los bandos de la Oficina Central de Censos y Catastros. Esta *summa* de mis enumeraciones babilónicas llevará por título el para mí tan apto como alto de *Sumario Sumerio.* Me han guiado en su planeamiento y paradigma de elabora-

---

* Ya ha sido publicado. *(N. del E.)*

ción mis asiduas lecturas de ese Texto Divino el Génesis, *Le Générique*.

No quiero dejar pasar esta mención bíblica sin rendir homenaje sensitivo a esa crónica censoria, ese libro de libros, *Los Números*. ¿Cuántas veces no han llorado mis ojos al recitar estos versículos exhaustivos?

«14 una cuchara de oro de diez siclos, llena de incienso;

15 un becerro, un carnero, un cordero de un año para holocausto;

16 un macho cabrío para expiación;

17 y para ofrenda de paz dos bueyes, cinco carneros, cinco machos cabríos y cinco corderos de un año...»

    Me emocionaron una vez
    y otra
    y otra
    y otra
    y otra vez más
    y otra vez
    y otra
    y otra
    y otra
    y ¡otra!

y me emocionarán una vez más y ¡siempre! Como me emocionan todavía estos otros versículos del mismo libro numerario, tal vez más bellos o más emocionantes que los citados antes:

«20 una cuchara de oro de diez siclos, llena de incienso;

21 un becerro, un carnero, un cordero de un año para holocausto;

22 un macho cabrío para expiación;

23 y para ofrenda de paz, dos bueyes, cinco carneros, cinco machos cabríos y cinco corderos de un año...»

¡Ah, cuánta belleza contenida! ¡Qué diversidad de tono! ¡Cuán bíblicos, y por lo tanto divinos, estos inventarios inevitables, necesarios! ¡Ya no se componen, ay, censos así!

Tampoco se consiguen hoy estos otros versos, tan diferentes y a la vez igual de conmovedores:

«26 una cuchara de oro de diez siclos, llena de incienso;
27 un becerro, un carnero, un cordero de un año para holocausto;
28 un macho cabrío para expiación;
29 y para ofrenda de paz, dos bueyes, cinco carneros, cinco machos cabríos y cinco corderos de un año...»

O todavía aquéllos, magistrales, de unas pocas páginas divinas más allá, que quiero citar a riesgo de parecer injusto con los otros admirables versículos intermedios:

«80 una cuchara de oro de diez siclos, llena de incienso;
61 un becerro, un carnero, un cordero de un año para holocausto;
82 un macho cabrío para expiación;
83 y para ofrenda de paz, dos bueyes, cinco carneros, cinco machos cabríos y cinco corderos de un año...»

Podría seguir copiando estas divinas listas diversas hasta el Día del Juicio Final y más allá, momento y lugar en que abrazaría a su autor, inmortal hebreo anónimo, con lágrimas en las yemas de los dedos, conmovidos mis índices por los roles de este libro que hace de la enumeración no sólo poesía numérica, sino inventario fundamental. ¡Los Números son mi numen!

Hay, por supuesto, otros libros en *El Libro* en los que la enumeración es una fuente continua de emoción por minuciosas tablas, comenzando por las de la ley, tan sabidas de memoria. Pero hay otros momentos indicadores más secretos, recónditos, aunque no menos reveladores, como la repartición de las tierras que fueron de los reyes derrotados por Josué, o, una página más allá, la lista de las ciudades de Judá. Sin tener que hablar de las genealogías gloriosas del Génesis, donde aparecen por primera vez, para seguir luego en Los Números y alcanzar un verdadero frenesí anotador en ese inagotable Libro de las Crónicas:

1 Asena, Set, Enós
2 Cainán, Mahalaleel, Jared
3 Enoc, Matusalem, Lamec

Pero ¿a qué seguir? Enumerar estas enumeraciones listas

        índices
        roles
        minutas
        elencos
        tablas
        cuadros
        inventarios
        repertorios
        repartos
        censos
        nóminas
y árboles genealógicos que no dejan ver el bosque de las generaciones bíblicas, simplemente ponerlas unas detrás de otras, es un placer que desborda los límites del acopio para que su escritura en columnas, donde habrá siempre una quinta pilastra, sea capaz de llevar la imaginación al delirio digital y al éxtasis exhaustivo.

    Desgraciadamente, después del Antiguo Testamento todo es decadencia —aun el Nuevo Testamento y libros tan anotativos como el Apocalipsis dejan mucho que desear. No hablemos de la literatura griega. Repasar los listines homéricos después de contar las listas bíblicas una a una y en montones, pilas y abarrotes, es como ver lloviznar después de haber asistido al diluvio. Prueba al canto: «Mandaban a los beocios Peneleo, Leito, Arcesilao, Protoenor y Clonio. Los que cultivaban los campos de Hiria, Aulide pétrea, Esqueno, Escolo, Eteono fragosa, Tespia, Grea y la vasta Micalesi; los que moraban en Parma, Ilesio y Eritras; los que residían en Eleon, Hila, Peteon, Ocalea, Medeón...».

    Casi no vale la pena citar ya que más que listas son reiteradas menciones de lugares: mera lectura horizontal. En cuanto a la *Odisea,* es preferible olvidarla. El desvaído continuador de los cantos homéricos desaprovechó cuanta oportunidad tuvo de hacer listas para entregarse a lirismos pastosos, insufribles, a interludios eróticos o aventureros: retóricos, y a las pretensiones de estar haciendo novela por primera vez.

    Casi más partido saca Virgilio al mismo sitio de Troya y a la guerra, al saqueo y la masacre, tan propicias para el conteo de armas, soldados, héroes diversos, grados, combates, tipos de heridas y formas de muerte o de pillaje, además de la ocasión envidiable para inventariar botines y rescates en especie.

Hay otros libros clásicos tan incapaces como la *Odisea* para aprovechar el impulso anotador. Así el *Satiricón* deja pasar la cena de Trimalción y su ocasión censual con tímidas acotaciones. ¡Que sufra Petronio esta molestia enumerativa cuando había en ese banquete munífico viandas que contar, manjares que acopiar, frutas que apuntar y avisar sus respectivas llegadas a la mesa, jamás solas! La lista de comensales solamente hubiera sido de proporciones pantagruélicas. ¡Lástima que el Arbiter Elegantiarum no haya sido judío!

Otro tanto se puede decir de Plutarco y de Suetonio, con la morigeración del uno y la austeridad romana del otro. Solamente Tácito, desmintiendo su nombre, anota expreso cónsules, procónsules, familias, linajes y dinastías para convertirse a mis corredores ojos de notario en un gran historiador.

No quiero ocuparme de todos los libros preciosos de mi biblioteca abierta. En ella conservo algunos volúmenes para la lectura ordinaria, destinados más a los amigos y al visitante ocasional que consigue abrirse paso por mi casa, entre el laberinto de archivos, *files, dossiers* y libros mayores y menores y de asiento.

Pero debo confesar que amigos y conocidos son pocos, tan exiguos que no me animan a componer una breve lista con sus nombres y puedo contarlos con los tres dedos de mi mano izquierda. Pero yo lo he querido así. He roto uno por uno los vínculos que me unían a aquellos que un día descubrí incapaces de compartir mi apreciación por la belleza de las listas.

Tengo un sistema infalible para probar la incapacidad intelectual de aquel que todavía no ha advertido mi indiferencia por los individuos. Cuando uno viene a visitarme, de tarde en tarde, ipso facto pongo en sus manos la guía de teléfonos (una cualquiera de mi variada colección de libros telefónicos: tal vez el directorio de Estocolmo en sueco, para poner a prueba también su paciencia, virtud ordinal del listero) o un anuario vencido o uno de los catálogos de las *Army & Navy Stores,* que me he hecho traer de Inglaterra desde su primera edición hasta nuestros días. Si el visitante desdeña esas fuentes de deleite, mi desdén hacia éste es de pareja intensidad y pronto lo hago sentirse intruso.

Es evidente que prefiero la compañía de mis estados de cuentas, que apenas tienen literatura apreciable, a cualquiera de estos herejes narrativos en el templo del censo, en cuyo *sancta sanctorum* la única concesión al gusto por la vulgar narración es una copia de *Gargantúa y Pantagruel,* de la que eliminé las partes pesadas por su carencia de enumeraciones y dejé solamente las gloriosas listas rabelesianas.

Lo demás en esta casa mía —que día a día alcanza su meta de perfecto archivo— es un vasto océano de anaqueles, ahora que por fin pude deshacerme de mis últimos parientes molestos —Q.E.P.D.—, que me impedían en el pasado tirar los muebles inservibles para hacer lugar a lo que es para mí el milagro de lo funcional:

anaqueles anaqueles

de:
Guías Telefónicas
   Turísticas
   de Viajes
Listas
Listines
Boletines
Partes de Guerra con
Listas de Bajas

Catálogos de
     Ferreterías
     Editores
     Librerías
Anuarios
    Médicos
    Botánicos
    Mecánicos

etcétera
etcétera
etcétera
etcétera
etcétera

y algunas obras más abstractas, sumas que son verdaderas restas, como:

los anuarios de anunciantes
los catálogos de catálogos
las listas de listas

y el *Domesday Book,* esa obra excelsa de la literatura inglesa, ordenada por Guillermo el Conquistador.

De vez en cuando, para estar en contacto con el mundo (por el que no siento nostalgia alguna, excepto, quizás, por el recuerdo de los días escolares que comenzaban, temprano en la mañana, con ese toque de diana glorioso del maestro pasando lista, enumeración que doblaba no sólo el eco infantil diciendo «¡Presente!», sino la feliz repetición magistral ¡hasta tres veces!, del nombre de un ausente), como cualquier mortal ordinario, enciendo la televisión para ver los programas del día, el aviso con sus títulos y horarios respectivos. Luego apago enseguida el aparato, ya que las imágenes que puedan seguir perturbarán el placer del recuerdo fosforescente de esas listas fugaces.

A veces salgo a comer fuera. Es ése un hábito del que no me he podido liberar, ya que comiendo en la casa me pierdo el aperitivo y postrero placer de los menús, de los que conservo una desplegable colección. ¡Pero nada puede sustituir a la sorpresa de un menú desconocido! De ahí mi búsqueda incesante de nuevos restaurantes o, lo que es mejor, de restaurantes nuevos.

También voy al cine, a mis sesiones favoritas, que son las funciones continuas. Si se trata de un programa doble, como ocurre casi siempre, procuro llegar al final de una de las dos cintas. En ese paso ninguna de las tontas y simples historias, que apenas veo esperando el fatal fin de aventuras y desventuras, puede echarme a perder el siempre renovado placer de contemplar los repartos finales, el elenco de actores y personajes, y de extasiarme en los créditos, esos genéricos iniciales que son como el comienzo de la Biblia.

Nada me gusta tanto de mis excursiones por el mundo horizontal de calles y avenidas que contemplar los rascacielos y contar sus pisos imaginando que son listas de ventanas, sobre todo vistas de arriba abajo. Nada excepto, claro, como visitar moroso las estaciones de ferrocarril, las terminales de ómnibus y los aeropuertos, para leer uno a uno los itinerarios, las llegadas y salidas de ómnibus, las relaciones de vuelos —todo género de *schedules* que son cédulas de identidad para acceder al sortilegio y a la maravilla del mundo vertical de las tablas.

En estas verdaderas catedrales de pasaje, el oficiante (que adopta la forma providencial de un oficinista conocedor a quien advierto por señas secretas que pertenezco a su masonería) suspende por un momento su vital labor creadora entre teletipos, máquinas de sumar y estados de cuentas, para dejarme leer, temblando yo de emoción y de agradecimiento, las arcanas listas de pasajeros que devoro con mis ojos subiendo y bajando rítmicos, exaltados. Hasta que accedo a un paroxismo que no tiene lugar en los ojos enumerativos ni en los labios contantes, sino que se eleva por entre los diversos planos de la escala mística, recorriéndola uno a uno en la contemplación de un censo que es un ascenso.

El fantasma del Cine Essoldo

El fantasma de la Ópera realmente existió.
GASTÓN LEROUX

La L de Londres viene y va de laberinto: la ciudad es de veras un enorme dédalo de calles y de nombres. Permítanme que esta lista como mapa sea su Ariadna —si ustedes reprimen el deseo de ser Teseo. Vivo, céntrico como otro Minotauro, en Gloucester Road, que algunos se empeñan en comenzar escribiendo *Glow,* que es en inglés un resplandor, incandescencia y estado de bienestar. O sea, un sentimiento de vivo placer. Pero Glou o Glow, como cualquier otro placer, pronto se disipa en la confusión, que es el castigo urbano en Londres al vicio de callejear. Hay más de un Gloucester en Londres y el mío que será el de ustedes queda en South Kensington. Pero, cuidado, que Dédalo diseñó el plano local y para acertar conmigo hay que fijar la fachada fatal que se ve entre Palace Gate y Cromwell Road. Un poco más abajo y la calle se convierte en Cranley Gardens. ¿Confuso? No lo esté si toma como referencia el palacio de Kensington donde reside esa rubia peligrosa. Di de día y Diana de noche. Cuando vivía con ella el príncipe Carlos, Diana se convertía en cazadora y en días claros se podía oír volar la vajilla y el príncipe era Acteón, aquel de los anteojos para cazar la zorra. Pero para él (como para mí) ¿qué otro nombre se le podía dar a la diosa?

Dejamos el número 53 sin decir adiós sino hasta luego una noche, una noche toda llena de rumores y de amores y en diez pasos estábamos en Queen's Gate Gardens para cruzar la primera bocacalle. Allí un letrero como Otelo, negro sobre blanca placa, nos informa: «Lleva a Queen's Gate Place», como si este lugar fuera el centro de nada no de todo. Pero una calle callada adelante se llama, otra vez, Queen's Gate Gardens —y comienza el laberinto. Londres es ahora una versión del año pasado en Marienbad al aire libre: «Una vez más recorro estos corredores, a través de estos pasillos, cruzando gale rías en un inmenso edificio». No pisamos ese pavimento tan real para los metafísicos, sino que atravesamos un jardín que es en realidad una manzana árabe. ¡Ah si este sólido bloque pudiera derretirse y convertirse en arena del desierto! Esta ilusión es tal vez un espejismo para los árabes ricos que habitan aquí. No olviden que este barrio se apoda Saudi Kensington. Los Rolls que ruedan de aquí pueden ser otros tantos camellos del oasis urbano y junto a la acera los choferes rumian su espesa espera. El desierto de la noche, dice la repetida autora de *Alf Layla wa Layla,* es un vasto laberinto de arena que no mide las horas sino la eternidad hecha espacio. La arena en el reloj viaja de una ampolla a otra creando desiertos gemelos que se llena una constantemente y la otra se vacía infinita. Pero arena en inglés es un teatro o la escena donde ocurren conflictos o una intensa actividad. ¿Qué otro nombre mejor para el cine y su pantalla de arena, de polvo de estrellas?

Ahora enfrentamos, afrontamos, la densa niebla de gases de escape y el incesante clamor del otro tráfico, tránsito de autos, taxis, camiones y cruzar es bravear la corriente de golfos en motos, bicicletas y patines. Otros, más afortunados, van en van: *¡vanitas!* Cruzamos otras calles, otras rúas y las avenidas bien venidas, cuando *tará,* ¡estamos en King's Road! King's Road, damas y caballeros, amables lectores que saben descifrar las letras sin mover los labios. King's Road que traducido al francés quiere decir: *Son et Lumière Frères.* Las luces eléctricas, extáticas, crean una corriente que, al revés del tiempo y del río, fluye en ambas direcciones: arriba y abajo de la vía de la vida. Heráclito se equivocó: podemos bañarnos más de una vez en el río de la noche. El cielo está lleno de caras y el alba de neón ocurre tarde en la noche y temprano en la mañana. La noche tiene nombres, muchos, en latín, pero Petronio, que vivió y murió de noche, nunca tuvo tal profusión de seres nocturnos, arañas invisibles que tejen telas incandescentes. A lavarse la cara. A lavarse los ojos en la luz porque la noche eléctrica ha llegado —o hemos llegado a la aurora boreal irreal. Es el *éblouissement* final de la fantástica fachada que a la luz del glauco día no es más que ladrillos y pintura ocre. El frente luminoso nos fuerza a vadear la calle corriente, el mismo arrabal, para llegar a la misma meta: el Essoldo. La noche acababa de volverse Aurora, madre de Menón, la que lloraba rocío, las lágrimas de la mañana.

Después de comprar las dos entradas y ninguna salida, casi al acceder a esa penetralia miro a lo alto, a un letrero pintado allá arriba en una pizarra luminosa. Medio letrero más bien o más mal porque no vi bien o no vi más que el falso final que decía *alma*. ¿Estaba en español en espíritu o era un anuncio de Alma Mahler Gropius Werfel en persona en una pieza de resistentes, *Die lustige Witwe*? La viuda alegre o la viuda negra, que es el color del pelo de mi amor en lo oscuro. Nada aísla más a las almas gemelas que la oscuridad, que es el escalpelo negro para los siameses. Negra es la tumba. También la entrada al cine con las luces apagadas y la entrada pagada. Dice Harrods: «Cuando se entra a un cine se penetra otro mundo». Pero peor, si el cine está a oscuras.

—¡Maldita sea! Llegamos tarde de nuevo. ¡Mierda!

Las almas se pierden más en el mar que en el mal. SOS quiere decir sálvese el que pueda.

—Pero si la película acaba de empezar —dijo ella.

—¿Quién dijo?

—Ella, la acomodadora.

—Que acomode a su madre, si la tiene.

—Pero ella debe saber.

La miro a los ojos oscuros en lo oscuro.

—Las acomodadoras, rica, no saben distinguir lo que se mueve en la pantalla de lo que se filtra por la puerta. Son ciegas de tanto andar en la oscuridad. ¿No te das cuenta de que la película como la vida se acaba?

—Pero acaba de empezar. Mira a todo el mundo ahí.

—¿A quién miro que no veo?

—A los actores. Están todos a la espera. Es obvio que la película acaba de empezar.

—No para mí. Los créditos, genéricos o como tú dices los letreritos no son para mí el menú sino el plato fuerte.

—Mira —pero no miro sino sigo.

—Si no veo los créditos la película bien puede haberse acabado. Por lo menos si se ha acabado poder leer el reparto final.

—Pero vida.

—¿No te das cuenta de que no puedo decir *who's who*?

—Amor.

—Quién es el villano, quién el héroe.

—Mira, chico, chicas.

—¿Qué cosa?

—Muchas muchachas.

—¿Dónde?

Miré al patio de lunetas, lunas vacías.

—Allá arriba.

—¿En el paraíso?

—En la pantalla, *dearie*. Cien mujeres y un hombre.

—¡Dios! No cien hombres y una muchacha. Denna Durbin invertida entonces.

¡Mi sueño hecho irrealidad! Ahogarse en un lago de *legs*. Piernas, piernas, ¿para qué tantas piernas? Ahah. Alma en el mal, *mar*. Fue ahí que dejé de echar de menos a las altas torres, los reflectores, los rayos de colores: ¡la fanfarria de un joven *fan*! Todo levemente *art déco*. Popart de có. El logo de lo que vendrá. El arte del siglo veinte. *20th Century Fox*. Un edificio del siglo veinte que me brinda la manzana y a todas las Evas de corral. *Le fantôme de l'Opéra. The Phantom of the Opera. El fantasma de la Ópera.*

Ce soir-la, qui était celui les directeurs démissionnaires de l'Opéra, donnaient leur dernière soirée de gala.

Nunca he podido atrapar al vuelo el nombre de aquellos que conozco por primera vez. Por ejemplo, los dos gerentes de la Ópera que renunciaban a sus cargos, M. Devine y M. Polyakov. ¿Se llamaban de veras así? ¡Adivinar un nombre polaco sin ser Conrad —qué osadía! Como un Camilo Flammarion debo ser un astrónomo que ve fantasmas entre las castas estrellas. Pero, ay, no hay ya estrellas. Ni siquiera una estrellita. Ni castas. Por primera vez tengo que aprenderme los nombres de esos que no serán un extraño: Winslow Leach, Swan, Phoenix, que de aquí en adelante se llamará Fénix, la que no será una gritona sino una cantante que baila con gracia y es bella. Lástima que sea una cantante, pero por lo menos, haciendo gracia a su nombre, no morirá, no. Swan, por el camino, no tiene otro nombre de pila porque nunca fue bautizado. Su pasado es un misterio pero su persona es ya una leyenda, como la Swanson. *A swan's song.* Importó los *blues* a Inglaterra y las armonías de Liverpool a América. Este importador-exportador hizo famoso a un grupo, The Juicy Fruits, llamados los Pájaros Pintos en España, las Locandieras en Argentina. Ahora Swan sigue su camino en busca del acorde perdido, mientras inaugura su Xanadú, su Disneylandia, su Palau de la música —¡el Paraíso!

Es también el jefe de los Discos Death: su etiqueta es negra, su logo un canario amarillo con el ojo tan negro. Negrissimo es para el *fortissimo*.

Pero volvamos a Fénix: siempre hay que volver a ella porque ella es un fénix frecuente. De Arizona, de su capital, tiene una bella voz de contralto bajo contrato con Swan, ojos si no de estrella por lo menos estrellados y una boquita como una ciruela pasa siempre a punto de reír o por lo menos de sonreír: tiene algo, no sé qué, de Mona Lisa. Aunque es pequeña danza con un vigor y una gracia petulante que es a la vez animal pero animal domado. Parece un muchacho: un niño lindo hechado (¿echado?) a perder por Swan y la fama y la lana en argot. Baila ella a la música con canto y encanto. «¡Magia y Garbo!» proclama el programa y es estafa porque Garbo no aparece aquí para nada. Pero aparece su cara, la de Fénix: *pretty baby.* Pero todo es cosa de Swan que parece una *reductio ad absurdum* de Robert Redford como un enano que envejece con su cara geográfica. Es de veras un enano más viejo que Doc y que Grumpy juntos, aunque se parece a Dumpy, el pilluelo perdido, libidinoso mozo, Pulgarcito crecido en el mar del mal. En su mansión —su casa es su caza— tiene un vídeo con una película en glorioso color que envejece y vieja viaja en el tiempo en su templo, tan inmaculado retrato como los guantes blancos con que trata a la trata. Es, lo adivinaron, ¡Mefisto Gray! O el hombre que fue un cuadro.

La película empieza —*la seance commence*— con un grupo de rock moviéndose, meneándose, meándose en la música y dando gritos como negritos. Ah, aah, ya, yah, yaaah pero en inglés: *she waddy, oh she waaddy wadddy, ah, ah, hah, wadddadda-*

dawy! Cooocookoo! (O palabras parecidas.) Dos manos enguantadas aplauden discretas —y todo el mundo en el ensayo aplaude a rabiar. Swan está contento o al menos lo parece. Apenas oye lo que su testaferro todo cabeza de hierro le dice, quejándose de cierta esposa amorosa con otro y lo que quiere es venganza, retribución —cuando de pronto dice Swan en un suspirito: «Cucha, cucha» que es escucha. ¿A quién, jefe?

A Winslow Leach al piano cantando su serenata mulata. Es, adivinaron, el futuro Fantasma de la Popera. Es joven pero viejo: desgarbado, jorobado y nocturno. Sus pocos pelos son rubios y lleva gafas gordas que ocultan sus ojos saltones: es feo pero todavía no es un monstruo. Se volverá espantoso —*epanteux* en el original francés— y se verá forzado a usar una máscara. Su cantata canta la historia de Fausto, el que vendió su alma, *soul,* por la *soul music.* Los primeros compases de Winslow —¿le importa que lo llame Winslow?— al piano suenan como un órgano. Cuando el testaferro, con atuendo de agente, viene a visitar a Winslow, éste le informa que su composición es una cantata con un tema de, ¿a que no adivinan?, Fausto. El detestaferro le pregunta como un agente de negocios: «¿Con quién ha grabado antes, Mac?».

Swan y su gente y su agente y un tal Castro que es un convertible Castro, un cantante de rock que da rabia con su voz de tiple y su cuerpo triple. Pero tiene bíceps y tríceps y vocea las canciones como un cantante una noche en la ópera. Desgraciadamente la parte de su arte es la que Winslow compuso para Fénix y el castrato es un capón que canta como Nelson Eddy —aunque él mismo es su Jeanette McDonald. Como cada capón el castrato nació para morir, pero su muerte le pondrá la carne de gallina. Lo mata Winslow Leach con una suerte de rayo de la muerte: un rayo de neón. Señal de los campos eléctricos de un Satán satinado: ¡tantos villanos y nadie a quien odiar! Debiera haber alguien arriba en el gallinero a quien odiar y no hay más que capones. La testa del testaferro fue cortada y se quedó sólo en ferro. Swan murió como un diablo de utilería, que es lo que era: antojos y trampantojos. ¿Quién queda? Nadie, *nessuno torna indietro,* Mr Nobody, *lettre et le nain.* Pero ¡un momento! Todavía queda uno y se llama Angelo Kuchacevich ze Schluderpacheru. ¿Se llama así, de veras? Sí pero cuando es Herbert Lom es capaz de decir, de susurrar más bien esto: «Es la voluntad, Madeleine, la voluntad que me sobrevive». Dice esto el Fantasma desde el bajomundo o el más allá o las regiones infernales, murmura la frase y uno sabe enseguida que el sentido, el sentimiento del verso que es un universo que dice «amor que vive más allá de la muerte» —y uno sabe entonces qué quiere decir más allá de la muerte y aun lo que quiere decir amor.

Debo de. ¿Debes de? ¡Sí! Debo levantarme y salir. Ahora. Aunque detesto hacerlo. Odio levantarme en medio de una película por mala que sea, ¡maldita sea! Pero debo, tengo que hacer agua, *aguas* —o me meo. ¡Pero ya!

—¿Qué quiere decir FO?

—Tal vez Don Fo, el BO Plenty de *Dick Tracy*.

—No, ahora, aquí.

—Ah. Entonces el Fantasma de la Ópera. FO naturalmente.

Paréntesis preñado de silencio, luego susurros y suspiros.

—Mira cuántas mujeres lindas.

¿De qué hablaba? En la pantalla sólo se veían dos hombres feos hablando de negocios.

—No veo nadie lindo, sólo dos ángeles.

—¿Ángeles? ¿Qué ángeles?

—*Agentes*. Que hablan de puntos y porcentajes.

—No digo allá arriba sino a mi lado.

Miré de reojo. Es verdad, por una esquina de mis gafas, a través de espejuelo oscuro, enmarcadas por mi montura de falso carey, más allá de su cuerpo y de la noche, vi no dos muchachas sino dos mujeres hechas pero no derechas (estaban a mi izquierda) que no estaban mal a media luz las dos. Me viré un tanto y por cierto vi a las mujeres, una rubia, la otra morena. La rubia era más alta o tal vez tenía el cuello más largo o la espina dorsal bífida, como *une blonde d'Ingres,* que podía ser *ma violon* sin violarla. O tal vez tenía más nalgas en que posarse, ¡esteatopigia! La morena en mi miopía tenía un buen perfil que iba sin embargo camino de hacerse de bajita a brujita. Miraban cómodas la película, mientras yo incómodo las miraba mirar. Mejor las sombras que la carne. Regresé a la función hecha discontinua por ser mirón.

Lon Chaney se movía con estudiada languidez de miembros, como si dijera yo acoso pero gozo a través de las cloacas de París largo era Lon. ¡Ah Alonzo! ¡Cuánto sufrías y penabas y nunca te quejabas! Todo lo que decías era: «Si soy un fantasma es porque el oído me hizo así. Donde yo pongo el oído otros ponen el odio. Mi odio melodio».

Como ya han visto firmaba sus comunicados con un simple, modesto FO, cuando podía haber escrito, dramático, *El fantasma*. Claude Rains ahora tocaba «La canción de cuna de las campanitas» mientras Susanna Foster oía. Escuchaba porque ella era fina y él fantástico. Pero ella no oía realmente: hacía como que. En cuanto a su canto, que parecía ahora la voz de su amo no de su amor, podría llamarse soprano de coloratura —si alguien sabe su color. «¡Oh Susanna!», parecía entonar el Fantasma, «no cantes más por mí». Pero el hombre no sólo era educado de oído sino de maneras. Mientras tanto en Inglaterra Herbert Lom aullaba de dolor por todo lo malo que de él decían los críticos a los que ya había degradado a gacetilleros. ¡Ratas de erratas!

El maquillaje de Chaney era tan horrible, tan repulsivo y hediondo que el estudio no envió fotos a la prensa antes de estrenarse la película. Su horror era horrendo entonces (antes de Hiroshima, antes de Auschwitz, antes de los horrores de las guerras modernas que otro sordo, Goya, nunca imaginó) que *El fantasma de la Ópera* se exhibió a veteranos de la Primera Guerra. Claude Rains, por su parte en el arte, tenía una cabeza demasiado bien hecha para ser un monstruo de andar por alcantarillas no ya verdadero, siquiera veraz. *Les égouts de Paris* le daban asco, como decía en su ópera: *Me fa schiffo*, cantando con una mano en la nariz. Era, de veras, un monstruo delicado y aun su máscara era elegante como para mostrar su barbilla británica, que más que fugitiva desaparecía del todo en *El hombre invisible,* dejando sólo su acento como un *stiff upper lip* que se oye, que huye.

Herbert Lom tenía una manera perturbadora de mirar a un costado de la pantalla cuando no había nadie allí, como si tratara de ver al cartel apuntador y al mismo tiempo que mantenía a la damita joven en foco. El monstruo hecho por el hombre era London Chaney, Herbert Lomdon o tal vez ambos: Herbert Lom Chaney como si Rains nunca llegó. Pero detrás de la máscara, checa o chica, siempre estará la detestable cara del verdadero Lon Chaney, aquel a quien el hombrelobo llamó amo, con su verdadero antifaz hecho de cicatrices, sus ojos todo órbitas desorbitados y sus dientes, ¡sus dientes! —de asco, asquerosos. ¿Cómo describirlos?—. Sus encías vacías eran capaces de darle a la piorrea el mal nombre de periodontiditis, que es como dicen ahora los dentistas que ya no son dantistas aunque visiten el infierno sin purgatorio de una boca podrida como una fosa séptica. ¡Piorrea, piorrea, para que vea! Pero es este momento de mal aliento, señoras y señores, que baja —no, desciende— la gran escalinata de la Ópera a todo color, ya que todo ha sido de trágico blanco y negro antes: el monocromo hecho cromo, cromado. ¡Ah, si pudieran ver ustedes ver su socapa su capa negra y carmesí, como un *redeau cramoisi,* disfraz de gran señor de Castilla y su máscara enjoyada! —y vean cómo de súbito cupino todo a su alrededor se vuelve al instante un baile de máscaras y ya que estamos en la Ópera *un ballo in maschera* de Verdi que te quiero Verdi. Fue el Fantasma el que inventó el carnaval.

Cristinita hacía pucheros, lloraba casi.

—Me prometiste dejarme ir si me portaba bien.

—¿De veras?

—Sí que lo prometiste. ¡Lo prometiste!

—No hice tal ni Tales de Mileto, mulata.

—Lo prometiste.

—Me niego a recordarlo.

—¡Lo prometiste, que lo prometiste!

—Querida, ¿no ves que mi *trahison d'être* es más fuerte que tu *raison d'être*?

—No sé francés, vaya.

—¿Cómo? ¿En l'Opera de París y no sabes francés? Te lo diré cantando entonces: mi traición es más fuerte que mi vida y mi sino, es más fuerte que el miedo hacia Dios. Ya lo ves, es pecado y sigo pecando como quiere Mae West.

—No sé quién es esa Miss Hueso.

—Mae West.

—Mae West, Mae East. Da lo mismo.

—Ella es de Asia, como en Paronom Asia. En todo caso la historia de mi vida se puede y se debe leer como un escape. Mi *scurriculum vitae*.

—Ya te dije que no sé francés.

—Es latín, querida, como se habla en América Latina.

Cristina, mi Cristina, abrió la boca y la dejó abierta. No es que imitara a esa otra falsa rubia, Marilyn Monroe. (Aunque pensándolo bien también ella era rubia gracias no al cielo sino al H_2O_2 —es decir se oxigenaba.) Es que mi cultura la apabulló y esa boca era una O de Osombro no de ósculo. La cerró para abrirla de nuevo y contarme su versión que es subversión. Pero prefiero la historia de Cristina a las que se han contado antes. La memoria es una nostalgia amenazante. Si quieren, es como una neuralgia. Había confrontado más que afrontado al Fantasma en su guarida, usando la vanidad de una manera salomónica: *vanitas vanitatem* como una estratagema.

—¿Te gusta aquí?

El fantasma la miró de medio lado o de lado y medio.

—¿Qué quieres decir?

—Quiero decir vivir *aquí* —y acentuó aquí aguda. Pero no quería ser grosera, por supuesto. Había tratado de que aquí sonara como casa pero sonó como caza. Era una pronunciación extraña, pero ella era, después de todo, una cantante de ópera: aunque era soprano ligera sabía usar su fraseo.

—No vivo aquí, habito, aunque no moro. Eso se lo dejo a Otelo.

No entendió. Soy un malvado mal hablado.

—Ésta es mi morada aunque la veas demorada. Vivo, de hecho, entre los desechos. Que es vivir en la excreta.

—¿Qué quieres decir, por favor?

—Digo lo que quiero y quiero lo que digo. No hay secreto en las excretas. ¿Existen las secretas? No lo creo. Lo que en mi delirio de grandeza yo llamo mi palacio o mi Hotel Palace es en realidad un subterfugio. Mi refugio es un subterráneo en el lugar de las heces, mierda pura, pura mierda. Los famosos canales de la Ópera son en realidad cloacas. La reina Victoria, de reinar, me daría la Orden de l'Ordure. Aunque tal vez todavía me armen *chevalier de la Legión de l'Horreur.* ¿Quién sabe? *Sait-on jamais?* Habito pero no co-habito, mi pinito. Aquí sueño mientras soy una pesadilla y practico mi filosofía, que no es más que una estratagema para vivir después de muerto. Puedes llamar esta vagancia mi extravagancia. O séase *ma metaphysique de la merde.* O los desastres de Sartre. Me da lo mismo. Es más me gustan las aliteraciones y puedo decir, como el capitán a bordo que soy, que no sufro de *mal de merde.*

—Pero, entonces, vives una vida virtuosa, ¿no?

—Supongo que sí. Pero tengo un vicio oculto que suele aflorar de noche. Es mi único vicio: soy adicto al opio de las palabras.

—¿Apio de las palabras?

—Opio, apio, como quieras. Se lo robé a Sarduy, pero acabo de perfeccionar el rabo, *robo.* ¿Conoces las *Hazañas de Manuel?* Es un manual.

—Me temo que no.

—Que no Queneau —dijo el Fantasma avanzando hacia ella—. No temas que no.

Teme que sí. ¿Un verso o un beso? Aquí va el verso:

En Alicante en un café cantante
quisieron sodomizar a un elefante.
El animal aterido y poco fiero
tapóse con la trompa su agujero.
De lo que aquí se infiere
que el que se deja coger es porque quiere.

Dejó de cantar.

—Ahora el beso —y avanzó hacia los grandes labios de Christine. Pero ella dio un paso atrás y luego a un lado, luego al otro. Parecía que bailaba un vals triste, pero era que el Fantasma la repelía. Él sintió el rechazo en su misma alma y se tambaleó como un ala herida. Bajo su máscara tal vez enrojecía —pero los huesos envejecen no enrojecen. Para esbozar el embarazo miró al cielo como diciendo: «Señor, señor, que estás en las alturas», pero las alturas que veía no eran el cielo sino el cielorraso. Hizo o pareció que hizo como si inspeccionara su entorno por el bochorno y abrió los brazos como en un abrazo cósmico que no era cómico. El Gran Señor de la Ópera parecía un enajenado nada ajeno.

—¿No te impresiona el tamaño de mis *carceri* románticas? Cárceles con cascada, como quien dice. Mira la dramática expresión que he dado a mi *Lebensraum,* cómo he colocado mi *Sturm* cerca de mi *Drang.* (Perdona mi alemán, pero es que soy un romántico tardío.) Este salón del aliento fenomenal es la representación de la arquitectura transformada en una construcción de la prisión como drama: la penitenciaría de uno solo bajo la Ópera. Puro Piranesi, ¿no crees?

—Ya veo —dijo Christine cortésmente.

—¿De veras? Hay tan poca luz.

El Fantasma esbozó una risita.

—Perdona, es una broma. Pero sí te puedo decir, en serio, que como la Alhambra todo esto está hecho a mano.

Christine ni se sonrió esta vez.

—Dostoievsky, colega mío, dijo una vez que los ideales tienen consecuencias. Hoy, más bien esta noche, esta noche eterna toda llena de murciélagos, sé más que el viejo Dosto. Sé, por ejemplo, que los ídolos tienen consecuencia.

Christine permaneció como Lon Chaney: muda. Era obvio que no entendía nada, pero miró al alto techo oscuro. El Fantasma se dio cuenta.

—Ésta, mi más excelente bóveda casi celeste, es una *canopy* que es una copia de una marquesina Art Déco. Tenía entonces un lema: «Más estrellas que las que hay en el cielo». Si te fijas bien verás que las estrellas mil mías fueron pintadas, una a una: pega y pena. Algunos dicen que no es nada funcional. Funcional viene de función de defunción. Lo que no es una gruta de Gropius ni una de Corbusier. Detesto la arquitectura moderna. Espero que le guste a Gaudí.

—¡Bello! Es bello.

—Para mí es mucho más que eso: es la vida. Es decir una pestilente congregación de miasmas.

—¿Por qué dices eso?

El Fantasma se las arregló para esbozar otra sonrisa debajo de su máscara y la noche. Este esbozo se parecía mucho al otro.

—Dame la mano.

—Aquí está.

—¿Dónde?

—Aquí.

—¡Maldito lugar! Tu mano, mujer, tu mano.

—Pero si está aquí.

—Mejor, mucho mejor. Ahora puedo sonreír y tal vez también con la ayuda de una broma, aun reír. *Ride, ride, rideau! A stanotte e per sempre tuo seró.* Esta noche tengo tal hambre metafísica que me comería un león y un caballo.

—Se dice me comería un caballo.

—Me refiero a Leoncavallo el compositor que me robó a mí para su ópera *Pagliacci,* que originalmente era *Pagliaccio.* Me comería a Leoncavallo. Pero, como ves, metafísico estoy y es que no como.

—Pues debieras. Hay magníficos restaurantes por aquí, en la Place de l'Opera, por ejemplo. Conozco un bistro que.

—¿Y tú crees que podría entrar y ser servido en un restaurante con esta cara mía, *cara mia*? Donde dije cara pon máscara. Arrojar la cara importa, la máscara no hay por qué. Mi más cara máscara. *Vesti la giubba,* que quiere decir que siga la fiesta. *La vita e una fiera.* Fiera quiere decir feria en italiano pero para mí la vida es fiera, belleza. O una fiera belleza, si quieres.

—¿Quiero qué?

—Lo que quieras. Pero prefiero que seamos dos en uno. Tres en uno es un aceite, como sabes. Uno, dos hasta que la muerte me separe. Pero no moriremos juntos. Para mí, gracias a Leo Cavallo *la commedia e finita!*

—Todos vamos a morir.

—Todos vamos al muere.

—¿Se dice así?

—No, pero es más argentino.

—Todos vamos a morir.

—Ya lo dijiste.

—¿Lo dije?

—Sí, no tienes más que mirar arriba. Pero, *please,* no mires a mi bóveda. Me refería a la página. En todo caso, te repites.

—¡Qué vulgar!

—Prefiero que sea vulgar. La noche tiene una vagina. Así es como se llama la luna en hawaiano.

—Hay idiomas obscenos.

—Puedes ser, como van Gogh, dura de oído no dura de odio. Pero te aburro y me aburro. Me muero de aburrimiento.

—En ese caso moriremos los dos.

—Así me gusta, que seas divertida. Pero tienes razón, pues tengo un santo horror a hacer las cosas por mí solo.

—¿No estás confundiendo la vida con otra cosa?

—¿Cómo qué?

—Como la masturbación, por ejemplo.

—Como dijo el huevo herido, *poché.*

—No entiendo.

—Quiero decir, mi vida, que me has tocado en mi vida. Profunda, honda, mente. Tu dardo es un petardo, Christa.

—Mi nombre es Christine.

—¡Cristo!

—No se debe invocar el nombre del Señor en vano.

—Dije Cristo porque iba a decir crisis.

El fantasma soltó un bufido.

—Christie, tienes nombre de subasta.

—¡Basta! —dijo ella como un eco.

Basta, basta, dije yo y me las arreglé para dejar mi asiento, firme.

Siempre se le ve apuntando a lo invisible. ¿Trata de decirnos algo o no es más que su manera de llamar la atención hacia otra cosa que no su cara deforme? Ah, la susceptibilidad del monstruo. Lo vi una vez sentado ante su órgano, grande gordo de la marca Cavillé-Coll, girando oculto en su banqueta de tornillo, su pecho destacado por el cajón de aire, emergiendo desde la enorme consola con el teclado de mano, sus pies pequeños danzando en los pedales todavía, dando frente a la multitud de tubos y de cañas (todo accionado por un viejo mecanismo Sticker-Bakfall-Tracker marca registrada, en vez de la Acción Pneumática actual), que era un monstruo —también ése— todo bronce brillante y majagua morada y el verdadero teclado de marfil y ébano, y el instrumentista se veía transformado en otro órgano del órgano a pesar de su frac fúnebre y su elegante pero incómoda capa carmesí, erecto aun cuando estaba sentado, su brazo derecho estirado, su mano huesuda señalando, como dije, a lo que no se podía ver porque estaba fuera de la pantalla, su testa que coronaba su bulto rojo y negro. Su cabeza, su cráneo, su calva total, su calavera de dientes desnudos, labios hendidos y secos y cuarteados como los de una momia viva que regresa de entre los muertos después de veinte años cuando se hizo esta película. Porque, verán, era Cagney como Chaney.

El Fantasma actual, de cuerpo presente más que de corpore insepulto, es, hay que anunciarlo, el último de la dinastía. Como todos los Fantasmas pasados se caracteriza por su voz —excepto por supuesto Lon Chaney, que era mudo y murió de cáncer de garganta. Este nuestro Fantasma tiene una voz, tenía que ser, de ultratumba: siniestra, fúnebre pero fuerte y viene del más allá hasta el más acá a través de un teléfono más o menos funesto. El nombre detrás de El Nombre es Winslow Leach, que es un mal juego de palabras. Mezcla de *win* (ganar) y *slow* (voz baja) y Leach parece *leech* mal escrito. *Leech* es en inglés sanguijuela. Llamarlo Viento Bajo Sanguijuela sería, me parece, excesivo. Llamémoslo Winslow entonces. El pájaro pinto debajo de su máscara es Winslow burlado por el pajarito, un canario mudo. Aparte de la capa roja ancestral, Winslow realmente tiene cabeza de pájaro aunque no de chorlito sino de un ave de presa, un halcón maltusiano. Aunque Winslow mismo ha sido presa de bribones, expoliadores y, lo que resulta cómico, de sanguijuelas del arte.

Tiré para abrirla de la cortina rudamente bajo la señal que decía GENTLE —que era obvio que era la mitad de MAN. No hay penetralia que cambie más de nombre: *toilet, rest rooms, lavatories* que dan lugar a lavabos, retretes y aseos, cuando no hay un dibujo ridículo en la puerta: chisteras, faldas con miriñaques, tutús, don quijotes, dulcineas, etcétera, etcétera. Salí indemne.

—¿Qué hubo? —pregunté como si viniera del más allá.

—Cristina cabalgó un garañón blanco por entre las cloacas.

—Lo que prueba —dije— que se puede llevar un caballo hasta las aguas pero no hacerlo beber las heces.

No lo cogió: simplemente ni se enteró. ¡Ah las mujeres! Entonces Christine rizó sus bellos labios. Beber sus eses.

—Llevas máscara para esconder tu fealdad pero tu conducta es odiosa y sin embargo no la cubres de seda.

El Fantasma se dobló no de dolor sino de dolo.

—Me hirió tu flecha de nuevo. Dos veces dos, cuando murió el noble viejo y cuando me dijiste adiós. Pero el tuyo no es de mente el arco, Juana de.

—¡Por favor! Mi nombre es Christine.

—¡Dios que le tienes apego de tu nombre! ¿No ves que el hombre agoniza como todos los hombres, solo y triste en Trieste?

—¿Qué hombre?

—Yo, Chrissie, yo soy ese hombre, aunque nunca seré tu hombre. Pero te lo agradezco. No pegaba un ojo antes de verte y ahora tu amor me ha convertido en zombi. Me quedaré despierto hasta que la muerte nos separe. ¡Es el amor, Christine, el amor que vive siempre, para siempre, por siempre!

—¿Qué quieres decir con eso de que te ayudé? ¿En qué?

—Permíteme una última o penúltima pedantería en latín. *Amor vincit omnia,* excepto por supuesto *¡insomnia!*

De alguna parte, de allá arriba (pero no del cielo de raso: *l'Opera probablement*) vino música y una voz que cantaba «¡Una furtiva lágrima!», de *L'Elisir d'amore,* de Gaetano Donizetti. Nació en Bergamo en 1797, murió allí en 1848, compuso unas sesenta óperas, tenía el don de la melodía y sabía escribir para cada cantante, entre ellos el Gran Lanza.

—¡Ah *il mio Mario*!

—Lo siento pero no entiendo el español.

—Es italiano, monina. Significa, *my Mario ah!*

—¿Te duele algo?

—No es más que una inversión tan frecuente entre artistas. Pero los villanos tenemos más derecho a voltear una frase hecha. Pura paradoja.

—Hablas en plural...

—... de majestad.

—acerca de tus pares. ¿Son tus amigos?

—No tengo amigos. Nadie es amigo bajo tierra. Es el territorio del mal. De vez en cuando, sin embargo, viene el amor que es como una rosa buscando abono en el estiércol. ¿Estás de acuerdo?

—Oh, pero no soy quien para estar de acuerdo o en desacuerdo.

—Términos musicales, sin duda. Pero en la coda, criatura, los villanos siempre tenemos que defendernos solos. *Alone!*

FO tarareó un compás o dos de «Alone», imitando a Allan Jones en el muelle cuando con Kitty Carlisle *la nave va*. Los villanos, hay que decirlo, son muy buenos en la imitación y la parodia que viene de paranoia. El Fantasma rió en alta voz como si cantara *«ride, ride, Pagliaccio»*. Es obvio que *Una noche en la ópera* le hizo mucho daño a *l'Opera* y al mito del Fantasma. Desde entonces ni la ópera ni el libro, reducido a libreto, han sido lo mismo. FO no era ni fu ni fa.

—¡No tengo amigos! Solo, estoy solo, soy solo. ¡Oh solo mío!

—Por favor, dime entonces por qué.

—¿Por qué qué?

—Todo esto, lo que le haces a *l'Opera*.

—Es, *mignonne,* mi *modus operandi*.

La miró intensamente, ella no movió un músculo —al menos de su cara.

—*Castigat ridendo* es mi lema, mi tema. Pero no veo que rías.

—Tampoco tú te ríes.

—Es por la máscara. Pero suelo ser ingenioso.

—El retruécano es la más baja forma de ingenio —dijo ella como si citara, recitara.

—Ése es el mal de Addison no el tuyo.

—¿De quién?

—Addison, el idiota que dijo que el retruécano es la más baja forma del ingenio y la hizo una ley de retórica. Pero como ves soy un fugitivo. Ahora río.

—¡Cualquiera como que se da cuenta!

—Así me gustan a mí las mujeres, que destrocen la gramática y usen *mascara* no máscara. Hablando de máscaras. Me gustan, las adoro. Llevas máscara, aun una sola tela de tafetán, y dejas de ser un ciudadano respetuoso de las leyes. Un pañuelo vulgar sobre la boca y tu visita se convierte en un atraco. Pero si voy por la vida *larvato prodeo* no es porque sea un criminal. Es decir, moralmente. Soy puro y aún más porque vivo en la cloaca mayor de París. Soy un mojón urbano y cada comemierda es mi vecino no mi más mortal enemigo. Para mí, todo esto que ves aquí, incluyéndome, es cosa de todos los días. Soy un pedo desde niño, cualquier pedófilo te lo diría. Traté mucho de estudiar la metafísica, pero mi padre me interrumpía con sus exhalaciones anales y mi madre se convirtió en una rosa de los vientos. No se puede venir desde más bajo, *ma p'tite*.

Christine se llevó la mano a la nariz, la tapó y cerró los ojos. En broma, claro está, ante el relato mofetudo del Fantasma. Pero éste exhaló un gran grito y Christine abrió los ojos a tiempo para ver al Fantasma comenzando a caer como caen los muertos.

—¡Me muero, Ópera, me muero!

Cayó por fin al suelo y se dio un golpe en la base del cráneo con la base de una quinta columna. Pero su máscara ocultó su dolor como pena oculta peña. ¿Se moría de veras? Ahora el Fantasma habló con su voz detrás de la máscara, como un actor griego en una tragedia al estilo de Esquilo.

—¡Me matas, mujer, me matas!

Cristina abrió la boca grande.

—¿*Yo?*

—¡Sí, tú! Me matas de amor. No con tu amor sino con la ausencia de amor a mi amor no correspondido, que sin embargo cultivo como una rosa blanca: eres la cruel que me arranca.

—Entonces debes de ser un romántico.

—Se dice debes ser.

—Debes ser un romántico.

—Sí, me puedes llamar romántico, pero llamarías mejor si me llamaras un romántico incurable. ¡Ése es mi mal! Pero no lo cogí por mí mismo. Fue mi padre. Que se lo pegó a mi madre, el muy bribón. Ella me lo pasó a mí, esa santa, sin saberlo. Se llama chancro. No mi madre sino el nombre del mal. Entonces no existía el 606 llamado también Salvarsán, ni la bala mágica de Erlich. Pero una bala de plata habría bastado. En el pecho. Odiosa enfermedad incurable, hereditaria, minuciosa y obscena. Podría haberlo tratado con iodino de potasio, cura obtenible desde 1834. ¡Bien podía haberse curado este monstruo! No hay que decir que no tuvo cura sino cuando ya era tarde y para darle la extremaunción. ¿Y qué hizo el canalla? Se la pegó a mi madre y muy pronto ella tenía un espíritu del mal en su vientre. ¡Ah Ibsen! He vivido en un vientre y conozco tus espectros.

Christine tenía todavía la boca abierta.

—*Imagine, quand mon père, Louis, ne m'a jamais vu et quand ma mère, pour ne plus me voir, m'a fait cadeau, en pleurant, de mon premier masque!*

Pero Cristina no sabía una palabra de francés, el idioma natal del Fantasma, que vio esta ignorancia en sus grandes ojos ingleses: azules de porcelana, de pestañas negras y cejas arqueadas *au naturel.*

—Oh, perdona mi francés. No pude evitarlo. El francés es más fuerte que yo, que mi vida y mi sino. Si no.

—Está bien. Entendí algo aquí y allá.

—¿También acullá?

—Un poquito. En realidad un poquirriquito.

¿Sonrió FO, pronunciado fo, como en peste, hedor o podre?

—Verás, mi cielo. Que no quiere decir que verás mi cielo, que nunca se ve aquí. Cuando uno tiene miedo o es movido por las pasiones, siempre revierte a la lengua materna como a un útero conocido.

—Comprendo.

—Pero no entiendes francés.

—No, francés no. Entiendo cuando hablas de la emoción y eso.

—¿De veras?

—¡Sí!

—Entonces me entiendes. Porque yo soy eso: emociones y eso. Cubierto todo por una máscara.

El Fantasma se desvaneció, es decir, no desapareció sino que se desmayó.

—¿Se murió ya? —preguntó una voz en la oscuridad.

—Todavía no —respondió Christine.

—Se muere siempre —dijo la voz en la oscuridad—. En diferentes versiones.

Pero —¿y Fénix? ¿Qué pasa con Fénix? ¿Qué le pasa a Fénix? La Fénix de las ingenuas fue el único sobreviviente de la hecatombe que ocurrió en el escenario, en la escena, a la cena. *Alacena*. Pero Fénix murió eventualmente, conventualmente: se refugió en un convento con un nombre irlandés, Ophelia O'Phoenix. Vivió y murió y revivió, intermitente mortal y como tal hay que saludarla: ¡Ave, Fénix!

Fénix es el arte, siempre recomenzado. Christine en el libro y este cuento cruento es el arte del canto, llamado bel canto por Bellini, el autor de *La sonámbula* no del cóctel. El Fantasma es el artista, el artista como ser fuera de la ley. Es capaz de vender su alma al diablo con tal de ver su arte hecho arte. El diablo, como siempre, es un empresario astuto, que conoce los entretelones del teatro de la vida, siempre espera tras bastidores. El Fantasma le vendería su historia a cualquiera, aun a un diablo menor llamado Mefistófenix a cambio de su arte, que es ahora una parte menor. Fénix lo mataría por llegar, porque FO es ahora Winslow Leach, como lo fue también Swan. Que hizo todo endiabladamente barroco que no es, como el gótico, un arte que lleva dentro una gárgola, sino que parece parodia, cuyo lema es «Parodio por odio», pero que lo hizo todo posible: fue el diablo como empresario. Fénix es el medio, el pájaro griego que trae regalos. El arte para el Fantasma era una sesión espiritista bajo la ópera: una temporada en Hades.

Trama y drama. Es Winslow, *du côte de chez Swan,* quien descubre que su agente ha hecho un pacto con el diablo —es decir, consigo mismo y de parte de su compañía, Satanás Incorporado. Así su contrato con Swan no lo firmó con una pintura roja sino con sangre. (Inc hecho *ink,* tinta.) El trato no es inválido, es válido. Winslow, un valido, aborta la conspiración roja. Vuela de entre y detrás bastidores para desenmascarar a Swan en el último episodio, cuando está a punto de casarse con Fénix. Pero Winslow, literalmente, lo desenmascara: Swan planeaba asesinar a Fénix en escena, porque como es famosa no quiere matarla sino cometer un magnicidio. El asesinato sería sensacional y se transmitiría en directo mientras Fénix fenecía. Su subteniente, el agente transmisor, estaría vestido de obispo o arteobispo con mala arte y se repetiría en vida, en vídeo y en el noticiero de la una. Pero este ajedrez se mueve misteriosamente hacia el jaque mate cuando el obispo, llamado Alfil, recibe el jaque del francotirador oculto en un fin de partida de este juego magistral. Winslow jaquemata a Swan con sólo desenmascararlo y le quita la vida al quitarle la máscara. Swan se revela ante el público como el enano más viejo del mundo, inmundo: padece de una suerte de lepra moral que se ve en su cara geográfica. Lo mata la lepra, la sífilis y el miedo escénico, en ese orden: todo ocurre ante un público de quinceañeras eternas y el pop hace puf. Aplausos, gritos, negritos y el rocanrol como tocado por Rocambole y su grupo. Pero Fénix, contrita sin contrato, descubre el alma buena de *chez* Swan y llora por el alma del desalmado. Winslow trata de morir en escena en su parte de partiquino, pero él es el Fantasma de la Ópera Pop. Fin de fiesta.

—¡Ah, eso es lo que se llama un reparto perfecto!

—Ella sí que es buena.

—No, no. Me refiero al reparto, a la lista de personajes, a los créditos a los que apenas doy crédito.

—¡Oh!

—Sabía que te gustaría. ¡Es la película perfecta! Todo mito y música, un coro de niñas nada corifeas. ¡Puro pop! Mucho arte, pero sin arte. *Ars celarem artem.*

Lights, lights, lights!

—¿Qué pasa?

—Hay problema.

—¿Entre quién y quiénes?

—Esas muchachas de ahí al lado.

—¿Te molestan?

—No pero están molestas.

—Ahahá. Debieran haber empezado antes.

Music, music!

Estaban tocando el himno. No las muchachas sino los altoparlantes. Altocantantes.

—¿No les gusta que la *commedia* sea tan finita?

—Aparentemente han perdido algo.

«Perdido» es un número de jazz. Las miré a la luz suave del cine y a la música suave también, ya que el himno a la noche había terminado y ahora sonaba una bossa nova vieja desde detrás de las cortinas carmesí que ocultaba la pantalla. Las dos muchachas se revelaron como dos inglesas corrientes y malolientes. Las sombras de este lado de la pantalla suelen ser igualmente engañosas.

—Desde aquí puedo ver que no han perdido la virginidad exactamente.

—¡Por favor, no empieces!

—Más bien termino. Fin del Fantasma.

—Estoy segura de que perdieron algo.

—Algo o alga o nalga.

—*Please!* ¿Por qué no les preguntas qué perdieron?

Me dirigí a ellas como si yo fuera un dirigible o un misil macho. Mal hecho.

—¿Perdieron algo?

—Un bolso —dijo la falsa rubia como si hablara de la bolsa de valores. A lo mejor eran los valores de la bolsa. La morena alta movió la cabeza en señal de un asentimiento que nadie le había pedido. Volvieron a su búsqueda. Busconas. ¿Qué habrían perdido? ¿La bolsa en que Miss Prism llevaba su manuscrito luego llamado Ernesto? Ahora sería un máquinoscrito. O mecanoscrito.

—Vamos a ayudarlas —propuso mi compañera de asiento y de un ciento de susurros—. Parece que les falta algo.

—¿Serán las palabras?

—¡Por favor! —que parecía su sola exclamación de la noche—. Vamos a darle una mano.

—Bastará con un dedo.

Ella silbó.

—Me parece.

A regañadientes empecé a buscar un bolso. Cualquier bolso. Pero ella, vehemente, se fue a buscar lo que buscara unas filas más alante. La ayudé hasta la primera fila, allí donde el cine es más sabroso y se goza mucho más. De pronto ella se agachó —para sacar la dichosa o fatal bolsa de debajo de un asiento. Más bien la pescó en la oscuridad, sin anzuelo, cebo ni cordel. ¿Cómo pudo? Me mostró el accesorio. Era una cartera ordinaria, ni grande ni pequeña y más bien vieja que nueva. Más que bolsa parecía un bulto. Pero ni siquiera se podía decir que fuera una cartera cursi. Definitivamente no era un *objet trouvé*. Duchamp *dixit*.

—Dile que ya la encontramos.

—¿Por qué no se lo dices tú?

—Es mejor que se lo digas tú.

—Se lo diré yo pero tú la encontraste.

En contraste.

—¡Aquí está!

Grité y ella levantó la bolsa en una mano para que las otras mujeres la vieran. Como no era muy pesada ella la hizo ondear como la bandera de la victoria —¿o era de derrota? Las dos mujeres (no podía, qué quieren, llamarlas muchachas ya más: no con mi sabiduría adquirida hace poco) vinieron corriendo. Parecía que llevaran alas pero no parecía que fueran ángeles. Una de ellas casi le arrebató la cartera a mi ninfa constante. Ruda Ruth. Pero ¿cómo supe que se llamaba Ruth? Podría haberse llamado Vulgar Olga. En fin. La otra abrió la cartera que ella llamó bolsa o bolso, el sexo de los accesorios no es necesario, y exhaló un grito.

—¡Está *vacía*!

—¡Cómo! —dijo el cuarteto reducido a trío.

—¡Está vacía! ¡Todo ha desaparecido, todo! Dinero, *vanity*, libreta de direcciones. ¡Todo! Hasta mi cajetilla de *Camels*.

—¿Estás segura? —preguntó la otra mujer. En vez de responderle la rubia de rabia volteó el bolso, lo sacudió y no salió nada de adentro. ¿Quieren mayor evidencia? Gritó:

—*Gone!* —que en su acento *cockney* modificado sonó a gong. Luego se echó a llorar lágrimas tan reales como había sido el himno: era una mujer que lloraba como mujer lo que había perdido como espectadora. De pronto se hizo el silencio que venía ahora de entre el proscenio y la invisible pantalla. Por fin había parado la música pero no el llanto: ella no sería mi musa pero era ahora Muzak para después de un estreno. Estábamos, me pareció, solos en el teatro. *Alone*.

Excepto tal vez por el Fantasma. No tenía ninguna duda de que había sido él el carterista. Con esta sabiduría de noción, me dispuse a abandonar el patio de lunetas. Mi compañera constante vino detrás, luego la morena oscura y la rubia fea formaba la cola. En algún lugar del sótano de la sala el Fantasma miraba, miraba, buscando un lugar donde pasar el día, ya que la noche era obvio que la pasaba en el cine. En vez de la noche americana era noche por día. Eso es, Essoldo, seré sordo pero no ciego.

Afuera del cine la cegadora luz de las bombas y bombillas de la marquesina brilló intensa y por un momento la noche tuvo mil ojos, aguados algunos. Luego la noche oscura vino hacia nosotros abrupta, bruta. Se apagaron las luces de la fea fachada. Aun el nombre encima de la marquesina que quedaba sobre los títulos se apagó y sólo pude ver la E y luego las SS siniestras. OLD y la O sin asombro desaparecieron también en el apagón agorero. Pero las dos mujeres se quedaron al lado, una de ellas llorando que no daba pena, mientras la otra la consolaba sola. Mi consolable compañera se veía compungida por el espectáculo de las dos mujeres con bolso pero sin bolsa. ¿O era que la conmovía la devoción en la adversidad universal?

—¿Por qué no les das algo?

Era ella. ¿Qué les dije?

—¿Yo? —era yo.

—Sí, tú. ¿Quién si no iba a ser?

—¿Por qué no se lo das tú?

—Es tu dinero.

—Pero eres tú que lo tienes.

Como la familia, como esa otra familia real entonces, los Beatles, nunca llevaba dinero. No en Londres en todo caso. En Nueva York llevaba un poco en un bolsillo para darle de comer a los asaltantes de esquina. En Barcelona, gracias a Gaudí, llevaba algún dinero para los innúmeros mendigos armados.

—Está bien —por vencido—. ¿Cuánto le damos?

—Pero pregúntale cuánto perdieron.

—¿Y si me dice que perdieron quinientas libras esterlinas?

—No seas tonto.

Me acerqué a la llorona y consoladora pareja para una consulta.

—¿Cuánto dinero perdieron?

Una de ellas o la otra me miró a través de aguas oscuras.

—¡Todo lo que teníamos!

—¿Cuánto es eso en libras?

Se miraron a los ojos, dos de ellos llorosos. Fue la morena de mi *couple* la que respondió:

—Ex libras.

Parecía un exlibris.

—¿Cuántos es X?

Se volvieron a mirar como si resolvieran la ecuación con los ojos.

—Diez. Diez libras. Un billete de a diez.

Me volví a mi generoso gerundio, amando, ahora dando. Ya ella había abierto su cartera que no bolsa pero balsa: pescó un billete fresco con la Reina en un extremo y el número X en otra. Crujía. Fue entonces que vi en la oscuridad brillar el billete como si fuera plata aunque no era más que un certificado al portador que me di cuenta de mi, nuestro error. La mujer inconsolable que había perdido diez libras y no de peso casi arrancó el billete de nuestras, mis manos. Para un extranjero —*vidalicet* nosotros dos— un billete de diez libras se parece mucho a otro de la misma denominación: ahí está la Reina, ahí está el número 10, ahí está el Banco de Inglaterra —y ahí estuvo la falla en mi carácter. Pero era tarde. La mujer —un hábito suyo sin duda— ya había arrebatado el dinero de mis, nuestras, todas las manos y el billete verde que ella lo quería verde voló como un búho hacia el viejo nido con una presa fresca.

—Gracias —fue todo lo que dijo, como si le pagáramos una vieja deuda contraída hacía diez años. De pronto, como un pensamiento, miento: como una idea, me preguntó:

—¿Usted es árabe?

«Qué más quisiera yo: debatirme entre el harén y la arena», fue lo que pensé pero fui más sucinto y veraz que eso.

—No puedo decir que lo soy porque no lo soy.

—Persona entonces.

—Claro que soy una persona, aunque una vez fui una nopersona.

—Quiero decir persiano.

—No pero soy indio, apache. Chirikawa apache.

Oí a mi mujer chirriando entre dos mujeres.

—¿Cómo es tan generoso con el dinero?

—Soy dador. Dador Pérez. Aquí tiene mi tarjeta. Aunque uso un seudónimo en ella. Pero la dirección es verídica. Pueden devolverme el dinero cuando puedan. Siempre estoy.

—Pensé que era museoman.

Me gustó cómo pronunciaba musulmán, pero era hora de irse.

—Circunciso soy. Si quieren les enseño la herida.

—Es hora de irse —dijo mi mujer.

—Es hora de irse —les dije a las mujeres—. Considérenme un eco.

—Adiós.

—Hasta la vista.

Las dos me dieron la espalda para irse, no sin antes la morena hacer de sus finos labios un delgado adiós. Tengo que confesar que nunca me han gustado las mujeres de labios finos, pero en este caso no estaba dispuesto a hacer una excepción. Me quedé, no sé por qué, allí a la entrada del cine Essoldo, bajo la marquesina del cielo protestante. Las vi montar a un blanco, reluciente descapotable deportivo que era evidentemente un Morgan, pero no pude, al arrancar el auto con su sonido excesivo, separar lo improbable de lo imposible.

—Creo que cometimos un error.

—Yo también. Es todo un poco, ¿no crees?, demasiado.

—No lo veo claro pero ellas lo vieron bien claro.

—¿Claro cómo?

—¿No te das cuenta? Estábamos sentados cerca.

—Al lado. Y llegaron cuando ya nosotros.

—Llegaron después, ¿no te acuerdas?

—Llegaron después. Está claro aunque el cine estuviera oscuro. De pronto estaban ahí al lado de nosotros con todos esos asientos vacíos alrededor. Luego una de ellas pierde su bolso durante la película. Entonces las ayudamos a buscarlo y lo encontramos en el más improbable lugar, la primera fila. Una descubre que ha perdido, robado, extraviado, diez libras exactamente. La cantidad exacta que le dimos gracias a tu corazón apresurado. Diez libras. ¿Hay quién pueda llamar a todo esto una coincidencia?

Lo iba a llamar yo una coincidencia cuando ella hizo una seña mala.

—Se están besando.

Efectivamente el Morgan se había detenido a media cuadra y las dos pasajeras antes raudas ahora rudas se besaban bien claro en la noche oscura.

—Probablemente se despiden.

—Yo sé cómo son los besos de despedida, Cupido, y ésos no son besos de despedida.

—Es entonces adiós hasta que amanezca.

—¿Qué quieres decir con eso?

—Que es la tragicomedia de Julieta y Julieta. *Kissing is such sweet sorrow.*

Nos volvimos para cruzar de nuevo King's Road, un río devuelto, para regresar por el labio. Labio es mi forma de escribir laberinto. Regresamos por la vía más smarrita: *per aspera* pero sin estrellas. Ni la luna de noche ya tarde. Cuando busqué mi llave para abrir la puerta que da a la calle, ella, discreta, me dio un tirón al brazo.

—Mira.

—¿Qué cosa?

Como todo mirón miope quiero saber lo que voy a ver antes de mirar: precisiones.

—Las mujeres.

—¿Qué mujeres?

—Las mujeres del cine.

Pensé que no sólo me tiraba del brazo sino que me tomaba el pelo que en inglés se dice halar la pierna.

—¿Quieres decir Marilyn Monroe y Jane Russell?

—Las mujeres del Essoldo.

No bromeaba. De veras que parecían versiones inglesas de Jane Russell y Marilyn Monroe. Por lo menos así se veían a la luz de la marquesina del cine toda luces y lamparones, bañadas en la gloria de los cinco minutos de fama que gozaron mientras lloraban y pedían sin pedir dinero, mientras que se veían a un tiempo un poco culpables: un ligero caso de timo y mito. ¿O éramos nosotros los que parecíamos culpables? Ahora, sentadas en su auto morganático que parecía el caballo blanco de la Ópera, César o no cesar, se veían más miserables que misteriosas. Fue entonces, caro lector, que supe que las caras mujeres nunca me devolverían mi dinero. Pero fue también cuando leí un lema: «Escribir bien es la mejor venganza». Fue en ese momento que pensé por primera vez escribir un cuento, este cuento, y que, al revés de Hemingway, no lo contaría como realmente pasó.

Más tarde, mucho más tarde, con mi resma de papel bajo el brazo, cuando visité los vastos dominios del Fantasma, FO *forever,* que quise hacer míos en una ópera de diez libras. Por supuesto, lánguido lector, no lo conté todo. El perfecto espectador nunca ve y cuenta. Y aun si cuenta el argumento sí trueca la trama pero nunca revela el final. Pero para mi final debo citar un *graffito* que vi, al pasar, al viajar en la línea Piccadilly, al ver en la estación de Covent Garden borrado por la velocidad y mi lectura demorada por la velocidad, bien visible, una leyenda:

> THE
> PHANTOM
> REALLY
> EXITED

Que quiere decir que el Fantasma hizo mutis por el foro. Que quiere decir que la cinta de escribir o de cine, como la vida, siempre termina con la palabra fin.

Un jefe salvado de las aguas

I

Pero no era un jefe entonces. Entonces, en 1943, era un poeta pederasta que no se distinguía de otros poetas pederastas, ya que había muchos en la isla. Tal vez porque quedaba bajo el Trópico de Cáncer, en plena zona tórrida, tierras y mares que, como dice en *La sexualidad maldita* Martin de Lucenan, sexólogo de moda entonces, «predisponen al más desaforado temperamento sexual».

Este poeta pederasta vivía con otro poeta pederasta. Como el otro poeta era negro (le decían «el negro que tenía al verso blanco») y el primer poeta, que era blanco con manchas (padecía de vitíligo, enfermedad de la piel que parece un mal moral), detestaba la carne de color, compartían casa y comida pero no cama. Aunque por las noches, cuando se sentaban a conversar (no había televisión en esos días ni tenían radio en esas noches y los dos odiaban leer periódicos por prosaicos: vianda vulgar) sólo intercambian notas. No eran notas literarias aunque ambos aspiraban a la fama y a la historia de la literatura. Eran comparaciones de penes y medidas, Sevres sexual, y eran, en más de un sentido, narración oral.

El poeta negro era enorme y parecía un eunuco de harén como los describe Shegerezada en *Las mil y una noches*. Odiaba a la narradora árabe pero amaba sus narraciones que le permitían imaginarse como un catamito en un serrallo sexualmente activo. Le gustaba particularmente la palabra catamito porque se le parecía a un catador de mitos. Soñaba con muchachos delicados y rubios, de ojos azules que él mantenía que eran «venidos del Septentrión». Hasta que otro poeta negro que no era pederasta elogió a una mujer «de ojos septentrionales». Con este poema feliz, que llamó «Balada de los dos abuelos», el poeta, que siempre que lo llamaban negro respondía «Negro no, mulato», se hizo famoso. Lo que era peor para el poeta negro, el poeta mulato tenía efectivamente un abuelo blanco.

Además el poeta mulato y mujeriego había logrado desde los años treinta triunfos en todas partes con su poesía llamada negra pero inventada por un poeta blanco que era, ya el colmo, nativo de Puerto Rico. Otros poetas blancos en la isla cultivaban lo que se llamó «lira negra», mientras el poeta verdaderamente negro no quería siquiera admitir el nombre negro. Su ideal era un poeta inglés de élite, protestante y antisemita, a quien llamaba Elio. «Soberbio Elio», solía decir.

El poeta mulato se hizo comunista mientras los dos poetas pederastas habían escogido el fascismo como una forma de ideología *pro forma*. Ambos soñaban con los ejércitos nazis que entraban en Moscú para violar a todas las rusas y matar a todos los rusos. Un guasón de la esquina de Concordia y Virtudes hizo su versión de la invasión. Ahora las tropas alemanas estaban comandadas por un nazi demente que mandaba a matar todas las rusas y violar a cada ruso. Según el chistoso de esquina este trueque sería más del gusto de los dos poetas aldeanos que se creían cosmopolitas en un rincón de La Habana, esa aldea cultural, como la llamaban ambos.

Fue el poeta negro que introdujo, Esquilo tropical, la tragedia al traer al héroe condenado a la casa del futuro jefe, ahora sólo un aspirante a poeta laureado que quería verse publicado en las revistas más esotéricas de América. Con el tiempo, sin embargo, se haría periodista aduciendo que los poetas también comen. Cosa curiosa, el poeta negro, que tenía ambiciones de contarse entre los poetas herméticos, también se hizo periodista y llegó a ser, ironías isleñas, director del periódico más rancio, conservador y prestigioso de Cuba y terminó de consejero consultivo del dictador de turno —que era tan mulato como el poeta comunista.

Fue bueno que ambos compañeros de cuarto supieran pronto que no tenían talento para la poesía, pero sí para las relaciones menos púdicas o más públicas: el periodismo sicofante con las prebendas más fáciles. Dejaron de escribir sonetos a las palomas maternas, de grabar palabras eternas en la arena y escribieron en su lugar apostillas políticas con las que hicieron una veloz carrera hacia sus respectivas metas —que eran una sola: esa sólida sinecura segura. Si algo mata más el talento que la envidia literaria es recordar el tiempo infeliz desde la gracia.

Lo que trajo a casa el poeta negro fue un muchacho nada común. Era rubio, de ojos azules y además quería escribir. Pero no componía versos sino que escribía cuentos, poemas en prosa y narraciones —todo de una gran ingenuidad. Cuando el futuro jefe se miró, literalmente, en los ojos azules del recién venido, vio el mar. El muchacho de ojos azules miró al futuro jefe pero no vio en sus ojos negros el mal sino una intensidad nueva. Se enamoraron. El poeta negro comprendió que no tenía nada que hacer sino formar un triángulo en que no hay tres catetos posibles. Como había estudiado arquitectura sabía que estaba ante un triángulo que es una figura de fuerzas inestables. Se quedó viviendo con el jefe y su efebo, pero se retiró a su cuarto —que se hizo un espacio de repetidas masturbaciones. Después de cada eyaculación, el poeta negro, como era católico, se persignaba con la misma mano con que se había masturbado. A veces iba a confesarse con un padre poeta que era su confesor. Siempre recibía la absolución. Ya el poeta negro se había ido a ejercer el puesto de redactor jefe del periódico que era el más católico —y también el más racista— de Cuba. Pero el poeta negro no veía ninguna incongruencia en su exaltación, sino que llamaba al diario el Pan del Cielo.

Mientras tanto el poeta mulato escribió un poema que parecía acentuar la ocasión: «¡Ñeque, que se vaya el ñeque!», clamaba. «¡Güije, que se vaya el güije!», declamaba. El futuro jefe aborrecía esta clase de poesía popular y no siguió leyendo cuando apareció el poema en el periódico comunista rival del otro diario. De haber siquiera leído un poco más se habría encontrado con un verso tal vez premonitorio: «Las turbias aguas son hondas y tienen muertos». Pero todo lo que hizo después esa mañana fue acariciar al adolescente íntimo.

Esa misma mañana, después de mucho tiempo de silencio, el futuro jefe escribió un soneto sobre la muerte de una joven Parca. Que no fuera original (ni siquiera el título era suyo: lo pidió prestado al poema de Paul Valery, conocido en La Habana por una traducción particularmente apropiada), no importaba. El poema sería un préstamo como forma, pero el sentimiento era conmovedor y genuino. No recordó entonces, extraño olvido, que Valery escribió también *El cementerio marino,* sobre tumbas y palomas ante el mar.

El adolescente más que delgado era delicado y altamente impresionable. Fue acariciando su cabellera rubia, en contraste con su pelo negro, que el futuro jefe concibió la idea de culminar su amor en la destrucción mutua. Aunque la idea de usar un arma de fuego no fue suya sino del joven parco. El futuro jefe quería que la muerte ocurriera en el mar en un bote, como valquirias navegando hacia Ragnarok. Morirían en el mar rumbo al horizonte en llamas al mediodía. Algo no andaba bien en la cabeza del futuro jefe que sufría no una confusión de sentimientos sino de lecturas, pero no hay duda de que por lo menos sus obsesiones (Wagner, Nietzsche) eran coherentes en su delirio. Fue de esta manera que concibió su pacto suicida. Pero fue el incoherente adolescente el único que lo llevó a cabo.

El futuro jefe le escribió (entonces no tenía teléfono) al poeta negro que su amante era «un verdadero Ganímedes». Ganímedes era el «más bello de los mortales», al que Zeus en forma de águila lo raptó y llevó consigo al cielo mitológico. El poeta negro, indiscreto, mostró la carta a la redacción entera de la revista *Nadie parecía,* a la que el mismo guasón había añadido una coletilla: «Y todos lo eran». Los poetas menores, todos católicos, se escandalizaron con la mitología. Uno de los poetas, de nombre griego, pidió la expulsión del jefe del grupo y tuvieron que explicarle que no era posible tal expulsión ya que el jefe en cierne ya no aparecía entre ellos.

Pero al poeta negro lo divertían lo que él llamaba apostillas y la divulgación de su carta injurió al futuro jefe. La indiscreción fue una forma de ruptura y fue entonces, creo, que decidió su suicidio como un acto poético: un testamento órfico. El futuro jefe no sólo concibió su suicidio sino el suicidio de su amante de forma que no fuera un crimen. Se trataría de un suicidio sui géneris: nadie nunca había visto nada igual en La Habana.

Como von Kleitz, otro de sus escritores favoritos, adoptó una serie de nombres cariñosos que bordeaban la locura onomástica. El futuro jefe, como Kleitz, hablaba siempre de viajar juntos pero nunca iban a ninguna parte. Finalmente se las arregló para unir todos los símbolos: los ojos azules de su amante, el mar color de cielo y el viaje. Irían hacia la muerte en un bote, navegando mar afuera hasta que la corriente del Golfo fuera su Leteo: el río de la muerte. Viajarían hacia la tierra de Hamlet, esa «de la que no regresa ningún viajero». Después de esta cita y su decisión última se fue al inodoro, el más corto de los viajes.

Para el viaje más largo el futuro jefe alquiló un bote en el muelle de Caballería, como si quisiera viajar a Casablanca, no la de Marruecos sino la de ahí enfrente. Siempre autoritario, despidió al remero de turno: para este viaje no se necesitaba Caronte. Pero los que no usan sus servicios debían bogar durante un siglo en pena. El futuro jefe navegó por el canal del Morro con golpes de remo enérgicos, decidido. Luego enfiló mar afuera. Miró entonces atrás para ver a los sempiternos pescadores de ribera sentados en el muro. Después, ya en el borde del veril, donde el agua es profunda, oscura y estática, dejó de remar y el bote quedó estacionario pero no inmóvil.

Era el muchacho quien guardaba el revólver, que sacó ahora. Lo apuntó directo a la cabeza del futuro jefe, que por un momento quiso protegerse la cara con sus manos. El muchacho sonrió, sabio. Luego se llevó el revólver a la boca, la abrió y comenzó a lamer el cañón unos instantes lúbricos. El disparo apenas sonó cuando el futuro jefe gritaba: «¡No, no!». La fuerza expansiva al salir la bala por el otro extremo de la cabeza rubia produjo una insólita explosión dentro del cráneo y mientras el revólver se detuvo, su cañón dentro de la boca (que era lo único que quedaba de la cara aparte de los ojos azules amplios como el mar), la masa encefálica, las paredes del cráneo y toda la sangre salió como un surtidor para bañar al futuro jefe que, con los ojos desorbitados y las manos en la cara, gritaba todavía «¡No! ¡No!». Pero era, claro, demasiado tarde.

Mientras el muchacho yacía ya yerto, muerto, su cuerpo, su cadáver inerte, el futuro jefe, sus brazos y sus manos llenas de sangre, dio un traspiés o dos, se enredó con el asiento travieso o con los remos y cayó hacia atrás dando tumbos para ir a parar al agua, al mar, a esa corriente del Golfo que había imaginado tibia, dulce y acogedora. Pero cuando estuvo en el agua sintió un frío de muerte y comenzó a patalear, a bracear, tratando de regresar al bote que con cada brazada suya se alejaba cada vez más. Las ondas del Piélago acogieron el cadáver del muchacho y el bote imposible y lo dejaron solo en el mar. O en la Corriente del Golfo, el río sin retorno dentro del mar.

II

Ser corrector de pruebas no es un oficio, es una educación. Fui corrector de pruebas desde los diecisiete años, cuando recibí mi primer sueldo regular por tratar de detectar, muchas veces sin éxito, las erratas antes de que salieran impresas. Pedí esa primera vez que me pagaran no en billetes sino en pesos plata para oír el sonido alegre de las monedas en mi bolsillo. Pero tuve ocasión de frecuentar a autores que eran entonces novedosos, aunque luego se volvieron mis mentores desde la página, llamada galera para hacer de mi oficio una forma de esclavitud. Uno de los autores se llamaba Rudyard Kipling, que se hizo un favorito. Otro fue William Irish, que me enseñó con un solo cuento suyo, «Dos asesinatos, un crimen», lo que era la literatura de la venganza, ese escrito que según Maquiavelo hay que leerlo en frío. Aprendí, además, algo de la risa en la miseria, como la mostraba Gogol: *Castigat ridendo.* Frase que me sonó como un foetazo en la cara y una caricia en la voz. Fui Fortunato y Montresor a la vez y también un lema que adopté: *Nemo me impune lacessit!*

Uno de los editores de uno de los diarios en que trabajé (tal vez el más pobre) me acogió como un hijo perdido. Era un contradictorio y para probarlo comenzó por despedirme la tarde anterior, a pesar de que había demostrado entonces que podía pasar más de una prueba de galera. Me había confundido con el corrector saliente que me había dejado en su puesto sin contar con él. Pero a la hora de haberme echado a la calle mandó a buscarme a casa. Uno de los misterios de un personaje que se probaría muy misterioso era cómo había sabido dónde vivía yo. Pero tal vez no había ningún misterio, tal vez conocía el laberinto de La Habana pobre.

En todo caso fue así como, cuando apenas contaba dieciocho años pero parecía mucho menor, trabajé con este editor veterano que casi hacía el periódico él solo. Pero tenía que tener, claro, un corrector de pruebas. Como emplanador se las arreglaba para componer la primera y última planas (el resto, decía, era hacer del corazón, tripas) con sólo mirar los bloques de texto en plomo y los grabados de media línea de las fotos, todo invertido, como si necesitara leer siempre en el espejo. Pero este editor no quería espejos. Tal vez los rechazara al reproducir su cara: era uno de los hombres más feos que había visto nunca. Sea como sea, de feo a feo, de padre a hijo, me prohijó y, cuando ya había acabado mi jornada de corrector y él puesto a dormir el periódico, me invitaba siempre a presenciar cómo fabricaba la primera plana como un virtuoso con un violín y un arco.

La tarea era fascinante. Ver aquel hombre envejecido por el alcohol, de manos toscas y dedos rígidos (rigidez que él explicaba por padecer de saturnismo), verlo edificar un periódico sin otra intervención que su imaginación gráfica era presenciar un acto de magia: a la imprenta por la prestidigitación. Pero se quejaba a veces de no contar ahora con más elementos que las masas de tipos y los mediotonos de las planchas fotográficas. Antes, aseguraba, en el otro periódico nacional de gran tirada en el que trabajó por veinticinco años, todo era diferente. Pero de allí, de la primera plana bicolor que consideraba su obra maestra, donde había inventado toda la tipografía popular moderna conocida en Cuba, lo echó su hermano, al que había traído al periódico para hacerse un columnista poderoso. Fue en una de estas jornadas de composición que me contó la extraordinaria historia, Poe en el trópico, de cómo su hermano cometió suicidio por persona interpuesta y fue salvado de las aguas por la inesperada *Raquel,* que no buscaba hijos perdidos pero encontró un náufrago entre los detritus.

—Vamos a la bodega —me dijo y por la fuerza de la narración la palabra bodega adquirió una sonoridad marina.

III

Pero me convidaba a beber. Para mi editor el ron era, como él decía, un elixir alegórico y producía extrañas combinaciones. Sus palabras se hacían parábolas y oírlo hablar —o mejor dicho, contar— era ver desfilar delante de su boca todas las figuras nacionales y algunas internacionales. ¿Cómo explicarlo? «Mi proviso», decía, «improviso» al ofrecer sus pastiches dementes. «La primera plana es soberana», aseguraba, «pero la primera dama es para jugar: vive con su cuñado el Presidente Grau, que a pesar de su nombre no es nada gris». Podía llamar al ron pelión, que bebía a pico, la Madre de Todas las Botellas. «Vamos a beber a ver», me desafiaba con un golpe de vaso vacío, «tú que eres un intelectual, ¿llamó o no llamó Rabelais divina a la botella?». Era, además de borracho, un pesimista y como todos los borrachos pesimistas era sincero. «Los optimistas son todos unos hipócritas», denunciaba. «Sólo los pesimistas decimos la verdad y la verdad es que todo siempre acaba mal.»

Aunque no lo sabía era un filósofo de la escuela epicúrea. «Es curioso», decía, «que quien desprecia el dinero aprecia a los ricos que lo único que tienen es dinero». Reconocía que el miedo era una pasión más fuerte que el amor o el odio: «El miedo es el medio».

Era independiente en extremo. «No me gusta que la gente me tenga lástima», me dijo. «Puedo tenerme lástima yo mismo mejor que nadie.»

Su vida profesional era simple y compleja a la vez. Había ideado un suplemento del *otro* periódico (como decía acentuando la impertinencia) con fotos de mujeres semidesnudas en posiciones entonces indecentes, hoy inocentes. Su hermano puso punto final a su experiencia con cuerpos coritos y lo acusó de ser un pornógrafo a expensas de la seriedad del periódico. Le pareció una lección que no supo aprender que fuera su hermano precisamente quien lo echara del periódico. Ese periódico al que había inventado su apariencia antes de su aparición. A su hermano, un pederasta que odiaba a las mujeres y era de hecho un homicida, ahora lo llamaba Criminaldo.

Pero se llevó consigo, me aseguraba, sus fotos y dibujos de mujeres fornicando (con hombres, con mujeres, con bestias: perros, burros), las que planeaba desplegar en este periódico tan pronto como estuviera viento en popa. «Es mi archivo expiatorio», decía.

Por cierto nunca vi una sola foto de mujeres, desnudas o desvestidas, en el periódico. Pero su facilidad asombrosa para el retruécano, que llevó a los títulos de primera plana del otro periódico, lo hizo famoso. Ahora en su decadencia era todavía un maestro del juego de palabras.

Empezó a toser de una manera desgarrada. Después, como punto y aparte a su tos, me hizo otra confesión: «Estoy herido de muerte. Cirrosis no tuberculosis. Afortunadamente el médico me dijo la verdad. Un moribundo, como un marido engañado, es siempre el último en enterarse». Hizo una pausa para guiñar un ojo. «Mi médico sabrá de todo de la muerte», me dijo. «Pero no sabe nada de la vida. En la vida no hay más que lujo y lujuria.» Pensé que había mantenido el guiño demasiado tiempo, pero vi que el humo del cigarrillo que mantenía entre sus labios lo hacía cerrar su ojo izquierdo.

Luego, sirviéndose una media línea (o tal vez línea y media: no sé de medidas para el alcohol) de su botella privada en un vaso sucio, echó la cabeza hacia atrás y se bebió su trago de un trago. Le dije de estúpido que eso no era bueno para su hígado y me respondió que entonces su hígado no era bueno para él y me aseguró: «No es la muerte, es la vida que te mata». Se llenó otro vaso, hasta el borde. ¿Y de qué sirve?, le pregunté refiriéndome a la botella. «Servir y ser vil», me dijo. «Herramientas. Corrector, corrige.»

IV

Hablamos mucho, pero no puedo decir que conversáramos. Era él quien llevaba la conversación siempre: la comenzaba y la terminaba cuando se le antojaba. Un día me atreví a pedirle que me contara, íntegra, la historia de su hermano, el importante. «No hay nada íntegro en mi hermano», me dijo. «Menos que nada su vida.» Ya yo sabía quién era su hermano, que quitaba y ponía rey no sólo en su periódico sino en la vida pública de entonces. Lo hacía, esquina peligrosa, desde su columna, más bien el último rincón de la última página, que firmaba, curiosamente, con un nombre de mujer que era una inversión de sus siglas. «Cuando quieras saber algo», me dijo mi editor resabioso, «nunca preguntes a los que saben. Los sabios son siempre mentirosos» —y no dijo más.

Pero la soledad es una dudosa compañía y el editor pasaba mucho, demasiado, tiempo solo. Cosa curiosa, era yo, un muchacho, quien disipaba su soledad de sesenta años al hacer oídos a sus odios. «Mi hermano», me dijo un día, «cambió su promesa por el compromiso». Se detuvo no para recoger sus recuerdos sino para coger la botella, siempre servicial y su vaso, «le ha cogido amor al amoral», confió más al vaso al llevarlo a su boca que a mí. Pero este hombre envejecido era de una generosidad implacable, mientras que su hermano practicaba con suavidez su avidez. «Eso es soez», concluyó refiriéndose tal vez a su discurso alcohólico. No insistí en saber el secreto del hombre que pudo ser líder y, afortunadamente, no lo fue. No insistí esa vez.

V

Era la temporada violenta y resueltamente maligna ahí afuera cuando los pandilleros políticos, pistoleros todos, se mataban en calles y callejones de La Habana. Una de esas sectas soeces colgaba al cuello de sus víctimas un letrero que anunciaba, *post mortem,* «la justicia tarda pero llega». Los otros, los enemigos notorios, eran, si cabe, peores. Heme aquí recorriendo esas calles canallas para encontrar refugio en la oficina del periódico, corrigiendo, corriendo sobre el texto mientras en los rincones el polvo y el plomo fabricaban rapé con un humo tóxico.

VI

Mi editor, para mí, emplanador para los otros, los que no saben, se secaba el sudor de la frente con la manga derecha de su camisa, sudada visiblemente en los sobacos y en el pecho, de obvias mangas cortas. No había otra razón para las manchas en su pecho que el calor dominante: estábamos en la zona tórrida. Ahora me llamaba a su oficina, que nunca ocupaba. Cuando entré me confió: «Mientras menos se hable de nuestra profesión, mejor». ¿Qué quería decir? ¿A qué se refería? Nunca lo supe. ¿Era un suave exabrupto en medio de la tarde atroz? El sudor de la frente le caía sobre el papel secante asombrosamente verde que adornaba su escritorio. Allí había manchas mayores que la tinta pero mucho más efímeras. Otras manchas pequeñas se unían a las más grandes y con el verde del secante formaban un archipiélago. De pronto mi editor me dijo: «¿Tú sabes lo que envidio de ti?», pero no me dio tiempo a adivinar: «Que no sudas. ¿Cómo carajo es que no sudas en este infierno?». No sé, le dije o creo que le dije. «Son los indios», me aclaró o me declaró. «Porque los negros, que vienen de África, sudan como carajo.» Asintió con la cabeza: «Son esos malditos indios. Tú y el Cucalambé no sudan». Pude rectificarle que el Cucalambé era indio sólo en rimas. Pero no me dio tiempo. «¿Te conté el cuento de mi hermano?», dijo con lo que me pareció una débil esperanza. No lo había contado. No a mí. No todavía. El editor había esperado demasiado por mi respuesta porque me dijo abrupto: «Es un jefazo hoy día. Pero hubo un tiempo en que era más pobre que yo ahora. Era de veras miserable».

La tensión se hacía más palpable que el calor en la oficinita de *El Nuevo Heraldo,* como pomposamente se hacía llamar el periódico. Era para preguntarse y después morir de risa cómo sería *El Viejo Heraldo*. Dejé de mirar al taller obsoleto a través de la ventana de cristales ahumados por el polvo para mirar a mi editor. En su silla vi sentados los restos mortales de un hombre que no era nadie. Menos que eso: no era nada. El calor se había transformado para él en una corriente fría estacionaria. Se miró al interior de su camisa desde arriba. «Debe ser mi camiseta», explicó: «hecha helada por el sudor. Soy el aire acondicionado de mí mismo». Enseguida dijo: «Mi hermano no fue siempre un jefe ni un canalla. Era un poeta y un hombre admirable. Pero el peor amor acabó con ese hombre y devolvió a sus amigos, al mundo (porque había en él madera de líder) una especie de cadáver que anda suelto. Vísceras que caminan, piltrafas animadas». Volvió a temblar a pesar del calor. No de frío sino de escalofríos que no tenían nada que ver ni con el tiempo ni con su estado de ánimo. «¿Qué hizo para transformarse en su sombra? Te lo voy a decir. Se suicidó.» Hizo una leve pausa como si hubiera apurado un vaso de añejo. Luego añadió: «Pero quedó vivo».

VII

En mi oficio no debería haber tiranos a pesar de las galeras. Pero había una tiranía abstracta hecha concreta: fabricar un periódico con un límite de tiempo. Una noche de sábado después del cierre y cuando la obsoleta rotativa que debía ser contemporánea de Mergenthaler, inventor del linotipo, estaba imprimiendo «el único diario de Oriente que se edita en Occidente», que era el último refugio de mi editor, confió en mí. Como los del periódico, sus días estaban contados. Ahora, cuando todo lo que sabía de su futuro era que el periódico se cerraba una de estas noches para no abrirse más, pudo secarse el sudor de la cara con un pañuelo mugriento, ponerse el saco sucio sobre la camisa empapada por el calor que alegaba que yo no sentía, y levantarse para invitarme a un trago en el bar de la esquina porque su botella habitual estaba vacía.

Después de muchos brindis por la suerte del periódico, no sólo el del domingo, mañana, sino el diario de todos los días, porque el *Heraldo* daba tumbos en un mar de tinta y estaba condenado a naufragar. Cada día, cada noche, como ahora era una victoria sobre los elementos contrarios.

De regreso a la redacción, yo daba tumbos, marinero en tierra. Allí había menos calor a pesar del techo bajo que descansaba sobre pilotes como para acentuar que estábamos en el agua o haciendo agua. Pero el editor jamás subía la escalera de caracol que llevaba al entresuelo ni se sentaba en lo que debía ser la dirección y que era para él el castillo de proa hecho para un capitán que nunca abandonará el barco.

Fue allí donde por el día tecleaban las máquinas de escribir (que eran antigüedades valiosas sólo por el año en que se fabricaron) que me relató todo con palabras precisas a pesar de su voz que se podía llamar aguardentosa: pastosa, dura de oír, ronca como de alguien que ha gritado demasiadas órdenes dadas a oídos sordos: una sirena de niebla.

Era la extraña historia de su hermano, el poeta deseoso de gloria literaria que se había convertido en un periodista poderoso y ambicioso de mayor poder aún: un poder político en desenfreno. Con su columna (cuyo formato había inventado mi editor) se creía él, creía el columnista, que podía poner y quitar no reyes sino algo más cercano y creíble: presidentes. Sobre todo presidentes electos, porque si algo odiaba el columnista, el jefe ahora, era la democracia. La odiaba más que se odiaba a sí mismo. El editor, su hermano carnal, me explicó por qué tanto odio derramado por el periodista que fue poeta que fue suicida. Esa historia queda atrás. Es su final lo que debo contar ahora.

El futuro jefe sabía nadar pero nunca había nadado mar afuera. Allí donde la profundidad tira hacia abajo todo lo que está en la superficie y no sea un bote, un barco, una balsa: es el veril donde parece terminar la tierra. Esa marea estigia es una fuerza poderosa. De pronto el jefe se dio cuenta de que iba a morir en el fracaso: no habría futuro para él. El pacto suicida había salido horriblemente mal. Habría dos muertos pero la voluntad de suicidio se dispersaría en el mar. Ahora, a punto de ahogarse, no pensaba en pactos suicidas sino en salvarse, ser rescatado del mar por la providencia divina o por el azar. Se hundió otra vez, dio manotazos y volvió a la superficie. Era la tercera vez. En el esfuerzo había tragado agua y, lo que es peor, había agotado sus fuerzas. Se ahogaba. De pronto una fuerza diferente lo levantó y sacó del agua (eran los brazos fuertes de un hombre que no veía) para ponerlo en la cubierta de lo que parecía una lancha. ¿Era Caronte después de todo? Cuando entre vómitos, toses y escupitajos soltó toda el agua que tenía en los pulmones y en el estómago, se sintió libre del mar. ¡Estaba vivo! Y enseguida supo dónde estaba: el olor inconfundible y la cara del marinero salvador, de los marineros que lo rodeaban riendo, le permitió identificar la nave y su contenido.

No era la *Raquel* que al final de *Moby Dick* viene a salvar a Ismael de las aguas, sino la gabarra lenta que volvía a La Habana después de soltar su carga en el mar. El lanchón de la basura salía cada mañana temprano a arrojar los detritus de la ciudad en la corriente del Golfo, apenas a cuatro nudos de la costa. La corriente era visible desde el Malecón como un costurón morado. El poeta que sería jefe había escrito un soneto al mar visto desde el costurón urbano y había dicho que la corriente del Golfo era malva, como si la oscura masa de agua que corría dentro del mar fuera una margarita. Era ya un mal poeta pero solía decir que la poesía era más que nada una persistencia. Podía hablar de sus poemas mejor que sus poemas mismos y decir con su Maestro que el poema era una estructura romboide. Se atribuía cualidades (es decir, calidades) que nadie más que él veía porque nadie lo leía. Ésa fue una de las razones que lo decidió a dejar la poesía por el periodismo. Los periodistas, descubrió, son más leídos en todas partes que los poetas. Pero no fue la causa mayor. La causa mayor fue su naufragio, que fue como una metáfora moral.

VIII

Después de contarme esta historia de amor, de locura y de muerte, el editor me dijo:

—Moraleja: nunca salves a un hijo de puta que se ahoga.

IX

Hace diez años recibí una extraña visita; era el jefe en persona que venía a conocerme. Había publicado un librito, que me envió. Le escribí agradeciéndole el envío al tiempo que lo elogiaba. Sospecho que había recibido muy pocos elogios de sus pocos lectores. Tenía, me dijo, curiosidad por conocerme. No sabía que la curiosidad era mutua. Ahí estaba en mi estudio sentado en el sofá de los visitantes y mientras hablaba (no dejó de hacerlo) pensaba yo en su hermano. No se parecían. Era bajo y más bien rechoncho y casi calvo, llevaba un bigote. Mientras le oía hablar de su tema favorito (él mismo) casi estuve tentado de preguntarle por su aventura suicida en alta mar. No lo hice, por supuesto: hubiera sido una descortesía violenta con un visitante que me elogiaba sin medida.

Pero mientras hablaba no dejaba de pensar en su hermano. En un descanso de su conversación o más bien monólogo, le pregunté por el que había sido mi maestro editor. Me dijo que había muerto en Cuba. Lo que no me extrañó dado su consumo de alcohol. Pero sorprendí al otrora jefe (ahora era un humilde adjunto de una cátedra de literatura en una universidad que no recuerdo) diciéndole que había trabajado con su hermano de joven: fui corrector de pruebas en su último periódico. «Fuimos muy amigos», le dije. Se le vio vagamente incómodo, pero me pareció que no era a causa de su hermano muerto, sino que yo había tomado el centro de la conversación.

X

El hombre que fue jefe volvió a la superficie en Miami, el centro universal del exilio. Pero ya no es un exilado como era cuando me visitó. En otro salto mortal viaja a Cuba y se abraza al Máximo Líder que le dice sin ironía: «Chico, los grandes periodistas nunca mueren». Sólo se suicidan, digo yo, más de una vez. El futuro jefe rescatado de las aguas se presenta en Miami como un corajudo verbal y declara: «Yo no me vendo, yo me alquilo». Este alquilón se cree, créanlo o no, una fuerza moral. Pero pocos cubanos que conozco tienen, o publican, una idea tan errónea de sí mismos. Había que haberlo visto en el patio de su casa de lo que se llama La Sagüesera y para él el centro de la gusanera ofreciendo máximas morales como si fuera un Sócrates que ha hurtado el cuerpo a la cicuta y no le debe ya un gallo a Esculapio. Sus visitantes lo oyen desgranar perlas políticas pero el otrora jefe no sabe que ellos saben la historia obscena de su vida y acogen sus aforismos con un gran grano de sal marina. El jefe es rencoroso y amargado y se dedica a la difamación. Pero ¿no será que desde entonces, desde aquella tarde en que fue salvado de las aguas por el lanchón de la basura, cumple cadena perpetua por asesinato en la cárcel que es su cuerpo?

La soprano vienesa

El fonógrafo siempre distorsionará la voz de soprano.
THOMAS ALVA EDISON

I

Creo que llegó la hora de contar el cuento del escultor húngaro sobre la soprano vienesa.

El escultor se llama (o se llamaba: no sé decir) Carol Tobir, pero éste no era (es) su nombre verdadero, ya que su verdadero nombre (Tibor Karolyi) le dio bastantes dolores de cabeza con las bromas que la sola mención del mismo desencadenaba como reflejos verbales condicionados. Un ligero cambio en las sílabas, un trueque en la ordenación de nombre y apellido (cosa que importa bien poco a los húngaros, ya que nunca se ha sabido si Lajos Zilahy se llamaba en realidad Zilahy Lajos) y el maestro Tobir pudo vivir en paz: ya no recordó más en su apellido que era pariente del primer presidente húngaro (Michel Karolyi o Karolyi Michel), pero tampoco ningún otro cubano volvió a defecar metáforas dentro de su nombre. (Tibor en Cuba no es «un vaso grande de barro decorado exteriormente» sino algo más íntimo: un orinal.)

Carol era un hombre grande y aquí quiero decir que era tan alto como gordo y tenía un tipo que solamente su acento extranjero y cierta aura europea evitaba que fuera un mulato lavado ejemplar o un ejemplar de mulato lavado. Se parecía ya bastante a Dan Seymour, el actor, cuando decidió acentuar el parecido (después de ver *Tener y no tener*) echándose una boina negra sobre la cabeza que comenzaba a calvear.

Sus amigos ven aquí la razón profunda para calarse el *beret,* como él decía, más que la frivolidad de seguir a Dan Seymour, después de todo un actor bastante oscuro. Si ustedes no recuerdan a Dan Seymour es porque está olvidado. Pero puedo refrescarles la memoria añadiendo que Dan Seymour se parecía bastante a un busto (apócrifo) de Metrodoro de Kyos que hay en el museo de Bellas Artes de La Habana. Si todavía no lo describo bien, añado que Julián Orbón, el compositor premiado en el Festival de Caracas de 1957, siempre gustaba de compararse (al pararse al lado) al busto (apócrifo) de Metrodoro de Kyos. Para los que no conozcan a Orbón tan bien como el peripatético poeta habanero Lezama Lima, sería bueno decir que Julián es el vivo retrato de Dan Seymour. Pero no creo que haga falta completar la imagen de Carolón, como le llamábamos sus amigos. Quiero decir, el retrato físico. Sí añado unos cuantos rasgos que podemos llamar, por no decirlo de otra manera, morales.

Carol había venido a Cuba alrededor del año cuarenta huyéndoles a esas facciones que lo hacían en Hungría un tipo de judío sefardita ejemplar. Había sido escultor laureado (un parque de Pest, junto al Danubio, tiene todavía una fuente firmada al pie, o a la cola, de un delfín con su nombre húngaro) y gozaba de cierta fama centroeuropea, que se convirtió, por la magia de la ignorancia antillana, en una anonimidad total. No vivió mucho tiempo, sin embargo, en el anónimo (en la nómina del Ministerio de Obras Públicas) porque por aquella época Batista decidió inmortalizar su alma en piedra de cantería y Carol hizo una o dos fuentes que nunca firmó. Luego, durante la guerra, se inició con unos refugiados flamencos (Beno Cravieski, ciudadano cubano de Amberes, lo recuerda muy bien), en el negocio de joyería y ganó (y gastó) una fortuna cubana. Los años cincuenta lo vieron de nuevo pobre, pero en camino de una fama centroamericana como escultor de masivos grupos humanos. Para su mal, de la noche a la mañana decidió hacerse escultor abstracto y el arte de la soldadura aprendida en la joyería, lo puso al servicio de enormes brazaletes de bronce que querían ser estatuas ecuestres o férreas maternidades que semejaban un *pendantif* o aun anillos de compromiso en vías de derretirse en *pietás* con un Cristo ausente —y dejó de aparecer en los anuarios de *Art News Magazine*.

II

Después de la Revolución lo vi pocas veces, porque yo estaba muy ocupado escribiendo las memorias de un viejo político ortodoxo (del Partido Ortodoxo) que murió, a resultas de un derrame cerebral, en la amnesia total, mientras que Carolón parecía mirar a La Habana con sus ajados ojos de Budapest. Un día me lo encontré en la Biblioteca Nacional. Hacía yo una investigación literaria-policial-histórico-geográfica de los trabajos de espías enemigos infiltrados en Cuba poco antes de la toma de La Habana por los ingleses, para una monografía a editar por las Fuerzas Armadas Revolucionarias, que luego apareció como un capítulo de la obra titulada *Detección de la Infiltración desde Colón, hasta la Revolución,* afortunadamente firmada por el capitán Ñico Núñez.

Me contó este cuento en el camino al café de Ayestarán (muchos escriben todavía Ayesterán, incorrectamente) y 20 de Mayo. Al regreso, lo dejé en la biblioteca leyendo el magazine dominical del *New York Times.* Antes de marcharse me puso una de sus infinitas pero limitadas manos sobre (pesante) un hombro y me dijo, «Acabo lerr una phrase de Marrcell Duchán que serrá mi divisa», dijo, pero dijo difiso en vez de divisa. «Dice Duchán que el ferdaderro arte es siempre subersifo. ¿Qué te parrese?» Él había dicho arete en vez de arte y me quedé pensando en unos pendientes de TNT.

Cuando por fin entendí, ya me decía, «Voy irr suterránio con mi esculturra». Me parecieron palabras de una cierta profundidad y lo dejé allí, a que el silencio de la sala de lectura le sirviera de eco histórico. No volví a saber de él, hasta que pocos días antes del Primer Congreso de Escritores, alguien me dijo que Carol había desaparecido. Ahora probablemente esculpe estalactitas figurativas en una cueva de Pinar del Río o los parques de Santo Domingo (República Dominicana) comienzan a tener fuentes con delfines o en Greenwich Village, Nueva York, hay una joyería de limallas de hierro más.

III

Nunca fue tan esperado el debut de una soprano. Al menos, ustedes y yo con ustedes (y el lector nunca sabe hasta qué punto el escritor se ve atrapado por su trama literaria) hemos bogado ansiosamente por este río discursivo, hecho tirabuzón navegable por los meandros sucesivos de innúmeras digresiones, para llegar al puerto escondido del secreto de la soprano que vino de Viena.

Pues bien, puedo decirles que sé poco de esta soprano vienesa: ni siquiera sé si vino o no de Viena, porque por aquella época (años 1939, 1940, 1941) todas las sopranos venían de Viena. Por lo menos, eso es lo que de ellas decía la prensa habanera y lo que decía la prensa habanera era lo que ellas decían, ya que la crítica musical de ese tiempo se reducía a elogios más o menos bien pagados. Lo cierto es que la soprano tuvo su hora de éxito y por un momento pareció ser más bien una ventrílocua (no estoy muy seguro de que esta palabra tenga uso femenino: son muy pocas las mujeres que hablan con el estómago), porque una tarde estaba cantando en un recital de *lieder* de Hugo Wolf (todo su *Spanische Liederbuch*) en el saloncito recién inaugurado del Lyceum y a prima noche tenía su acostumbrada media hora por Radio O'Shea y de nueve a diez cantaba siempre en (¿dónde si no?) el restaurant Vienés, usando en la emisora y en el restaurant las mismas melodías de Strauss y Franz Lehar y de «ese músico que ofende a Bach», como decía Tobir, Offenbach, y casi ya a medianoche estaba en casa de Zaydín, entonces Primer Ministro, o en una *soirée* musical de la Casa Cultural de Católicas o en el programa sabatino o dominical del anfiteatro municipal, cantando habaneras con un acento musical perfecto.

Su gran momento, sin embargo, ocurrió un día, para decirlo con palabras de Polonio, histórico-religioso-patriótico. Fue el 12 de octubre de 1941 o el 10 de Tishri, año 5701 en el calendario hebreo, o Día de las Américas o Aniversario del Descubrimiento, en las efemérides del almanaque. Ese domingo glorioso ella cantó en la Catedral por la mañana en una misa (Te Deum) ofrecida en honor o en recuerdo o de gracia o de descanso al alma emprendedora de Cristóbal Colón, cantó por la tarde, ocasión del Yon Kippur, en la B'Naith B'Rith o en la sinagoga del Vedado, y cantó en una velada ofrecida por el Centro Gallego esa noche, en celebración del Día de la Raza. Por muy poco falló en celebrar también el advenimiento del nuevo año musulmán, ya que el Muharram en esa ocasión cayó diez días más tarde.

Ella se llamaba (o se hacía llamar) Militza Dolfus. No creo que tuviera la menor intención de recordar en cada *lied* la memoria asesinada del incauto canciller Engelbert Dollfuss, ni mucho menos de condenar en toda aria al astuto regicida Otto Planetta. No solamente las simples eses y eles de su apellido me persuaden, sino que sé que *fräulein* Dolfus (siempre tendré esta duda de su estado civil: ¿señora o señorita?) había visto muy poco el Danubio o si lo vio no fue el mismo Danubio que convocó en el daltónico compositor Johan Strauss las recurrentes inundaciones musicales que padecimos tantas veces en su voz de soprano ligera: nadie se inspira dos veces en el mismo río. Pienso que había en ese seudónimo (porque persona tuvo nunca dudas de que era un «nombre para el arte»: ella misma lo declaraba) algo más simple y más vil. El afán comercial de parecerse aún más (cabellera oxigenada, nariz de alas batientes al compás, manos entrelazadas sobre la organza ventral o bajo el pecho capaz de dar el do, mientras exhibe otras cualidades menos sonoras pero más visibles por los escotes oportunamente abiertos), de ser posible, a otra soprano vienesa famosa en aquel tiempo, que solía desplegar en marquesinas y carteles el fílmico y notorio nombre centroeuropeo de Miliza Korjus. Aun la sabia semejanza sonora y la más hábil desemejanza ortográfica del nombre (que regula la conocida ley que afirma que más se parece lo que no se parece del todo, que lo absolutamente idéntico) lo indican. Pero hay otra prueba concluyente: ambas millizas... perdón, ambas Milizas fueron mellizas, al menos en la fama: cuando ascendió una, subió la otra y las dos conocieron la decadencia por el mismo tiempo, con la misma velocidad, en igual ausencia de estela notoria. Pero las estrellas (las nuestras, las de este mundo) declinan, no se apagan y un historiador acucioso siempre encontrará su cola luminosa, perdida en el negro espacio interestelar solamente para los ciegos ojos legos. Nosotros, los astrónomos de la fama, sabemos sin embargo situar en las cartas del cielo de la farándula estas novas, supernovas y estrellas negras (me ocuparé de Sabor Vidal, la mulata rumbera, otro día) que por años luz de olvido parecieron extinguidas. Pueden brillar todavía con luz propia, si existe el telescopio literario capaz de alcanzar, con su potencia verbal, las débiles huellas de luz pública que deja en el firmamento el paso de uno de estos astros del arte del bel canto. Lo que hizo Nabokov con La Slavska, lo hago yo ahora con la Dolfus. Quizás otra vez otro maestro (Jorge Luis Borges, Ionesco, S.J. Perelman) rescatará del olvido cósmico también a Miliza Korjus, ese facsímil.

IV

Sé que me he dejado llevar por un arranque lírico, casi un aria. Pero quiero reproducir en mis palabras la vehemencia con que Carol Tobir me contaba en el largo viaje del día hacia el café, la vida y los milagros de Militza Dolfus. Anoto ahora un impromptu que compuso Carol en la ocasión, para mostrar su carácter pendenciero y comunicativo y entusiasmado, típicamente humano. Pasamos por un parque con una fuente al medio y nos acercamos. Estaba firmada por Rita Longa, nuestra conocida escultora. Había en el parque también dos o tres grupos escultóricos. La fuente representaba o quería representar un tiburón fugitivo de su detenida piedra al que rodeaban sucesivas sardinas de hormigón y cantería, en actitudes beligerantes. Todos echaban un agua sucia por la boca en la que se bañaban después (como ocurre con todas las fuentes: no hay nada más antihigiénico) y Tobir me sugirió que el grupo parecía un tanto alegórico, aunque «en la mejorr trradición del peorr gusto», me dijo riendo. «Parrecen políticas de una phábula.» Seguimos caminando y casi bojeamos el parque, reconociendo cada una de las estatuas. Había una tropa de ciervos de bronce o de yeso pintado de bronce, unas aves estilizadas hasta perder toda capacidad para el vuelo y una reunión heroica que parecía más bien un pulpo abarrotado de brazos combativos. (Recordé ante estas pétreas imágenes un cartel entonces popular representando a un negro rompiendo las cadenas raciales en una metáfora cruda que hacía pensar a su vez, automáticamente, en el Congo: la figura del negro, por un cruel fallo técnico o una intención torcida, parecía un gorila en atuendo de obrero militante al que superpusieran ¡la cabeza de Patrice Lumumba!) Todas las masas escultóricas estaban firmadas por Rita Longa. Carolón las miró una a una y en cada estatua («de alguna manera hay que llamarlas», me dijo) dejaba la impronta de una o dos frases lapidarias, más definitivas que las piedras que enfrentábamos. Finalmente pareció abarcar todo el parque con sus brazos de escultor y allí, bajo el sol implacable, dijo una frase más implacable que el sol: «*Ars brevis,* Rrita Longa».

V

La señora Dolfus dejó de cantar paulatinamente. Hoy una velada musical en el salón de actos del Comité por un Quemado de Güines Mejor, mañana un recital de fados en los salones de la Artística Gallega, luego un ágape cantado en el Club Atenas (banquete con pretexto en el centenario del primer concierto ejecutado por Brindis de Salas, «el Paganini negro»), más tarde una aparición ni al comienzo ni al final en el tercer homenaje de despedida de Zoila Gálvez, soprano oficial, y, finalmente, avisado en caritativas gacetillas «de gratis», su propio homenaje (que se anunciaba, como siempre se anuncian los autohomenajes, «nacional»), en gran función de mutis en el teatro de los Yesistas. El teatro (contra lo que se pueda pensar no pertenecía a una sociedad religiosa, sino al sindicato de los obreros del yeso) estaba lleno aquella noche. Lo que no es una hazaña musical, pues los Yesistas tienen cabida solamente para ciento setenta y cinco personas. Tobir me contó que esa noche de la primavera (que en Los Yesistas se convirtió en noche de tórrido verano) de 1951 el teatro estaba lleno, pero no de personas que pagaran la entrada, sino de viandantes y vecinos y gente del barrio de la Victoria que habían venido a oír tocar gratis a su pianista acompañante, Juan Bruno Tarraza, entonces *en vogue*. Sin embargo, todas las entradas se vendieron entre la colonia israelita y las amistades europeas y cubanas de La Dolfus. (Así se hacía llamar ella.) Por un tiempo La Dolfus disfrutó su bonanza económica, y solamente los empresarios del teatro que venían a diario a su casa a cobrar su parte (y nunca encontraban a nadie) y la persuasión de dos o tres amigas, impidieron que ese «adiós a la farándula» tuviera tantas repeticiones como la dilatada despedida de Romeo de la alcoba de Julieta. Es que la fama suele ser también una amante pegajosa.

Tobir la veía, de vez en cuando, porque coincidían en el Café Vienés una que otra noche, o a la hora del almuerzo ocasional en Moshe Pippi, o en Fraga y Vázquez (12 y 23) en las raras cenas de madrugada que Carolón se permitía (siempre padeció de hipertensión) y en otros sitios parecidos: café Ambos Mundos, Lucero Bar, Bodeguita del Medio, que él llamaba del Miedo. La Dolfus venía invariablemente acompañada por un viejo vienés, delgado, distinguido, de sempiterno sombrero tirolés calado sobre la sien derecha, que apenas murmuraba un saludo confuso siempre realizado con una cortesía nítida. A Carol le pareció que el viejo vienés rejuvenecía. Hasta que un día se dio cuenta de que el viejo era tan viejo como siempre: era La Dolfus la que se derrumbaba físicamente bajo el peso de los años y el tinte para el pelo y sus horribles *manteaus* centroeuropeos, llevados aún en el memorable agosto de 1953, cuando el termómetro subió a cuarenta y cuatro grados centígrados a la sombra —y de día como de noche. Fue precisamente poco después de ese verano que vio a La Dolfus sola varias veces y al preguntar a amigos mutuos, supo que el barón Gönorres (tal era su nombre y Tobir sintió una difusa pero intensa simpatía por el difunto barón, al saber que ambos habían padecido el mismo suplicio nominal: ni siquiera el título nobiliario lograba contener las desaforadas asociaciones verbales cubanas una vez que la adventicia crema del apellido del barón era olvidada, lo que ocurría a menudo) había muerto en una batalla campal entre sus leucocitos y fagocitos de un bando (el blanco) y sus hematíes del bando contrario (el rojo). Una víctima más de esa guerra civil de la sangre llamada por los médicos leucemia.

V

Habían pasado seis meses o un año cuando una tarde La Dolfus se apareció en el estudio que Carol tenía en la Plaza del Vapor. Ella conocía bien el lugar, porque en otros tiempos de más fama artística y mayor esplendor físico (y no me estoy refiriendo tan sólo a la voz), La Dolfus había cantado varias veces en su ducha, por la mañana temprano, después de una «noche rromántica». Esta vez no venía en busca de caricias, sino de consejos: ella quería ser escultora. El salto que alguno de ustedes ha dado (no ahora, sino al sentarse sobre un clavo) fue discreto en comparación con el estrépito de Tobir al caer de su banqueta de escultor. ¿Una soprano escultora? ¿Por qué? ¿Cuándo? Y además, ¿de qué manera? La Dolfus lo explicó bien. Ella tenía algún dinero (dejado por el barón en recuerdo de noches en que su sangre era más roja), se aburría en casa, quería tener un hobby y había pensado en la escultura. ¿Por qué había pensado en la escultura? Porque cuando joven, en Viena, había tenido un novio escultor llamado Miguel Ángel, nacido, doble curiosidad, en Florencia, pero, ay, sin talento.

¿No le había contado esto a Carolito una madrugada en que los dos llegaron borrachos al parque Maceo y montaron los caballos de bronce y los espolearon hacia el mar para salir de Cuba y volver a Europa, decretando la infalibilidad hípica para la navegación? Los caballos nunca se hunden ni los torpedea nadie, ¿no? Tobir no recordaba una palabra. Además, estaba cansado, no servía para dar lecciones a nadie y había roto, completa y definitivamente «con la figuración». Eso no era obstáculo para La Dolfus: «Enséñame el arete de lesculturra avstrakta, Carolín», fue lo que le dijo. Tobir comprendió que nunca sacaría de su estudio aquel mal recuerdo y decidió enseñarle el abecé de la escultura usando la plastilina Woolworth.

Un mes más tarde, sin embargo, La Dolfus regresó trayendo en una balsa una yegua plástica que recordaba a un perro mutilado, una paloma que parecía más bien un pavorreal enano y una vaca que de haber tenido debajo a Cástor y a su carnal Pólux, habría sido una copia pasable de la loba romana. «No modelaba más que animales», me dijo Tobir, que le preguntó qué significaba aquella *ménagerie*. «Parra ser abstraksiones son demasiada rreales y para ser figurrasiones son demasiados abstraktas», le dijo. Ella no se inmutó (se recordará que una vez en la escena del teatro Alkázar, en el show obligado que se intercalaba entonces entre película y película, un operador disgustado por la espera interminable de un agudo sostenido más allá del umbral de la paciencia le «echó encima» la película y sin embargo la voz de La Dolfus superó los fieles rugidos del león de la Metro, la espesa música de George Bakhaleinikoff (¿o era de Daniel Amfitheatrof?) y los atronadores cañonazos del departamento de sonido del estudio. El do sostenido final de *«Il baccio»,* en la voz de la soprano vienesa, acompañó unos cuantos segundos de acción bélica en las fingidas Árdenas de «Sangre en la nieve») y le respondió simplemente a Tobir: «Soy una primitiva sophisticada». Pero ella no venía a discutir su arte, sino a perfeccionarlo. «Vengo me ensegnes a esculpir», le dijo a Tobir. Carolón acababa de dejar la escultura tradicional y no tenía disposición más que para la soldadura, por lo que la barra de aleación, el soplete y el tanque de acetileno y el yelmo protector ocupaban todo su estudio, donde esculpía (es un decir) por las noches, mientras de día trabajaba con Ernesto González en las obras esculpidas del Palacio de Bellas Artes. Pero de alguna manera La Dolfus convenció a Carolón, que le dio unas cuantas lecciones rudimentarias del arte de la escultura y además le regaló un tronco de ácana y varios trozos de baría y sabicú y caoba, y una gubia, un formión y un mallete. «Empieza con la madera», le dijo. «Que es muy noble.»

Si Carolón creyó que allí terminaba su misión didáctica, se equivocaba, porque La Dolfus regresó al mes por más:

ahora quería completar su curso. «Quierro me ensegnes la pietra a esculpirr», le dijo a Tobir, que le respondió: «Se dice trabagar». «Bueno», dijo ella, «quiero me ensegnes la pietra a trabagar». A lo que respondió Carolón: «Es lo mismo que la maderra, solamente que más dura. Tienes comprarte un cincel y una sierrra para mármol». «¿Y tú no podrías todo regalármelo?», fue su penúltima pregunta. *«Nein»*, dijo Tobir. *«Traurig»*, dijo ella queriendo decir lástima en alemán. Antes de irse hizo la última pregunta: *«Wollen wir Morgen abend ausgehen?»*. Pero Tobir que no tenía ganas de ir a ninguna parte con aquella bola de primaveras, grasa y maquillaje, cubierta conspicuamente por la pelliza, a la que los años y el calor y la humedad le habían dado un aspecto arratonado, dijo: *«Nicht. Danke schön»*. Y ella respondió, casi cerrando la puerta: *«Traurig. Bitte schön»*. Algo en la voz, en esta mano demorada en la puerta, en aquel rabo de ratón mojado que se escurría entre la hoja y el marco al cerrarla, le hizo llamarla y regalarle un mallete para mármol y el cincel y la sierra. Solamente exigió Carol un favor (la verdad) a cambio y La Dolfus le pagó en moneda falsa (la mentira). «¿Qué haces con l'esculturra? ¿Te ganas la fida así ahorra?» *«Nein»*, dijo ella, tratando de sonreír. «Te dije, *Dumm Kopf,* que más no es que un hobby.» La mano húmeda cerró la puerta.

VI

Pero no es por gusto que un chachachá llamado «La engañadora» fue durante años casi el himno nacional cubano. Hay un verso de su letra que dice: «Pero todo en esta vida se sabe». Lo cual es cierto, aunque más cierto aún es el final de esta feliz frase musical: «Sin siquiera averiguar». Carolón se enteró de todo sin preguntar a nadie. La Dolfus era ahora escultora, pero no era la vieja enloquecida por la cultura que tomaba la escultura como pasatiempo, como él creía, sino una profesional que se ganaba la vida haciendo toda clase de encargos esculpidos: la Rita Longa del rico. Porque La Dolfus no había heredado del barón la apreciable fortuna que ella decía, pero sí su círculo de amistades escogidas, que por una actitud muy cubana (y muy colonial), aceptaron a la amante como amiga por el simple hecho de que era una extranjera, cuando en otra ocasión no habrían aceptado a la esposa legítima. De este grupo, tres amigas fueron más que sus íntimas, sus compañeras de canasta. Hay algo en este largo y complejo juego uruguayo que predispone a la amistad, a la confesión, a una intimidad solamente aparejada por la cama, y en su frivolidad intensa hay mucho de los amores físicos violentos: tan sólo una noche de despliegue sexual puede dejar tanta fatiga física y tal exaltación espiritual como seis o siete horas seguidas de canasta. En uno de estos maratones, La Dolfus dejó ver que su estrella declinaba (en realidad estaba apagada hacía tantos años que nadie lo recordaba) y en otro juego con pareja discreción sugirió su penuria económica (se trataba en verdad de otra palabra, miseria) y en otro *match* sabatino («El sábado es el día imaginado para la canasta», Virgilio Piñera) dijo en una suerte de proclama, que era una escultora ahora y mostró las piedras creadas. Ese día jugaban en su casa. Todas tres, sus compañeras de mesa cambiaron miradas inteligentes (sí, eso dije: miradas inteligentes) y a la salida se coaligaron para ayudar a La Dolfus —«sin que ella supiera nada».

Ahora quiero hablar, brevemente, de las amigas. Una es una princesa rusa que es una de las reliquias habaneras más preciadas. Por este tiempo estaba tan arruinada como La Dolfus, pero nunca se quejaba y vestía con una elegancia tan antigua que había pasado de moda y se había vuelto a poner de moda. Poco después de este tiempo, esta princesa que se llamaba Tania o Zinia o quizás Sonia y a quien llamaremos la princesa Olga para simplificar, abandonó para siempre la canasta y redujo el cuarteto a sonata trío. La princesa Olga había venido de Rusia, por supuesto, muy joven, en 1917 o 1918, «huyendo de la Revolución de Octubre o de Noviembre», decía ella, con su padre, coronel de cosacos y príncipe: nada excepcional, como se ve, para un exilado ruso de 1917, y que debe de haber muerto hace años o desapareció sin dejar rastros, porque nadie parecía haberlo conocido. Pero la princesa Olga sí es excepcional. Es un personaje del folklore habanero, con sus boinas o sombreros o tocados que parecen adornar su cabeza como una segunda cabellera, y su eterna boquilla de ámbar con un cigarrillo incesante humeando sobre su ojo izquierdo, que guiña siempre a su destino. En zigzag. El penúltimo zigzag (esta palabra inconsistente) del errático *fatum* de la princesa Olga fue que la alcanzara una revolución socialista fatalmente (estas tres mujeres fueron afectadas por la revolución de una manera aparatosa y diversa), a ella que había viajado diez mil kilómetros escapada de una revolución semejante, para encontrar refugio en el único sitio de la tierra donde una revolución comunista no sólo no parecía factible, sino escasamente probable. El último rasgo de esta zeta fatal fue que la Revolución llegó como providencial salvavidas para la princesa Olga, casi ahogada en un océano de acreedores. Hoy ella enseña ruso en la tierra firme de la academia nacionalizada de idiomas John Reed (apodada Diez Días que Conmovieron a Berlitz), y por primera vez en muchos años gana un sueldo decente y ha conseguido un nuevo nombre: la princesa Olga se llama ahora, cosas de la historia, la compañera Vernisjaya.

La segunda mujer es más oscura y está muerta: la oscuridad en la oscuridad: «noches para una noche», que diría el Bardo que siempre responde cuando Avón llama. Se llamaba María Luisa Bonichea, era condueña del Frontón Jai-alai y cuando llegó la Revolución pensó que pasaría de rica a millonaria, porque el turismo norteamericano tendría que aumentar por fuerza, ahora que había caído Batista. Error de cálculo se llama esa figura retórica: en este caso craso error patético. (Se oye una marcha fúnebre que se parece a la Sinfonía Patética.) La armonía (para encarrilar el pensamiento sobre el pentagrama: «Todas las artes aspiran a la música») de su alarma fue un pesar in crescendo, para llegar a una serie de secuencias con las sucesivas nacionalizaciones y culminar en un *tutti e fortissimo* el Día que Cambiaron la Moneda. Doña María Luisa tenía en su casa cerca de $250,000 (doscientos cincuenta mil pesos) escondidos en una caja fuerte, un colchón del último cuarto y una caja de zapatos en su armario. El golpe produjo un *eco in lontano* en su corazón y no recobró el conocimiento ya más. La enterraron con doscientos pesos de sus ahorros que su vieja y fiel criada tenía en el banco. Como cosa casi ejemplar, Doña María Luisa (que tenía horror a las colas y había contratado un hombre para que le hiciera las imprescindibles) Bonichea tuvo que esperar seis horas en una fila funeral en el cementerio de Colón para ser enterrada.

La historia de la tercera mujer es el final de esta historia.

VII

Mariamelia Maciá es (o debe ser, porque una mujer que podía refutar la evidencia bien puede alejar la muerte eternamente por el simple expediente de negarse a creer en ella) una mujer de carácter y una mujer de carácter tiene que ser viuda por fuerza y por idéntica causa, tener un hijo sin carácter. Mariamelia Maciá no tuvo un hijo débil de carácter, sino de un carácter peculiar, por no decir otra palabra y añadir a la pornografía la obscenidad. Mariano Pi y Maciá (conocido por ciertos amigos suyos por otros nombres: María Nopi, Dalia Maciapí y La Maciá) era, en fin, una loca. No era una loca cualquiera pero era una loca «con su fama». Alguien la describió una vez como «una loca de tacón, peineta y encaje antiguo», tal vez porque su aspecto español era marcado. Su gran momento (exceptuada, claro está, la culminación sacrosanta) lo tuvo en las reuniones del Marqués de Pinar del Río. Carol Tobir me contó que el poeta Ovidio Chato (atrapado en la gran cacería de prostitutas, proxenetas y pederastas, conocida como la Larga Noche de las Tres Pes, en La Habana, el 1 de octubre de 1961, detenido aparentemente por error, pero juzgado por actos contra natura o contra la sociedad o contra el estado (no recuerdo), enviado luego a un campo de rehabilitación en Cayo Largo. A pesar de su nombre y de sus relaciones y de las muchas cartas que escribió a funcionarios que eran también poetas laureados, solicitando un perdón que nunca llegó, y muerto finalmente como el vate latino, el otro Ovidio, en su destierro insular) tenía una carta de un amigo, enviada a su casa de Camagüey («La ciudad de los tinajones»), mucho antes de cometer el error inmortal de venir a vivir a La Habana, donde le relataba una de estas provincianamente depravadas *soirées* del Divino Marqués de P. R. Decía el corresponsal, luego de describir un momento brillante de la reunión (había, además, algunas insensateces y chismes de comunidad cursis y otros detalles poco edificantes, pero es solamente esta mención a Mariano Pi y Maciá lo que interesa), decía: «...y ése fue el instante, querida, que Marianito Pi escogió para atravesar el salón, dejando a su paso un reguero de mariconería».

Por supuesto que Mariamelia Maciá viuda de Pi, su nombre completo en la «Guía Social de 1959» (la última que se editó en La Habana), ignoraba todo esto: para ella, mujer devota (no mujer *de botas,* linotipista amable pero descuidado, como ocurrió en mi inquisitiva biografía «¿Fue Cornelia la única madre de los Graco?»), su hijo era un santo. No un santo imaginado, sino un santo real. La muestra fehaciente estaba en su devoción por los pobres (a menudo, Marianito traía, casi siempre de noche, «invitados de baja estofa», como se solía decir) y en su aspecto piadoso (es evidente que esta madre ejemplar había visto demasiados Grecos: *«Don't you see that El Greco is a maricón?»,* (preguntó retórico Hemingway) y en su virginidad a toda prueba.

Tengo que decir que Mariamelia Maciá había puesto a Marianito en cada una de sus etapas hacia el cielo «pruebas de santidad». Lo había alejado de los humildes. Antes Marianito siempre andaba por los muelles, por el Parque Central y la Manzana de Gómez y el Dirty Dick's: por los «barrios bajos». Había intentado enfurecerlo, llevarlo a la desesperación, casi al frenesí (al de ella), pero Marianito siempre conservaba su natural calmado, de voz apagada, de gestos lívidos. Trajo a su casa a sus ahijadas más bellas, empleó a las criadas más atractivas y hasta una que otra exuberante mujer fácil, que no sólo prodigaban sus atenciones al unigénito misógino y melancólico (el gótico es esdrújulo), sino que llegaban a exhibirle sus encantos en un despliegue que convertía al *strip-tease* alevoso y nocturno en una ocasión deportiva, sana. Pero Marianito («Las situaciones de vodevil hay que describirlas con frases de vodevil», Eugene Labiche), Marianito, nada, nada, *nada*.

No es extraño que cuando murió de repente, después de haber atravesado la vida como se cruza un salón y dejado a su paso una estela de pederastia, su madre, casi viuda y mártir, pensara que era hora de tener una imagen del santo de su hijo en la iglesia. Por supuesto, no era cosa de iniciar un lento proceso de beatificación a través de los conductos eclesiásticos. Mariamelia Maciá viuda de Pi tenía dinero y el dinero lo consigue (o lo conseguía) casi todo en Cuba, hasta la canonización: ella donaría una imagen monumental a la nueva iglesia de Jesús de Miramar. ¿Qué había de singular si por un azar errático o por la segura mano de Dios esa imagen santa sería también la vera efigie del hijo beato?

VIII

Tobir cree todavía (o creía el soleado día que me hizo largo este cuento corto) que en el proceso se produjo un milagro cierto: la imagen del santo (Santo Tomás, no el teólogo de Aquino sino el incrédulo) tenía un indudable parecido con María Nopi. Perdón, con Mariano Pi y Maciá. ¿Cómo La Dolfus había logrado con sus rudimentos escultóricos aquel parecido asombroso? Carol nunca se lo explicó. «Un milacro, chico», me decía. «Un ferdaderro milacro.» La estatua era colosal y La Dolfus la había esculpido en pura piedra de San José, en su casa —o mejor dicho, en su apartamento-cuarto-estudio de la calle Baños. Cuando estuvo terminada, vino un camión a cargarla y llevarla atravesando toda La Habana hasta la Quinta Avenida, en Miramar, como el que atraviesa un salón asfaltado.

Hubo una ceremonia discreta (la viuda no quería publicidad para aquella donación dolorosamente piadosa) y un emplazamiento, ay, demasiado apropiado: todo el que llegaba a la iglesia topaba (físicamente) de pronto con la imagen de Marianito Pi, que ahora inundaba el sagrado recinto con sus efluvios rarificados. Para última desazón y entendimiento tardío de la madre y la viuda, algunos amigos indiscretos de Marianito también vieron la imagen (pía no Pi) y notaron el parecido y preguntaron. El resultado final fue que se enteró la parroquia y la junta de feligreses y el patronato de la iglesia, y todo paró en un reporte a la Nunciatura Apostólica. Un recado discreto al Palacio Cardenalicio consiguió que la escultura (ya no era más una imagen venerable, sino un trozo de piedra tallada) se removiera con menos ruido que se instaló y el mismo camión la transportó de la iglesia —¿adónde? Por supuesto que la madre dolida no quiso ver ante sí la muestra palpable (en piedra de San José) del escarnio y del engaño —y del fracaso. No quedaba más que un camino y era el camino de regreso (dejando detrás las huellas de las pisadas sodomitas) a la casa de su Frankenstein: La Dolfus tuvo que recibir aquel monstruo hierático pero culpable. Todavía debe estar en su sala-estudio...

IX

La última vez que Carol Tobir vio a Militza Dolfus, la soprano vienesa, fue porque ella lo mandó a llamar urgente, fingiéndose enferma de muerte. Cuenta Carol que llegó al edificio y sintió el choque nemotécnico del olor que casi había olvidado de la comida israelí (o de la cocina askenazi), con su espeso aroma eslavo, y subió las escaleras oscuras hasta el quinto piso y tocó en la oscuridad una puerta invisible. Una mujer envuelta en una bata de grandes flores naranjas sobre un fondo azul pastel y el pelo en ganchos de onda (recordó, dijo, a Elsa Lanchester en *La novia de Frankenstein*) y un cigarrito en la boca, lo recibió con algo que sonó como una sonrisa, si es que este sonido existe. Cuando ella se hizo a un lado y pudo reconocer a la antigua doble de Miliza Korjus con otro golpe de recuerdos que entraba esta vez por la vista, casi quedó mudo y fue porque vio una enorme masa de piedra en medio del cuarto, que tocaba al techo. No distinguió facciones ni ademanes ni estilos (además, él ya no tenía ojo para nada que no fueran las «formas en sí») y solamente pudo preguntar: «¿Y por dónde carrajo sacas tú este Golem?». La Dolfus le explicó que *ya* (*dejà,* dijo, sin darse cuenta de que hablaba en francés) lo habían sacado y, lo que es peor, metido (otros: aquí vino, más o menos, el cuento contado) con una grúa, por la ventana (demostración con gesticulación semita), el no convidado de piedra fue desmontado previamente y armado después, dos veces, pero (creía, todavía con los dedos que indicaban el infeliz doble viaje de la efigie demasiado veraz, levantados ante la cara grasosa que antes fue graciosa, creía que él le estaba dando consejos antes de oír su petición) ella no tenía dinero para repetir el proceso. («¿Qué hacer?», V. I. Lenin.) Tobir se olvidó de la enfermedad supuesta y La Dolfus no la recordó, porque juntos empezaron a calcular la manera de derribar, destruir, deshacer, demoler, desbaratar, desmantelar, desmoronar, desgastar, talar, arrasar, romper, roer, moler, hacer trizas, quebrar, partir, gastar, hacer polvo, volatilizar, desintegrar, no dejar piedra sobre piedra de aquel mamut de pecado. No había nada que hacer y Carol dio una solución práctica: «Chica, te fas tenerr que quedarr con tu hijo en la barriga». Fue su brutal diagnóstico profesional y La Dolfus, la soprano vienesa, se tiró con un crujido (¿fueron sus huesos?, ¿fueron los muelles?, ¿fue una imagen literaria de Carolón?) en el único mueble de la sala capaz de recibirla: un sillón Viena.

X

—¿Qué te parece? —me dijo Carol Tobir, alias Carolón, *ci devant* Tibor Karolyi—. ¿No verdad que un buen cuento?

Le dije que sí.

—¿Por qué no lo escribe, chico?

Este libro
se terminó de imprimir
en los Talleres Gráficos
de Rotapapel, S. L.
Móstoles, Madrid (España)
en el mes de septiembre de 1999

OTROS TÍTULOS PUBLICADOS:

Juan Carlos Onetti
CUENTOS COMPLETOS

Julio Cortázar
CUENTOS COMPLETOS

Mario Benedetti
CUENTOS COMPLETOS

Julio Ramón Ribeyro
CUENTOS COMPLETOS

Paul Bowles
CUENTOS ESCOGIDOS

Ignacio Aldecoa
CUENTOS COMPLETOS

Arturo Pérez-Reverte
OBRA BREVE/1

Alfredo Bryce Echenique
CUENTOS COMPLETOS

Juan José Millás
TRILOGÍA DE LA SOLEDAD

Augusto Monterroso
CUENTOS, FÁBULAS
Y LO DEMÁS ES SILENCIO

José Donoso
NUEVE NOVELAS BREVES

Juan García Hortelano
CUENTOS COMPLETOS

Manuel Vicent
LOS MEJORES RELATOS

Gonzalo Suárez
LA LITERATURA

José María Merino
CINCUENTA CUENTOS Y UNA FÁBULA

Juan Benet
CUENTOS COMPLETOS

Juan José Arreola
NARRATIVA COMPLETA

Francis Scott Fitzgerald
CUENTOS COMPLETOS (2 VOL.)

Juan José Millás
TRES NOVELAS CORTAS

Arturo Pérez-Reverte
PATENTE DE CORSO

Adriano González León
TODOS LOS CUENTOS MÁS UNO

Álvaro Mutis
SIETE NOVELAS

Sergio Ramírez
CUENTOS COMPLETOS

Pedro Gómez Valderrama
CUENTOS COMPLETOS

Francisco Coloane
CUENTOS COMPLETOS

Virgilio Piñera
CUENTOS COMPLETOS

Manuel Rivas
EL SECRETO DE LA TIERRA

Rafael Azcona
ESTRAFALARIO/1